対談集

風のかなたへ

伊藤玄二郎

かまくら春秋社

対談集

風のかなたへ

装画・装丁　瓜南直子

はじめに

ここに収められた対談の多くは、月刊「かまくら春秋」に掲載されたものである。それ以外のものも、「湘南文學」「星座」など、かまくら春秋社が発行する雑誌から抽出した。

当初は、「かまくら春秋」創刊四〇周年にあたり、記録としてとどめるつもりでいたが、周囲のおすすめもあって出版することになった。ありがたいことです。

それぞれの末尾に、いま振り返ってあらためて思うことなどを「対談回想」として付記している。雑誌掲載時にページの制約からやむを得ず省いた部分や言葉足らずの部分は一部加筆した。また、数次の対談を一本としたもの、タイトルを変更したものもある。現在は差別表現にあたると考えられる発言も一部あるが、そのまま掲載した。ご理解ください。

目次

Ⅱ　エッセイ

I　対談

食いしん坊

小島政二郎（作家）

こじま・まさじろう
1894年（明治27）東京生まれ。作家。慶応義塾大学卒。1922年に短編『一枚看板』で評価される。友人だった芥川龍之介と菊池寛について書いた代表作『眼中の人』や『鷗外・荷風・万太郎』、『円朝』などの伝記小説、『人妻椿』などの通俗小説、落語評論などの著作を残す。94年3月に100歳で没。

——昭和五〇年（一九七五）「かまくら春秋」十月号掲載

うまいもの好き

伊藤　『食いしん坊』『舌の散歩』などの食べ物にまつわるご著書からすると、食い道楽といいますか、食いしん坊（笑）は昔からなんですか。

小島　私はちっとも食い道楽なんかじゃないんですがね。あのね、昔の、東京のね、下町の商人てェのは非常に倹約なものでしたよ。だから粗食ですよね。それが倹約だかなんだか知らないけど、私にはどうにもそんな上等なもの食べていられないんですよ。あたしは医者からはたちまで持つかどうかというくらい、弱かったから、うまいものが無性《むしょう》に食いたいんだ。それで小遣いをためて二十五銭でフライパンを買った。

伊藤　いつ頃のお話ですか。

小島　日露戦争の前後かな。それがキッカケで、バターで肉や野菜をいためるとうまいということが子ども心にも分かって、増長して（笑）、お小遣いをためては肉を買ったり、ライスカレーをこしらえたりするのを覚えてね。それを小僧だの番頭だのに分けたりしてね。その頃の商人はそんなに食えませんからね、大喜びですよ。だから、昔の商人は何とかかんとか身上を持てたんじゃないの。贅沢したらやって行けないもの。

伊藤　実践的といいますか、本能的に先生の食いしん坊は頭をもたげたということになりますか。

小島　だから食通だなんていわれると困るんだ。あたしの知っている限りでは、北大路魯山人なんてその道でも大したもんだったね。豆が出ると一ト口食べてこの豆はどこでとれた豆だとかね。だけど私にはそんなこと興味ないんだ。うまけりゃいいんでね。

伊藤　宝石を鑑定するわけじゃありませんものね（笑）。

小島　魯山人がね、ハンペンとかカマボコが日本で最も贅沢だと言うんですよ。魯山人は尾道で鯛のハンペンをこしらえさせて食べていてね。それを聞いたときは、本当かなって半信半疑だったんだけど、それを食べさせてもらってなるほどと納得しましたよ。うまかったね。魯山人みたいのを美食家とか食通というんでしょうね。こっちゃ、ライスカレーさえ食っていればよかったんだから（笑）。

伊藤　最初の頃はやっぱり、洋食が多かったわけですか。

小島　ええ、だって滅多に肉は食わないんだもの。ひと月に一度か二度くらいでしょ。そうそうは番頭や小僧に内緒で食べられないから。あれはすぐ分かるからね（笑）。

伊藤　確かに食欲をそそる匂いですもの。菊池寛が東京へ出て来て、親子丼を初めて食べて感激したとか、クリームソーダにびっくりした話がありますが、その頃から見ると、現在の食生活というのは、非常に贅沢になっていましょうね。

小島　だからみんな貧乏になるの、当たり前じゃないの。

本物の味

伊藤　メニューこそいまのほうが豊富ですけど、昔のほうがずっとおいしかった……ですか。

小島　うまかったね。だって、こんなにウソのないものないもの。蜜は本当の蜜だったし、私は下谷で生まれたんですが、入谷から私の家の近くまで車を引いてやって来て、人さまの家と家の間に大きな傘を広げて腰をかけて蜜豆を売るお爺さんがいました。これなんか五厘から売りましたよ。しんこ細工も五厘。

伊藤　いまは、らしきもの全盛の時代ですからね。本物は手間暇かかるということもありますし……。

小島　しんこ細工も、うもうござんしたよ。またね、そのお爺さんが古くから来ているので、町内のことを実によく知ってやがんだ。悪いこと、ずいぶん教わった（笑）。鬼床という我々がよく行く髪床屋がありましてね。子ども心にも覚えているんだから余程いい女だったんだね。お梅さんというんだが〝お梅さんはねー〟なんてよくない話をするんだよ（笑）。

伊藤　おいくつ頃のことですか。

小島　小学校にあがる前（笑）。小絲の源ちゃん（＊小絲源太郎画伯）の所は「揚げ出し」というお料理屋をやっていて、源ちゃんのお母さんが「いらっしゃい」って言いながら火熨斗《ひのし》でお札を伸ばしているんだなァ。お釣りにきれいなお札をあげたいんでしょうね。これがまたいい女でね。昔はいまの本郷の帝大の所は、加賀様の前田侯のお屋敷でそこに抱えられていた火消しがいたんです。「加賀鳶《かがとび》」といってね。その一番偉い親方の娘が源ちゃんのお母さんだなんて、そんなことを蜜豆屋のお爺さんが教えてくれるんだよ（笑）。

伊藤　鳶の頭の娘さんでしたら、気風もよかったでしょうね。

小島　そこまでは分からないよ。こっちは子どもだったから（笑）。でも、評判の美人でしたよ。

伊藤　お話をうかがっていますと、その頃の下町情緒が浮かんでくるような気がします。

小島　私は所帯を持って根岸に住んでいましたけど、上野の向こう側に散歩に出て雨にあったりしますとね、あっちからもこっちからも「柳河屋さん、柳河屋さん」と屋号を呼んでくれてね。うちの傘を持って行けって。その頃の下町はみんなおなじみでね。

伊藤　本当に懐かしき良き時代という表現がぴったりですね。

小島　言葉なんかも通じなくなってしまったな。ついこないだも、東京へ出たときに、つい昔の言葉が出て、白木屋の地尻《じじり》につけてくれって言ったら、白木屋のどこですかってタクシーの運転手が聞くんですよ。地尻という言葉が分からないんだね。

食べることは礼節に通ず

伊藤　言葉もそうですが、食べ物の味も変わったと思います。何が食べ物をまずくしているんでしょうか。

小島　人数が多くなったからじゃないの。だって無茶だよ。戦後、台湾から、朝鮮から、満州からこんなに人が帰ってきたんだもの。それに間に合わせようとすれば、例えばお味噌だって、三年も置いとくなんてできないもの。ウナギだっていなくなっちゃいますよ。だからさかのぼれば、こんなに人を帰ってこさせるようなことをしでかした軍人さんが悪いってことになるかね（笑）。

伊藤　いま、我々が食べていて、先生が昔のほうがうまかったというと、どんなものがありますか。

小島　トンカツ、ライスカレー。

伊藤　ライスカレーなんかも違いますか。

小島　どこが違うか分からないけど違いますね。いまは高いばかりで。その頃は八銭でしたもの。永井荷風がその頃、慶応の先生で、我々は後について木村屋という洋食屋へ行ったんですが、パリ帰りの荷風は二十五銭もするロールキャベツ、あたしたちは八銭のライスカレー。

伊藤　食べ物をまずくしている原因には、一つには食べる側の行儀の問題もありますね。見ていると、随分粗末にしていますもの。

小島　それはありますね。昔は残すなんてことなかったもの。また余計なものをとらなかったし。里見（弴）さんでも久米（正雄）さんでも、お酒は飲むけど、物を食べ残すなんてことはしませんでしたよ。特に「白樺」の人は口がきれいですね。育ちが違うんじゃないかしら。私はね、いつか、まだこんな電車汽車にならない頃、小林一三さん夫婦が乗ってる車に乗り合わせたことがあった。煙草を吸えば自分の箱に落とすし、ボーイなんか決して使わないんだ。私はボーイに何かを買ってこさせたり勝手に使うんだけど、あの人は違うんだ。だからチップも一文もやらない。私なんかよりもっといい教育をされているんだろうね。

伊藤　それはケチじゃなくて、美徳ですか。

小島　あるとき、慶応の学生がいてね。小林さんに「先生、先生のように財産をこしらえるにはどうしたらいいんですか」って聞いた。そうしたら「使わないことだよ」と言われた（笑）。

伊藤　最近は、特にあのオイルショック以来、ものを大事にする風潮にはなってきているようですが。まだやはり……。

小島　ええ、京都へ行くと、あなた、若い女の人が札びらを切っていますよ。私なんか行く気にならないような高い店で……。もう一つ小林さんには話があるんだ。あるとき、久保田万太郎や私など三田の連中が小林さんに呼ばれて文芸講演に行ったことがあるんです。そのとき、宝塚ホテルへ泊めてくれたんですが、飯は劇場の中の食堂で食わすんだ。決してホテルで食べさせないんだ。二日も三日も、それを恥ずかしげもなくやるところに、やっぱりあの人の見解があるんでしょうね。

名人かたぎ

伊藤　食べ物のまずくなった最大の理由はむろん材料でしょうが、作る職人気質も関係ありましょうね。

小島　おおありですよ。昔はね、食べ物でも、寄席でも、劇場でも、お客様を大切にしましたよ。落語と違って講釈のほうには、精一杯やらないと人を感動させない一席があるでしょ。一席弁じているうちに、顔に汗をかきますよね。昔は顔に汗をかいて楽屋へ引っ込むと、なぜ汗をかいたといって師匠が引っぱたいたもの。つまりね、たとえ十銭でもお金を払ってきてくださるのはお客様だ、せっかく楽しみに来ていらっしゃるお客様に、私はこんなに苦労しているというところを見せるのは無礼だと言うんだ。私は最後の名人といわれている神田伯龍という人にこの話を聞いたんですがね。ぶたれて、ぶたれて、ぶたれているうちに、しまいには汗をかかなくなるんですって。いまの人は平気で人さまの前で汗をかいています。

伊藤　厳しいものですね。

小島　浅草に金車亭という寄席があって、そこで伯龍が「因果小僧六之介」という講釈を読んだときに、夏のことで絽の羽織を脱いで、浴衣一枚でやっているんですが、これが小一時間もの長丁場なんだ。しかし、汗一つかいていないんだ。ところが高座を降りて楽屋へ引っ込むときの浴衣の背中を見ると汗びっしょりなんだ。

伊藤　鍛え方っていえばそれまでですが、どうしてそんなことできるんですかね。

小島　昨日も（立川）談志が遊びに来たんで話したんだけど、昔の芸人は神様に近い人がいたって。円喬の「三味線栗毛」なんて聞いたときは、どうしてこんな神様みたいなことができるのかと思いましたよ。やっぱり顔に汗をかくと引っぱたかれる――。そういう中で、できてくるんでしょうね。いつか志賀（直哉）さんが、私と川端（康成）、片岡鉄兵、それから広津和郎、久保田万太郎もいたな、その席で志賀さんが、自分が生涯にアアうまいなと思った芸人が七人いると言うんですよ。その中の一人が円喬なんだ。川端や鉄兵は私が円喬を好きなのを知っていて、両側から私を突っつくんだ。一席やれよって。おまけに誰かが、円喬の何がよかったんですかって聞いたんだ。そうしたら志賀さんが「鰍沢《かじかざわ》」がよかったっていうんだ。ところが、困ったことに、私もその話が好きなんです（笑）。二人が横から突っつくし、志賀さんは私にとって王様みたいな方でしたから、その前でそんな話、できやしませんよ。

伊藤　いまは、人を叩いたら、人権がどうのこうのという時代ですから、もう名人も出ない……。

小島　ああ、出ない。洋食屋だって、向こう側の奴が間違ったことをすると、親方が大きな調理台を飛び越えて、蹴っ飛ばすんですから。そしてまた何の苦もなく、ひらりとこちら側へ飛び越えてくるんです（笑）。重太郎という風月堂のシェフの話ですがね、自分の部下が鳥を焼いているのを知らないで用で出掛けて帰って、ストーブ（＊オーブン）の前を通りながら鳥はできているよって言ったんだそうだ。コックが開けてみると、本当に焼き上がっていたというんですがね。入れた時間も何も知らないでね。そういう名人がいたんですねえ。いまは、楽に金が取れすぎるんですよ。

東京の空の下で

伊藤　江戸っ子の小島先生が鎌倉へ来られた理由は何ですか。

小島　戦争さ。あの頃は軍部が横暴でね。小説家は東京にいる必要がないから疎開しろって言うんだ。だけど、疎開先すらない。困っていたら、昔、慶応で教えた独文学の小松太郎君が自分の家を貸してやるっていうわけで、妙本寺の山の上へ引っ越してきたのがきっかけです。

伊藤　来たくて来たわけじゃないんですか。だからあまり鎌倉のことをお賞めにならない（笑）。

小島　何たって、先祖代々からの東京っ子だからね。どうせ死ぬのなら、東京の空の下で死にたいという、はなはだロマンチックな願望を持っているわけです。

伊藤　だけど『智恵子抄』じゃないですが、東京にもう青空はないですよ（笑）。

小島　青空なんかなくても平気です、僕は（笑）。

伊藤　これからまだ大きなお仕事をなさるおつもりですか。

小島　僕はね、人生の一番いい時を大衆小説などを書いて損したのでね、これじゃ死ねない。一つ書きたかった芸術小説を一つか二つ。それから私は文士のくせに国文学なんてやったでしょ。私の目から見ると、国文学に対する説が間違っているという気がするんです。私はね、小説家の見た、学問的には間違っているかもしれないが、本当だと思うことを書きたいんですよ。でもね、漱石だって『明暗』を途中で書けなくなったでしょ。鷗外だって、仕事はみんなやっているようですけど、あんなに書きたがっていた『渋江抽斎』『伊沢蘭軒』『狩谷棭斎』のうち二本は書いたけど、狩谷棭斎は書いていない。鷗外ほど予定通り仕事した人でも、完成できなかったところを見ると、僕も恐らく駄目じゃないかな。

伊藤 先生は舌と同じように頑固ですから、大丈夫ですよ（笑）。

対談回想

小島政二郎さんは下戸だった。あるとき、酒が飲めなくて本当の味が分かるのですか、と聞いたことがある。食通で知られる大家の鼻をあかそうという気負いである。いま考えると、若気の至りだ。

「何をおっしゃいます。酒を飲まないからこそ舌は無垢で本物の味が分かるのではございませんか」

孫の年格好の編集者は一言もなかった。

フクちゃんの五〇年

横山隆一（漫画家）

よこやま・りゅういち
1909年（明治42）高知生まれ。漫画家。36年朝日新聞に「江戸ッ子健ちゃん」連載開始、その後「フクちゃん」に。戦後も毎日新聞で71年まで5,534回連載。おもな作品に「デンスケ」「百馬鹿」など。油絵も描き、画集に『隆一画集』、またエッセイ集『大衆酒場』（いずれも小社刊）がある。文化功労者、鎌倉市名誉市民。2001年11月没。

——昭和五十七年（一九八二）「かまくら春秋」十一月号掲載

漫画集団創立五〇年

伊藤　先日の帝国ホテルでの「漫画集団の創立五〇年を祝う会」には七百名もの人が集まり盛大でした。あらためて、おめでとうございます。

横山　ありがとう。会場にはスイトンやサツマイモ、雑炊が出て、何か昔、戦後の雰囲気が出ててよかったでしょう。

伊藤　三船敏郎さん、タモリさん、それに社会党委員長の飛鳥田一雄さんなどユニークなメンバーがいらしてましたね。飛鳥田さんがみえても壇上に上げないところが集団のニクイところですね。

横山　そう、そんなエライ人が来てもネ（笑）。

伊藤　ところで漫画集団を結成しようとしたいきさつをあらためてうかがいましょうか。

横山　昭和七年（一九三二）に杉浦幸雄君の家に、ボクら二〇人が集まってね、「新漫画派集団」というのをつくったんですよ。すぐ漫画集団という名前に変えたんだけど、いま、思うとよく続いてきたと思いますよ。

伊藤　一口に五〇年といいますけど大変な年月ですからね。

横山　最初はドンブリ勘定でのスタートで、会計もいないし、会費もなし。会長もつくらなかった。一人が表面に立つと絶対弊害がありますよ。例えばボクが表に立つと、ナンセンス漫画のニオイがしちゃってね、また近藤日出造が立つと、政治漫画のニオイになっちゃう。なんとなく代わりばんこにしてると誰がリーダーか分からなくなる。それがよかったんだ。

伊藤　漫画集団は一人のリーダーがその個性で強引に引っ張ってきたわけではないんですね。

横山　ええ、一人だけが引っ張ると、百人の集団はまとまりませんよ。ボクはネ、派閥というもんがあってもいいと思うんだ。でも派閥は金がかかり過ぎる（笑）。漫画家はそれぞれ一国一城の主ばかりで稼いでるからね。下手に命令なんかすると袋ダタキにあっちゃう（笑）。

伊藤　漫画集団の結成は、それまで太鼓持ちの存在のように見られていた漫画を一つの芸術として掘り下げていこうというような気運があったんですか。

横山　そりゃあネ、ボクらが漫画集団に入る前は、漫画家というのはお客に呼ばれて裸踊りをするといった太鼓持ち的なところがあったからねぇ。それでネ、ボクらはもうそんなことをするのはよそう……と決めてネ。昔はボクらは他所《よそ》へ行って飲んでるとネ、「横山君、ソロソロ裸踊りをやってくれよ」……と。「いや、ボクらは裸踊りをする団体じゃないんです」と言って断ったものですよ。まあ、漫画家にある恥ずかしさを意識させたことが、ボクらを永続きさせた原因かもしれませんね。だけどネ、いまやってる集団の忘年会の裸踊り――、あれは別モノですよ（笑）。

伊藤　ええ、ボクもたびたび目にしていますので、どんなシロモノかそれはよく分かっています。しかし、あれは楽しいですね（笑）。現在、会員が百人とのことですが、みんなそれぞれの世代によって考え方が違うでしょうから、面白いことがある半面、いろいろと大変でしょう。

横山　ちょうど十年おきに世代が分かれているんですよ。一番若いのは三十代かな。二階堂正宏君なんかのクラスですね。劇画の連中は二十代が活躍してますけど四コマや一コマ漫画を描けるとなると、あんまり年齢が若いとできないみたいですね。

伊藤　漫画集団には会則などあるのですか。

横山　いいえ、まだ会費もないし気楽なもんですよ。会費なんか取ると、文句が出たり、権利を言ったりして大変ですよ。例えば白馬村の「漫画王国」も自由意志で参加するんです。ノルマはないんですよ。会費がないから郵便切手代も出ない。だから経費を出すのにみんな働かなくちゃならない。先日出版した『漫画昭和史』も集団の収入になるわけです。だから、いつもハングリーの状態でいると、いいアイデアも浮かぶし、働かなくちゃならないし……（笑）。金がたまるとネ、ロクなことはないですよ（笑）。

フクちゃんは脇役だった話

伊藤　フクちゃんがテレビで再びお目見えすると聞きましたが、いつからでしょうか。

横山　十一月（＊昭和五十七年〈一九八二〉）の最初の火曜日からです。

伊藤　今度のフクちゃんは新たにお描きになって、ストーリーを展開していくのですか。

横山　いいえ、今度のフクちゃんはネ、テレビ局の創作です。ただ、話の設定ですが、向こうのシナリオ作家がボクの作品を見て、話をつくっていくそうです。

伊藤　どんなフクちゃんが登場するんでしょうかね。

横山　近代的なフクちゃんですよ。東京が舞台で、時代も現代という設定だそうです。十一月から始まるフクちゃんはネ、つまり七五三からやるんです。フクちゃんが七五三で昔の扮装をしたところ、その恰好が気に入っちゃって、その服を放さない――という設定でスタートするんです。フクちゃんだけは毎回、ゲタをはいて、昔のまんまで出ますよ。

伊藤　フクちゃんのほかに、新しい人物は登場してくるのですか。

横山　ええ、現代を舞台にしてますから、新しい人物が登場してきますよ。

伊藤　フクちゃんが生まれたいきさつは何なのですか。

横山　実はネ、フクちゃんは『江戸ッ子健ちゃん』の中へ出てきた登場人物なのですよ。『江戸ッ子健ちゃん』というのは昭和十一年（一九三六）かな、朝日新聞の東京版で始まった連載漫画なんですよ。健ちゃんというおとなしい子どもが主人公でネ、フクちゃんは健ちゃんを引き立たせるために入れたんです。最初は帽子もかぶってはいないんですよ。そうそう、ボクの『さよならフクちゃん』という本の中に、その出てきたときの漫画がありますよ。

伊藤　そうですか。帽子は最初からかぶっていたと思ってました。また、なんで帽子をかぶるようになったのですか。

横山　それはネ、健ちゃんのオジさんという人が大学受験で東京に出てくるんですが、落っこっちゃうんですよ。そのオジさんがションボリしてるところへ、合格すると思って注文していた大学の帽子が届くんです。オジさんは「もうこんなのいらない」「じゃあ、ボクがも

『江戸ッ子健ちゃん』に登場したフクちゃん

らったよ」とフクちゃんが言ってかぶり始めるのが、きっかけなんですよ。

伊藤　そうですか。フクちゃんは最初から登場人物として考えていたのですか。

横山　いえいえ、まったくの行きあたりばったりでネ。主人公の健ちゃんはおとなしくてね、漫画を描いててもなんかパンチが足りなくて、それで、悪く言ったらいつ捨ててもいいという脇役を出してやろうと思って「フクちゃん」を描いたら、それが受けちゃってね（笑）。そのうち、フクちゃんのほうが人気が出てきて、大阪の朝日新聞が、こりゃ面白い、フクちゃんという題でやってくれと言ってきたんですよ。それでボクも『江戸ッ子健ちゃん』の連載を一年ぐらいで終え、今度は全国版に描き始めたんですよ。けれどネ、フクちゃんが主人公になるでしょ、そうすると、またおとなしくなる。それでキヨちゃんという脇役をつけたんですよ。

伊藤　往々にして脇役が主人公になるというケースはあるんですね。

横山　そうなんですね。主役になるとおとなしくなって破れかぶれになれないんですね。

伊藤　保守的になるというか……。

横山　そうですすよ、保守的になりますよ。

これからは油絵、日本画、水墨画

伊藤　フクちゃんは五五三四回ですか、漫画史上、最長不倒の記録ですが、その連載をストップしようと思った決定的な理由はあるのですか。

横山　そうねエ、昭和四十六年（一九七一）五月に終わったんだけど、どちらかというと、何となく終わりのムードでしたよ。もうボクも還暦を迎えていたし、最初はどうしようかな、と迷ったんですけど、よし！　終えちゃえ、と思いましてね。そしたら、周りのみんなが「惜しい、惜しい」と言い出してね。「惜しい」ということは終えるからこそ「惜しい」ということでしょう。急に告別式の準備が始まったような雰囲気になっちゃったんですよ（笑）。

伊藤　終わりのムードが盛り上ってきたんですね。

横山　最終回が近づくにつれ、いろんな人が「さよならフクちゃん」と言って電報を打ってくれましたよ。永井龍男さん、石坂洋次郎さん、中村メイコさん、早稲田の応援団長、何といったかな、そうそう高橋さん、最後は川端康成さんでしたよ。サトウハチローさんはフクちゃんのために詩を書いてくれて、ラジオで読んでくれましたよ。

伊藤　フクちゃんは紙の上であっても生きモノでしたから、みんなが拍手をし、悲しんだんでしょうね。

横山　いま思うと、あのときやめてよかったと思いますよ。ちょうどやめぎわでフンギリがついたんです。野球でいうなら、ストライクを投げてバッターにポカスカ打たれるようになるよりは、まだクサイ球を投げられる状態で終わったほうがいいでしょう。あのまま続投していたら、バッターにホームランばかり打たれるようになりますよ。

最終回のフクちゃん

伊藤　漫画家になってかなり若くして、名前が売れ始めた頃の話で、高知のおじさんとの間で面白いエピソードがありましたね。

横山　そうなんですよ、オジがボクを「横山大観」と間違えてネ。オジは向こうで雑誌を買って、大観の絵を切り抜いていたそうです。名前が横山だから、てっきりボクが描いたと思ってね。「ウン、大観とはいい号をつけたもんだ」なんて言ってね（笑）。

伊藤　ハハハ、そりゃあ面白いですね。ところで最近、漫画ではなく油絵などが中心になっていますね。

横山　ボクはね、これから絵一本に絞ろうと思うんです。油絵と日本画と水墨画。三つともやりたいんです。昔ね、銀座で藤田嗣治が絵を描いているところを見たことがあるんですよ。朝早く、ボクらがちょっと見に行ったら一生懸命描いているんですよ。ものすごく早いですよ。ビックリしましたよ。それでお昼頃また見に行くと、もう女性像が描いてある。またまたビックリですよ。ボクらがお茶を飲んでる間に藤田嗣治は一枚描いている。

伊藤　油絵などは実に楽しんで描いているように見えますが……。

横山　油は立ちっ放しで描いてるんで、本当はくたびれるんですよ。筆が進まないと、飲みたい、飲みたいと思うんで、ロクなことはない（笑）。漫画のときは仕事だからいつも頭から離れなくてね。連載ですからせき立てられるようで……。いいアイデアが浮かばないときはウンウンうなっても仕方ないですから、パッと外の空気にあたりに行くんです。特に冬はいいですよ。頭から頬に冷たい空気が流れると、スカッとしてアイデアが浮かぶんです。でもいまは、全部遊びでしょう。楽しい気分が味わえますよ。紙の前にいても、なかなか描けないこともありますが、絵の具を揃えたり、墨をすってみたりして遊んでいると、いつの間にかその中に自分が入っちゃう。そしたら、もうこっちのもんですよ（笑）。

伊藤　大変楽しい時間を過ごさせていただきました。これからもますますお元気で。

対談回想

横山隆一さんは、子どもをそのまま大人にしたような人だ。玩具で遊んでいるときの姿は実に楽しそう。しかし、仕事に対する姿勢は厳しい。せっかく描き上げた画を満足がいかないと、惜しげもなく破り捨てたり、絵の具で塗り潰す。身体は小さかったが、漫画界の巨人！

愛のかたち

中里恒子（作家）

なかざと・つねこ
1909年（明治42）神奈川生まれ。作家。28年、処女作『砂上の塔』を発表。『乗合馬車』で39年芥川賞受賞。戦後は49年『歌枕』で読売文学賞、50年『わが庵』などで芸術院恩賜賞、『誰袖草』で女流文学賞。中年男女の恋を描いた『時雨の記』は話題を呼び、後年映画化。芸術院会員。87年4月没。

「乗合馬車」に乗って

――昭和五十八年（一九八三）「かまくら春秋」十二月号掲載

伊藤　誠に不勉強でしたが、女性で初めて芥川賞を受賞したのが『乗合馬車』なんですね。昭和十三年（一九三八）に。

中里　いまみたいなお祭り騒ぎではありませんが、大変でした。林房雄さん御夫妻が夜中に新聞社の方と来られて、寝ぼけ顔を写真に撮られたりして……。それまではみんなに内緒で書いていたんですが、写真やポスターなどにあちこち顔が出るものですから親戚や御用聞にまでいっぺんに分かってしまいました。

伊藤　『乗合馬車』は、森鷗外の『舞姫』とモチーフとしては似ているものだと思いますが、国際結婚を真正面から取り上げた小説は、それまでほとんどなかったでしょうから、反響も大きかったでしょうね。

中里　はい、それはいろいろの出版社から執筆依頼がどっと来て、どうしてよいやら分かりません。堀辰雄さんや、横光利一さんに相談したら断りなさい、と言うので全部お断りしました。

伊藤　しかし、一時、筆を折っていらした。そのとき、再び書くことを勧めたのはその方たちですよね。

中里　流行作家になるな、マイペースで書きなさい、ということなんですね。神西清さんも、書く必要があって書くのはいいけれど、別段これで食べなければならない立場じゃないのだからって……そうばかりでもないのですが。

伊藤　そういう姿勢は理想的だと思うのですが、反面、やっかみや反感もあったでしょうね。

中里　その頃は林芙美子さんにしても、平林たい子さん、宇野千代さんにしても、いろんな職業や男性遍歴があったりしたわけで、その中に平凡な家庭の主婦がポッと出てきたものですから、家庭の主婦に何の小説が書けるか、と言われたりしました。でもね、私は言ったんです。小説は経験だけがすべてではないと。

伊藤　しかし、『乗合馬車』は、ご自身の体験が色濃い作品ですね。あの中に登場する一組の夫婦は実兄とその夫人であるイギリス人。いまでこそ国際結婚は珍しいことではありませんが、当時のご時世では大変だったのでしょうね。

中里　何しろ大正時代のことですから、『舞姫』にしてもそうですが、洋行してそういう男女の関係になったとしても、向こうできちんと始末をつけてくるのが常識なのね。それを結婚して連れてくるなんて、もう論外の沙汰ですもの。

伊藤　もう一組はフランス人を夫人にした義兄の家庭ですね。その「結婚」によって生じた肉親関係を、その『乗合馬車』に乗り合わせた乗客に見立てて、さまざまな家庭の問題をお書きになっている。やはり国際結婚は難しいものだといまでも思われますか。

中里　そうでしょうね、特にイギリス人は頑固でしょう。自分の身の回りの品でもこれと決めたら一生使うという気風ですから。なので何でもイギリスから取り寄せるのね。お金もかかるわけですよ。両親などは反対した挙句に兄が連れて来た嫁ですから——。

私はまだ小学生でしたので物珍しいという気持が先でしたね。お茶に誘われたりすると、母は家にだってお茶があるのに、と、ひとことあるんですが、私は喜んで飛んで行くんです。イギリス人も日本人も同じ人間ですから考えることは変わりはないと思いますね。ただ表現が異なると解釈も違いますから、こっちで思うことと向こうがとらえることが異なる、そういう行き違いはありましたね。

伊藤 例えばあの作品の中で、夫が付き合いで酒を飲んでくることがどうしても彼女に理解できないというのがありましたね。日本人のというか、男の感覚ではごく当り前のことなんですが。

中里 私もびっくりしたことがありますの。母が折角こしらえてあげた縮緬の着物を鋏でジョキジョキ切っているの。どうしたのかと思えば、付き合いで酒を飲むなんて嘘だっていうのね。兄は面倒くさいからよく説明しなかったのでしょうね。それでも私は自分に直接関係のないことですからかえって面白いと思ったりしました。ただこれは周囲がずいぶんと迷惑だと思いましたね、ことに両親は。

伊藤 にもかかわらず、と言いますか、灯台下暗しで、後年ボストンの大学へ留学した中里さんのお嬢さんが向こうでアメリカ人と結婚されてしまう。

中里 そうなんですねぇ、これはよほど何かの縁があるのでしょうね。英米仏と親戚になってしまった。有島生馬さんに娘の留学の話をしたときに、「四年は長いよ、つかまっちゃうよ」とおっしゃっていましたが、卒業したら必ず帰ると固い約束をして行きましたから安心してました。

伊藤 結婚したいと聞いたときはどうされました。

中里 まず、「大反対」、「親不孝者め」と思いました。だけど私がいくら反対と言ってもまったく音沙汰がないんです。やっとビザを取ってアメリカへ飛んで行きましたよ。向こうの両親にお会いして、怪しげな英語で「この結婚に反対です」と言ったら、「親というのは、子どもの結婚はもっといい結婚があるだろう、と思うものです」そんなことを言いましたわ。

伊藤　『鎖』『土筆野《つくしの》』などにその前後のことが書かれていますが、ことお嬢さんに関しては乗合馬車は非常に順調に走っているようですね。

中里　私はじきにだめになって帰ってくると思っていたのですが、だめにならないのね（笑）。三十年来、愚痴めいたことはひとこともありませんね。子どもの頃に一緒にいた従姉妹たちはみんな混血ですし、そういう環境に慣れていた上に、語学は充分マスターしていましたし、だけど国籍の違いというのは、ことが起ったときには面倒な問題なんですよ。

愛・情熱・自立

伊藤　最近、男女の間を描いた小説を読みますと、かなりリアルな性描写が多いのですが、中里作品の場合は肉体よりむしろ心の機微にその焦点を当てていますね。

中里　そうしたことを事細かに書かなければならないというのはばかげた話で、男と女が本当に好きであれば、男女関係があろうがなかろうが気持ちは十分に通じてるはず。情熱でセックスはできるでしょうがそれは単に情熱で、愛と情熱は違います。若い頃はあの人と結婚するといいことがあるだろうとか、幸せになるとかお互いに野心がある。しかしある年齢に達すると、愛によって何かを得ようなどと考えないのね。気持ちが通じ合って言うことが理解できればそれで十分なんです。精神的なものがないとだめね。

伊藤　『時雨《しぐれ》の記』の中の壬生孝之助と堀川多江がそうでしたね。ところで最近は結婚するのも早いが別れるのも早い、嫌になったら女性がさっさと家を出て行く風潮が強い。女性にとってこういう生き方と、耐えることとどっちが幸福なのでしょうか。

中里　それは各々の事情で違うでしょう。『人形の家』のノラなんて、出ていった後で一体どうなるだろうと、あれを読んだときに子ども心にも心配しましたもの。いまの若い女性は出ていった後で、今度は自立するのでなく別の男にすがりついて生きていくというのが問題なのね。頼ったほうがきっと楽でしょうが、その分、弱くなって、結局は幸福でないでしょうね。私なども決して強い人間ではありませんが、自分のことは自分でやります、という気持ちがあると、人さまにむやみに心を下げないで生きていられるのね。

伊藤　『誰袖草《たがそでそう》』などはその耐えて生きていく女性を書いていると思うんですが、『置き文』では、島を訪れたキノコ学者と、夫と暮らしていた人妻が手に手をとって出奔してしまう。大胆な展開ですね。

中里　先日書いた『青い炎』もそうですよ。娘と結婚すべき相手が母親と一緒になってしまう——。でもそういうことってあり得るんです。小説家などというのはそれぞれ想像の世界があって、その中に現実の出来事を広げていくのね。しかし、読んだ方が必然性というか、実感をどれだけ感じていただけるか、それが重要なのね。何もありのままに書くのだったらノンフィクションでやればいいことです。

伊藤　ところで『置き文』で隠岐島、『閉ざされた海』では八丈島を舞台にされています。「島」というのは中里さんにとって何か魅きつけられるところがありますか。

中里　そこへ行くのに歩いていけない隔絶された場所ですね。日本そのものも島ですが、さらにまた、小さい島で暮している人は排他的といわないまでも、島以外の人間には気を許さないところがあるんですね。余所者《よそ》がそこへ行ったときには逆にそのことが興味あるわけですよ。自分に最初から関心のある人間がこっちへ向くのは何でもないけど、向こうを向いているのを自分のほうへ向けさせるというのは興味があるでしょ。島というのは人間にそういう面白さを示してくれるのね。

伊藤 八丈島にも隠岐島にも、執筆に当たって何度か足を運ばれていますね。物を書くというのはそういう実証的な積み重ねと、かなりの覚悟がいることだと昔、話されたのを覚えていますが。

中里 たまにはパッとした思いつきでできるものもあるかもしれませんが、それはそれだけのものですね。小説を書くというのは生半可な気持ちでは無理ですよ。

伊藤 ですから書く上では男も女もない。女流作家云々と取り立てていうのはマスコミの悪いクセですかね。

中里 それは女なんですから勝手に世間さまが女流何々というのは構いませんけど、仕事の上では男も女もありません。むしろ女流作家でなければ書けないものがたくさんありますよ。

伊藤 そうでしょうね。『時雨の記』で足袋にアイロンをかける描写など、男ではとてもあそこまで気が回りません。

中里 男流は男流で、私たちの書けないことをとことん書かれればいいので、女流、男流の差別をつけるいわれはないのですよ。ただ材料と解釈が違うということね。その中で私は私でなければ書けないものを書いていきたい、誰でも書けるものだったら書きません。

伊藤 現在、雑誌「海」に鎌倉を舞台にした『鱗錦《うろこにしき》の局《つぼね》、捨文《すてぶみ》』を連載されていますね。

中里 昔は比企《ひき》ヶ谷《がやつ》のあたりは海棠がきれいでよく散歩に行ったんです。そしたらガマガエルがいっぱいいるんですよ。気味が悪くて調べてみたら比企一族が皆殺しになった場所というのでしょ。俄然、興味が湧いたのね。

伊藤　作品では「比企の乱」に至る過程を権力争いとはまた別の視点から書かれていますね。

中里　あれはね、男にもあるでしょうが、女の嫉妬を書いてみようと比企一族を使ってみたのね。嫉妬されるより嫉妬するほうがよっぽど苦しいと思うの、一族を皆殺しにされた怨みで、皆殺しにしたほうにたたるとします。それはどれくらい苦しいものか、そういうことを書いているのね。

伊藤　もう一度、そのことを頭に置いて比企氏と北条氏の確執を考えてみたいと思います。どうもありがとうございました。

対談回想

中里恒子さんは、一つのテーマを見つけると、長い間、それを自分の中で暖め続け、書くときは下書きもなしに、一気に原稿用紙に向かう。それまでの発酵の期間が長い、ということが、一方では寡作の作家ともいわれる理由だと思われる。

中里さんは「女流」という表現を好まなかった。いまや「女流」という言葉そのものが差別用語と見なされる。正しくは「女性」と表現しなくてはならない。なぜそこまで言うのかと首をヒネる向きもあるが、とにかくそうなのだ。果たして中里さんはそこまでの事態を予想していたのかどうか。

枯れ枝にポッと咲いた花のような

滝沢　修（俳優）

たきざわ・おさむ
1906年（明治39）東京生まれ。俳優、演出家。25年小山内薫の築地小劇場に研究生として入る。その後、左翼劇場、新協劇団、東京藝術劇場などを経て50年に宇野重吉らと民衆芸術劇場（現・劇団民藝）を結成。代表的な舞台に「あるセールスマンの死」「ゴッホ／炎の人」「ベニスの商人」など。2000年6月没。

ゴッホの役はもうとんでもない

——昭和五十九年（一九八四）「かまくら春秋」一月号掲載

伊藤　明治三十九年（一九〇六）のお生まれとか。七十七歳の喜寿ですね。そんなお年にはとてもお見受けできません。

滝沢　こないだ、ちょうど沖縄の公演で喜寿を迎えて、皆さんに祝っていただいたのです。昨日も公演を終えてから家で、いまやってる芝居の自画像を描いていたんです。

伊藤　公演のあと、すぐ絵を描かれる。お元気ですねェー。

滝沢　時間がもったいなくてね。私の生活は芝居にほとんどとられるでしょ、ですから絵を描くのは芝居が済んでから——。描き出すと時間が経つのを忘れちゃう（笑）。

伊藤　まさか絵と芝居は同じぐらいの比重というわけでもないでしょうが。

滝沢　それが実は、ボクはもともと役者になんかなる気のなかった男、本当に偶然に役者になっちゃったのです。子どものときから初心を貫いていりゃあ、絵描きになっていたでしょう。毎日、絵だけは描いてますから、ホント言えばネ、もう役者なんかやめて絵を描いていたいんだけど……（笑）。

伊藤　そうしますと、ゴッホの情熱を描いた「炎の人」はまさに適役なわけですね。

滝沢　ボクがゴッホという人を知ったのは小学校の三年生のとき、鶴田吾郎、川端龍子《りゅうし》両先生のところへお弟子入りして絵の勉強をしていた頃です。もう六十余年前ですよね。その後、ボクが弾圧で巣鴨へ入れられたときに、あの中で読んだプラーチェックの『炎と色』という小説にものすごく感激して「もし再び自由の身になれたらゴッホを芝居にしてみたいなあー」と思っていたのが始まり。

伊藤　ゴッホの本物の絵が日本に紹介されたのは「白樺派」の人たちによってでしたね。

滝沢　武者（小路実篤）さんが美術館を創ろうとしたでしょう。あのとき、ゴッホのニシンの絵なんかは白樺で買ったんですよ。それにロダンより寄贈された「鼻欠け男」。子どものときから見ていますから、ゴッホというのは人事《ひとごと》みたいな気がしない。それでゴッホを演《や》ったんですが、いまはもう演る気がしないんです。

伊藤　またそれはどうしてですか。

滝沢　「炎の人」は一等最初、岡倉士朗君が演出し、次に村山知義さん、その次にボクが演出したんです。その後、ボクはオランダの美術館はもとより、ゴッホが歩いた土地をほうぼう訪ねました。それを見てきたら、恥ずかしくって、もうゴッホの芝居なんかできないですよ。こんな素晴しい仕事をした人を、オレなんかがゴッホだ、なんて演じることが、とんでもないと思うようになったのです。そしたらもう演る気がしなくなっちゃった。

伊藤　お気持ちは分からないでもありませんが、「炎の人」をもう観られないとは惜しいですね。

滝沢　しょっちゅう、ゴッホを観たいという声を聞きますが……。いまでも若い演劇人が演っているのがありますけど、こっちゃあ、もう恥ずかしくてサ（笑）。

伊藤　長所短所ありましょうが、若さというのは「怖いもの知らず」ですからね。

滝沢　ゴッホのすごさを知れば、ゴッホの芝居なんてとんでもないです。

伊藤　長い演劇生活でいろいろな役を演られていますがあえて好きなものを挙げるとすれば、どうでしょう。

滝沢　やっぱりゴッホ。あとは「夜明け前」の青山半蔵、久保栄「火山灰地」の農場長が好きですね。「セールスマンの死」も好きだけど、外国の芝居ですから、日本人にはもうひとつ理解できないところがあるんじゃないでしょうか。翻訳物は難しいしね。

翻訳劇と世阿弥の「古木に咲いた花」

伊藤　翻訳劇が難しいというのは、国情といいますか宗教や生活観が違いますし、また、その劇を理解するための土壌があるかなしかで違ってくるという気がしますね。

滝沢　ヨーロッパの芝居で一番困るのは神の問題です。今度、鎌倉で公演する「こわれがめ」でも、結局は旧約聖書のアダムとイブの話から始まっているのです。舞台を観て、分かる人にはピンとくるでしょうけど、ほとんどの人は何のことか分かんないでしょう。アダムとイブの物語を知らなければ、原罪について問うていることも分からない。それに翻訳物を演ってぶつかるのは、やっぱりキリスト教、信仰の問題です。だから、どうしても日本の芝居を演りたくなりますね。

伊藤　しかし、新劇は翻訳物を演るパーセンテージが高いのではありませんか。

滝沢　ボクらの劇団「民藝」では、翻訳物がそう多くもないらしい。でも翻訳物でもいいものはいいですね。

伊藤　「セールスマンの死」はいまなら日本人にも理解されていますね。

滝沢　親と子の愛憎を扱った芝居ならよぉーく分かるけど、少し話が宗教、信仰問題となると、また分からない。彫刻家の高田博厚先生が、よくおっしゃるのね。日本人に分からないのは、神の問題だと——。

伊藤　喜寿というのは一般的に考えますとかなりの年齢になるわけですが、芝居において年齢からくるハンディ、というものはありますか。

滝沢　ボクの劇団で演出をしている十数人と比べると、ボクのほうがより体が動くんです。お百姓さんもやりましたし、若いときの訓練、これが非常にモノを言ってますね。

伊藤　もう一つの面、年齢を重ねてから若い役を演じるということの難しさはありませんか。若い人がフケ役を演じるほうがやさしそうな気がしますが。

滝沢　ボクは年をとってから初めて、青年というものが分かりましたね。若さというものはこういうものなのか……それが若いときには分からなかった。分かったときには今度は肉体的に自由にならない、という面も若干ありますが、歌舞伎の方も若い役を見事に演じていらっしゃる。ですから必ずしも肉体的な衰えが芝居においてハンディになるとは限らないでしょう。

伊藤　そうすると、役者は年齢相応の役だけしか演れないというのは一流ではない……。

滝沢　そう思いますよ、ただね、世阿弥のいう「時の花」。あれはやっぱり若いときでなきゃ持てない。しかし、本当の芸術的な美しさっていうのは、世阿弥の言葉を引けば「古木に咲いた花」です。枯れ枝にポッと咲いた花のような……。そういうところに行きたいと思いますね。

伊藤　先ほどの白樺派の話で思い出しますが、里見弴先生はよく小説を書くということは経験が大事だが、経験だけがすべてではない、とおっしゃっていました。実際、経験だけがすべてであるとすると、極端なことをいえば人殺しをしなくちゃ人殺しの場面を描けないということになってしまう。つまり、小説家というのは創造主であるわけで、だからこそ責任も重く、むやみやたらに人を殺したり、必要もない人物をつくったりしてはならない――と言ってました。それは芝居で演じるということと同じではありませんか。

滝沢　役者には二つのタイプがあります。ひとつはどんな役をやっても常にジャン・ギャバンだというタイプ、もうひとつは、例えばフランスにピエール・フレネーという役者がいるんですが、びっくりするぐらい役によって変わってしまう。つまり多様な変化を通して彼であるタイプなのです。ボクは何を演っても彼は彼だ、というのはつまらない。自分でない人間を表現したい、そうすると、里見先生の言葉じゃないけど、いろんな人間を知ってなきゃなんない。間接的体験を含めて豊富であることは役者にとって非常に大事なことなんですよ。

伊藤　ただ年をとればいいというものじゃないわけですね。

滝沢　その人が生きてきた人生の体験、そのものの豊富さが芝居を決めるのです。貧弱な人の芝居ってつまらないですね。

伊藤　その里見先生は、「年をとってもちっとも退屈じゃない」とよく言っていました。「明日は何が起こるのだろうという期待感、一日だって退屈しない」と……。つまり無為に人生を過ごしても九〇年だし、気にとめても九〇年、その差が人間を豊かにするか否かの差かもしれませんね。

滝沢　自分自身が貧弱だったらどんな役を演っても駄目、常に自分を富《と》ましておかなきゃならない。俳優にとってこれが一番大事なんですけど、近頃はそうでもないらしい。歌ったり踊ったりが役者の勉強だと思ってるんですねェー。

喜劇「こわれがめ」にひそむ主題

伊藤　鎌倉市中央公民館分館で公演されるクライスト作の「こわれがめ」は、ドイツ演劇の中で喜劇の最高峰に位置づけられている芝居だそうですが、今回は宇野重吉演出、主演はもちろん滝沢修さんご自身。どのような芝居でしょう。

滝沢　ボクが演じるアーダムは、小さな村の村長兼裁判官で、色好み。ともかく面白い人間です。舞台の上であらん限りの知恵を絞って罪を逃れようとするのですが、結局はシッポを出して逃げちゃう。その可笑しさを観客の皆さんと一緒に堪能して、笑ってもらえればいい芝居なのです。我々は今回、一切難しい演出をしておりませんし、大変面白い。舞台で「こわれがめ」の由来をしゃべる場面があるのですが、実はこの「こわれがめ」というのはオランダがスペインに支配されたときに、オランダが専制支配者を顕彰するためにつくった壺なのです。その壺が割れちゃった、そこに作者の大変な寓意があるんだけど、そこまで舞台で表現すると、とても難しくて、観ている方は分からない。舞台では村長アーダムと、夜這いに行く相手の娘がエーフェという。アーダムとエーフェ、実はアダムとイブなんですね。ですから、アダムとイブが楽園を追放された物語を知ると、この芝居はもっと面白くなるのです。

伊藤　舞台を楽しみにしております。

東京成城にある滝沢さんのお宅は立ち並ぶ大邸宅の中で、質素な仕舞屋だった。日本を代表する役者の家としては、いささか不釣合な気がした。そんな感想をもらすと「今日は雨が漏ってないだけマシですよ」と、あの響くような声でカラカラと笑った。つい数日前まではバケツを持って家中走り回っていたという。

「ご時世は私みたいな役者バカをあまり必要としないですもの」

しかし、貧乏も悪くありませんよ、と今度は声をひそめて笑った。家の中にはゴッホ像や自作の絵が飾られていた。自分の干支にちなんだ馬の置物も目を楽しませてくれた。とりわけご自慢のカメラのコレクションに話が及ぶと、子どものようにはしゃいで顔をほころばせた。

黒髪懺悔

高岡智照（祇王寺庵主）

たかおか・ちしょう
1896年（明治29）奈良生まれ。祇王寺庵主。1907年、千代葉の名で舞妓に。11年に照葉と改名、半玉となる。15年妓籍を去る。19年大阪北浜株式仲買人小田末造と結婚するが離婚。34年に出家、「得度亮弘坊智照」と改名。36年7月、大覚寺塔頭祇王寺に入寺。84年自叙伝『花喰鳥』上梓（小社刊）。94年10月没。

――昭和五十九年（一九八四）「かまくら春秋」四月～五月号掲載

両親の業を背負って

伊藤　いよいよ庵主さん念願の自叙伝が出版されますね。

智照　ありがとうございます。私は八十歳を迎えたときに、よくここまで生きてこられたと思いました。と同時に、自分の歩んできた過去を振り返ってみると、慚愧《ざんき》と自己嫌悪の念にかられて、このまま死んではならない、愚かな女の一生を赤裸々に告白して、閻魔大王の前を恐れず、あの世への関所を無事に通らせていただきたい、そう考えたのです。

伊藤　ちょうどその頃にお目にかかったわけですね。里見先生のお伴で上洛していた折に。

智照　私は新橋で芸者をしていた頃から里見弴先生を存じ上げておりました。先生と長年ご一緒にいらしたお良さんとは、私は新橋の照葉、お良さんは赤坂の菊龍ということで、よくお座敷で顔を合わせたりする仲でした。

伊藤　当時の東京では、照葉、菊龍、萬龍、音丸などという芸者さんのブロマイドが飛ぶように売れていたという話を、里見先生から聞いています。

智照　これはまた赤面いたします（笑）。そんなわけでその後も里見先生とは親しくさせていただいていたものですから、ご相談申し上げたら「真実を書く覚悟があるならば、いい人を紹介しよう」とおっしゃって、お引き合わせくださったのが貴方様でした。

伊藤　そうでしたね。里見先生もまだお元気で、お初にお目にかかったのは、京都嵯峨野の平野屋。

瀬戸内寂聴さんもご一緒で皆さんで鮎を食べたのでしたね。

智照　あれから本当に長い間、貴方様にはご苦労かけました。

伊藤　恐縮です。ところで、庵主さんの俗界での人生があまりにも波瀾万丈なので、ついついそちらに目がいってしまいますが、実際は仏門に入られてからの生活のほうが遙かに長いのですね。

智照　得度いたしましたのが、三十九の歳ですから、今年でまる五〇年の尼生活になるんです。それはいろいろな、人さまにお話しするのも憚《はばか》られるような体験をしましたが、私にとっては結局のところ、いまの生活が一番向いていたということではないでしょうか。

伊藤　いま庵主さんは人に憚られるような体験と言われましたが、本を読ませていただくと、その時々に、自分の置かれた立場をより前へ前へと、精一杯に生きてきた姿勢が熱く胸に伝ってきます。それと同時に常に愛情を渇望されている姿にも目が留まります。

智照　それはあるでしょうね。とにかく、十歳の年に、一緒に暮した伯母から出生の秘密を聞くまで、自分が私生児であることすら知りませんでした。そのとき、涙は悲しいときに出るものだと知ったんです。父は一度も結婚せず、あちこちの女に子どもを生ませるような極道者で、後年も苦労させられました。

伊藤　悲惨なのは庵主さんの生母おつるさんですね。私生児を身籠った上に、帰った家には鬼のような継母でしょう、庵主さんを取り上げられた上に、呵責に堪えきれず、その後すぐ亡くなってますね。

智照　私はもちろん顔すら知りませんが、この母を想うたびに、いまでも涙が出るんです。必ず無責任なツケは誰かに返ってくるのです。私はこの両親の業を背負って生きてきた、という気がします。

伊藤　父親にきれいな着物《べべ》を買ってやるからと口車に乗せられて、大阪の宗右衛門町へ連れていかれ、お茶屋に身売りされる場面、あれも読むのが辛い……。

智照　まだ十二の小娘でしたからね。伯母の留守をみはからって父がやってきて、私は「伯母に内証で出ていったら心配する、それに育ててもらった恩もある」と抗弁したんですが強引に……。

伊藤　「育てて貰うた恩を思うのやったら、まだその上の生んでもろた恩があるやないか」と。まア、自分勝手な台詞を吐くんですよね（笑）。で、いろんなことがあった末、結局は舞妓になられる。

智照　奈良の伯母の家からまず連れて行かれたのが父の家だったんです。そこは家具もない、貧乏を画に描いた家でした。薄暗いランプの下に幼い異母弟がスヤスヤ寝ていたんです。それを見たら自分が売られていくよりほかに道がないと思ったんですね。

舞妓に出てから

伊藤　明治四十二年（一九〇九）十一月、加賀家から千代葉という名でいよいよ披露目になるわけですが、大阪南地では評判の派手なものだったそうですね。

智照　店出し（＊披露目）は舞妓にとっては一世一代の晴れ舞台です。私は京風の髪を祇園から髪結いさんにきてもらって結いました。普通、大阪の舞妓は御殿女中のような格好で地味なのですが、私は特別でした。見習茶屋で「顔つなぎの儀」で姉芸者や先輩の舞妓仲間と盃を交し、千代葉という名披《なび》露目《ろめ》の挨拶が述べられる一刻は、鮮やかに覚えております。

伊藤　西園寺公望、住友吉佐衛門、片岡直温、中橋徳五郎などという日本の政財界の有力者の座敷に、まだ半玉時代の庵主さんが呼ばれているのですから人気ぶりが分かります。その人たちの名を含めて、本を読んで感心するのは記憶の確かさですね。特にこの本の中には明治から大正、昭和へと日本の中枢の人物が登場するので、誤りがあったりすると、すぐ告訴されたりするので（笑）、裏付けを十分取りましたが、寸分の狂いもない……。

智照　色街へ子にやられる日まで、私の小さな希望は将来文学者になる夢でした。十歳で学校へは行けなくなりましたが、それまで作文だけは先生から褒められていました。また、東京新橋へ籍を移してからは、私の家形《やかた》（＊置屋・養家）があった金春《こんぱる》新道（＊現在の銀座資生堂の裏手）にちなんで「金春日記」と名付けた日記をつけていた、ということもあるのでしょうね。

伊藤　花柳界に生きる女の宿命《さだめ》とはいえ、千代葉、初水揚げの場面は残酷ですね。

智照　私はいまになって思うんですが、花柳界というのは、何のことはない金持ち特権階級のあくびの掃き溜めのような場所で、その中で私たちは生きた人形としてもてあそばれることによって生きていたのですね。

伊藤　ふつう、水揚げの話は男衆を通してお茶屋と家形が話し合って決めるのに、庵主さんの場合は姉芸者八千代の「千代葉人気」への腹いせですものね。

智照　まァ姉さんには姉さんの事情もあったのでしょう。とにかく加賀家の八千代といえば東京の萬龍と東西を二分する芸者でしたからね。でもね、いつかはと思っていても私はまだ女にもなっていない十三の歳でしょ、姉さんたちに着物をはぎとられ長襦袢一枚で部屋に押し込まれれば、あきらめるより仕方のないことでした。

伊藤　いまのご時世だったら、納得ずくだったとしても刑事罰ですよ（笑）。そんな最初の異常な体験が、常に庵主さんが「早くこの世界から抜け出して普通の女になりたい」という願望を強めていっていますね。

智照　でも、私という人間は最後まで不器用だったんですね。そう思えばそう思うほど結果は裏目に出てしまうんです。

伊藤　新橋へ移るきっかけとなった、指をつめて、相手の男へ贈った事件などもその一例ですね。

智照　そうでしょうね。私は結婚に憧れていましたし、相手も固い約束をしてくれましたから、まさか破談になるなどとは思ってもみませんでしたからね。

伊藤　相手は船場の鼈甲問屋のぼんぼんでしたね。若くて、羽振り、男振りよし、色町でも名の通った上客だったそうですね。

智照　そういうこともありましたが、私が魅かれたのは相手が独身だったからです。その後もその考えは変わりませんでしたが、私のために、ほかに不幸な女性をつくり出すことは私には耐えられないことだったのです。

伊藤　破談になったのは、庵主さんが鏡袋に歌舞伎役者市川松蔦の写真を忍ばせてあったのが発覚したからだそうですね。

智照　相方の方も色街で長年遊んだ男はんですもの、舞妓に淡い恋心を抱く役者の一人や二人がいても当り前くらいのことと理解できるはずなのに――。それを結婚の寸前に責めたてられたら、気持ちのやり場がなくなって。

伊藤　それで小指を切って相手に届けたわけですね。

智照　あの情景も決して忘れません。お茶屋で皆が寝静まるのを待って、お女将さんの鏡台から剃刀を取り出し、手近にあった三味線の二の糸を切って左の小指に巻きつけ、そしてその上へ剃刀を打ちあてたんです。それから、くだんの男の所へ走って、ハンカチに包んだ指を男の手に握らせて逃げて帰りました。馬鹿なことです。が、相手を傷つけるより、自分を傷つけようと、十五の私によく考えついたものだと思います。

花柳界の闇

伊藤　指を切った、ということで大阪に居られなくなるわけですね。

智照　廓だけでなく、新聞にまで末恐ろしい毒婦だとか書きたてられて、お茶屋の一室に閉じこもって口惜し泣きに明け暮れしていました。

伊藤　毒婦っていわれたって、まだ十五歳ですものね。人を傷つけたわけでなし、ご自分が痛い思いをしたのに……文章の中にその気持が十分くみとれます。結局、それで東京へ出るんですね。

智照　私が大阪で最初にお世話になった辻井楼という家形のお女将さんは、昔、五代目菊五郎のお妾を東京でしていた人で、その紹介で新橋でも一流の新叶家の清香さんの所に身を寄せたのです。

伊藤　清香さんというのも興味深い女《ひと》、傑物ですね。

智照　清香《ねえ》さんの旦那の後藤猛太郎さん（＊後藤象二郎伯爵長男）が一度は妻に、つまり伯爵夫人に迎えると約束したほどの女性ですからね。

伊藤　でも結局、象二郎未亡人の反対にあって、そうはならなかったのでしたね。その理由が身分不相応というのでなくて、あまりにも「できすぎている」というのですから。

智照　ええ、昔の一流芸妓は、お茶やお花などは無論のこと、学士さまに近いような教養を身につけていました。特に清香さんは。

伊藤　結婚不履行の代償として、清香さんに向島の三千坪の香浮園という別荘が与えられる。そこが政財界の密談の場と化し、西園寺公望や高峰譲吉博士なども密会を重ねています。こういうのをきっと伏魔殿《ふくまでん》というんですね。

智照　しかし、清香さんは香浮園をもらっただけでは腹の虫がおさまらないので、後藤さん公認で新派の伊井蓉峰を愛人にして貢ぐんです。

伊藤　そのスケールがまたすごいですね。

智照　はい、伊井さんのために明治座を松竹から丸ごと買って座長に据えるんですからね。福沢桃介さんが福沢諭吉家に養子に入るまでの川上貞奴《さだやっこ》の桃介さんへの献身ぶりといい勝負でしょうね。それと西郷隆盛の面倒を見た烏森の「浜の家」のお女将、この三人は私たちからすると近づきがたい存在でしたね。

伊藤　貞奴といえば、貞奴が音二郎に先立たれると、今度は福沢桃介が昔の恩を忘れずに面倒を見るんですね。

智照　ええ、それはそれは、貞奴さんが朝鮮へ興行へ行くとついていったり、ぬる湯好きの桃介さんが「貞奴は熱い湯が好きでね」と、しかめ面をしながら、惚気話《のろけ》をしたり、大変なものでした。

伊藤　ご本を拝見していると、当時の政財界の実力者で妾を持たない人はほとんどいないですね。

智照　花柳界へ足を踏み入れる人は、必ず一人や二人は落籍させていましたね。

伊藤　ちょっとうらやましい気もします（笑）。

智照　ご本宅の奥様もそれが男の甲斐性と見ているようでしたが、私は嫌でしたね。愛のない男と女の関係など決して幸福を生むものではありません。だから、もし落籍されるなら、妻子のいない男性にと常々思っていました。逆の立場でしたらいい気持ちではいられません。やはり一夫一婦が正しい姿ですよ。

伊藤　その辺の実感を「花柳界とは、なんのことはない金持ちのあくびの掃き溜め、高級不良老青年の巣窟。そして私達は彼等のために生き人形として弄ばれる人形ではないか」と吐露されている。とはいっても、庵主さんも人形にならざるを得なくなる場面がありますね。「猫化爺さん」と仲間内で呼んでいた大実業家の話がありましたよね。

智照　あの方のことはちょっときつく書いたかな、という気もしますが（笑）、もう先方は六十過ぎでしょう。私はまだ十六ですからね。生理的に嫌だったんでしょうね。その人が昼日中からお茶屋の座敷に寝転んでおかみさんに耳そうじしてもらっている様《さま》を見たら、いくら日本の「セメント王」といわれる大実業家でも、汗水たらして働いている姿を垣間みる職人さんと重ね合わせると、よけいに腹が立って、絶対いいなりになるものか……。

伊藤　それで周囲が謀った、東京での初水揚げは、猫化爺さんを逆に引っ掻きむしって、逃げ出してしまう。そして、後から清香さんにお説教をくらう……。

智照　そうでしたね。「私達が、大家の奥さんや、お嬢さんでも、そうそうはできないような絹物づくめで、日髪日化粧でぞろぞろ暮すだけでお金儲けできたら、日本中の女性が皆芸妓商売する」って言わはりましたね。あのときはつくづく、色街なんぞこの世になかったら、貧之人の娘を金で売り買いする世の中がなくなったら、と思いました。

伊藤　でも最後は清香さんの命令は絶対で、人力車に無理矢理に押し上げられて船宿へ送りこまれてしまう、そして後に渋沢栄一が人づてにその話を聞いて「俺も学はないが、あれはもっと無粋だから辛かったろ」と慰めの言葉をかけてくれる。

智照　渋沢さんと、原敬さん、高橋是清さんなどはいい人でしたね。高橋さんは、ある日突然「おい、俺は今日から大臣だ、これからダルマなどと呼ぶと許さんぞ」と皆を笑わせたことがありました。本当にその日、大蔵大臣の内示があったんですね。次の日の新聞で知りました。細川護立さん、三越の朝吹常吉さんなどはお酒を飲むと暴れはしましたが楽しい方々でした。

伊藤　庵主さんが五年の年季奉公という取り決めもさることながら、花柳界で身を粉にして働くのは、舞妓になる決心をした動機と同じ理由——異母弟弥太郎を一人前に、という気持ちからでしょう。

智照　まったくその通りです。後に私が半玉から一本の芸妓になるときに面倒を見てくださった大蔵省の長島隆二さん（＊桂太郎女婿）が、弥太が小学校を了《お》えたら引き取って学校へ行かせてくださるとおっしゃっていました。それが私の唯一の生甲斐でした。

伊藤　しかし、事故で弟さんは亡くなってしまう。

智照　あれは半生を振り返ってみて、一番悲しい想い出です。家の前の草原で近所の子どもたちと遊んでいるときにどうしたはずみか、草に火がついて燃え広がったんですね。ほかの子と一度は逃げ出したのですが、繋いでいた愛犬を助けようとまた戻って火にまかれてしまったのです。火の消えた後、焼野原の中に犬を抱いてうずくまっている弥太の亡骸があったそうです。

妓籍を去る

伊藤　せっかく、長島さんというい後援者を得たと思ったら、二ヵ月も経たずしてアメリカへ行ってしまう。

智照　行かれた後もご本宅から月々のお手当をいただいていましたが、そのうちに心苦しくなってご辞退申し上げたんです。すると今度は清香さんの手前、肩身の狭い日々が続くんですね。

伊藤　いろいろ、面倒を見たいと引く手あまたなのに、妻子持ちは先方を苦しませるから嫌だと例の論理で。

智照　論理というほどのことはありませんが（笑）。

伊藤　そこへ、落籍の話がまたくる。

智照　最初は独身だと聞かされていましたし、まだ三十を過ぎたばかりの若い方でしたので。

伊藤　しかし、実際に妾生活に入ってみると、妻子がいたんでしたね。

智照　それが分かったときは、もう愛宕町に家をもらって抜き差しならなくなっていました。いま思いますと、十八の年からの足かけ五年間の妾生活は、私の青春を握り潰されたようで一番悔やまれる時代です。

伊藤　間に入った男衆、昔なじみの「常どん」のはからいで、手切金もいらない、もらったものも全部置いていくという条件で、縁を切って大阪へ戻られる。そこへ降って湧いたのが北浜の相場師小田末造からの結婚話。

智照　ひょうたんから駒といいますか、大阪へ戻った私が再び座敷へ戻る準備を進めているときに人を介して——。あまり突然の話でしたので、とっさに「アメリカに連れて行ってくれはったらお受けしまひょ」と冗談まじりに言いましたら本当になってしまいました（笑）。

伊藤　大正九年（一九二〇）、アメリカへ行かれ、向こうの寄宿舎に入られて勉強されると、その間に亭主は現地に女をつくって、我が女房を顧りみない。アメリカ娘に愛を寄せられた庵主さんは学校を抜け出して、二人で生活を始める。

智照　小田というのは女癖の悪い人でしたが勘だけは鋭い人で（笑）、見つけ出されて日本に連れ戻されてしまいました。そして私を宣伝道具にするんです。

伊藤　小田さんは新興キネマの重役も兼ねていたので「愛の扉」という映画に庵主さんを主演させている。自分のほうから出させておきながら相手役との間にあらぬ疑いをかけて、葉巻の火を押し当てるような折かんをする。それがかえって二人を結びつけてしまった。

智照　私はもう、夫が毎日家へ女を連れてくるような不毛な生活に疲れ果てていましたし、死ぬつもりで遺書を残して家出したんです。結局、私は何をやっても、何者にもなりきれなかったのですね。芸者にも妾にも、妻にも——。挙句には年下の男との同棲生活にも破れるわけです。

伊藤　そして、まだ三十九歳の若さで出家されてしまう。

智照　自分の愚かな人生を振り返ったとき、「そうだ、この黒髪が道を誤まらせたんだ」と思ったんですね。読経が続く中で膝に黒髪がバサッと落ちたとき、救われた、生れ変わったと感じました。

伊藤　うかがったお話を頭にしっかり入れて、もう一度ご著書を読んでみます。

瀬戸内寂聴さんは『花喰鳥』に次のような文章を寄せている。

「『花喰鳥』は、虚子門下で文才豊かな祇王寺の庵主智照尼御自身が、八十八歳の精魂を傾けつくして告白された遺書ともいうべき衝撃の自伝である。小説におさまりきらないほど華麗で数奇な運命が、絵巻物のように繰りひろげられていく面白さは、巻を開くと最後まで一気に読み通さずにはいられない。一世の美女が選んだ愛と祈りの生涯は、後の世までも永く語りつがれていくことだろう。」

包み隠すことなく自分の過去を告白した智照尼の『花喰鳥』は多くのメディアに取り上げられ、ベストセラーとなった。反響の大きさに、モデルとなった人物の周辺から事実と反するとして告訴され、裁判となった。智照尼は自ら証言に立つことを強く望んだ。九十歳の老尼に配慮して、横浜地裁が京都に出張し、祇王寺の庫裏が臨時の法廷となった。智照尼は「この本は私の遺書。書いたことは真実であり、一切それを曲げることは許しません」と強い口調で述べた。『花喰鳥』はその後も飛び続けている。

老いの微笑

中村光夫（評論家）

なかむら・みつお
1911年（明治44）東京生まれ。評論家・劇作家・小説家。東京帝国大学在学中より、「文學界」に評論を発表し認められる。評論『二葉亭四迷論』『風俗小説論』『志賀直哉論』、戯曲『人と狼』『パリ繁昌記』、小説『わが性の白書』など著書多数。33年より鎌倉市に在住。芸術院会員、文化功労者。88年7月没。

老いの門口

——昭和六〇年（一九八五）「かまくら春秋」十二月号掲載

伊藤　『老いの微笑』、ボクの年でも身につまされる話です。版もすでに重ねられているとか。

中村　ええ、半年足らずですが、もう五刷と聞いています。私の本では滅多にないことでしょう。

伊藤　年を重ねていくうちに誰しもが体験する寂しさや惨《むご》さを、淡々としかもストレートに書かれていることに共感する読者が多いんでしょうね。

中村　まあ、多分そうなんでしょうね。小便をしくじった話などはポピュラーだ、などと家内は言っていますから（笑）。

伊藤　普通はそういうことがあっても、ないような顔をします。自分には無関係のような。

中村　そうですか。みんなそんなに隠しますかね。

伊藤　隠すというより、こっちがそういうことを聞いてはまずいような気持ちになるものですよ。

中村　そんなものですか。

伊藤　しくじる話は『彼岸』という題で小説で書かれていますが、品川を出る頃は、足踏みしたい気持ちで東京駅まで小用を我慢する、というあの気分は年齢と関係なくよくある話で思わず笑ってしまいました。

中村　でも僕みたいな年になると、生理現象を知らせる信号が働かなくなるのです。新橋だからもう少しと思っているうちにおかしくなる（笑）。

伊藤　警告の時間が早いときと遅いときがあるっていうケースですね。よしんば首尾よく東京へ着いたとしても、そのあとがまた難儀に出くわす……。

中村　そうなんです。「清掃中」と書いた看板が掛けてあって、うらめしそうな顔をしてほかの乗客たちは次の場所へ駈けていくんですが、僕にはその元気も余裕もありません。

伊藤　それで急場しのぎに女便所を利用したりする。男が女の便所に這入《はい》るのは痴漢とみなされているが、それは本来の「用足し」以外の目的で女便所に這入る場合であって、この場合は、とがめられるよりむしろ同情されるべきであろう、というふうに書かれていますね（笑）。

中村　あれは最初、係員にこういうときはどうしたらよいのか聞いたんです。そうしたら、どうぞお使いください、ということだったんです。もしそれがどうしても体裁が悪いという人は、「清掃中」を無視するしかないですね。まず便器全部が掃除中ということはありません。一つや二つは必ずあいています。

伊藤　でもその場合は黙って便器の前に行くことが先決、なまじっか聞いたりすると、まずは許可の見込みがない、というわけですね（笑）。

中村　済んでしまえば、それまでのことですから。

伊藤　地下鉄の中で、生まれて初めて席を譲られたときのことを書かれています。分かります。あの気持ちも。

中村　前に座っていた青年が急に立ち上ったのですが、それが最初は僕に席を譲るためだとは理解できなかったんですよ。

伊藤　席を譲るほうの立場でも、そうすることがいいのか悪いのか躊躇するときがありますからね。

中村　せっかく席を取って座っている人を立たせるのが悪いというような気持ちと、それと自分が見ず知らずの人間から老人と見られ、それを認めるのが恥ずかしい、そういう二つの感情が入り混じって、僕もしばらく躊躇しました。

伊藤　それが二度目の体験では、ためらうことなく善意を素直に受け取られた。だが果たしてそれは喜ぶべきか悲しむべきか、決めかねていらっしゃる。

中村　いまはもう観念していますよ（笑）。

伊藤　でも還暦を迎えられた頃は、ただ「老い」はレッテルを貼られただけに過ぎないって。

中村　そうでしたね。「立冬」や「立春」が「暦」の上だけで、実際の季節の倒来を意味していない、ですから還暦もそれに過ぎないと考えていました。

さまがわり

伊藤　何度かジョギングスタイルで走っている中村さんをお見かけしたことがあります。あの、かなり評判だったマラソンはやめられたとか。

中村　マラソンというほど大袈裟のものではなくて家の周囲をほんの二、三キロ走るだけのことでしたが、これも年のせいでしょう。三年ほどしたら逆に鍛えるよりも腰を痛めて二ヵ月ほど寝込む羽目になってやめました。

伊藤　いまはもっぱら散歩だそうですね。

中村　ええ。昨日も海蔵寺のあたりまで歩いてきました。でも最近の鎌倉ではのんびり散歩を楽しむ状態ではありません。

伊藤　言うまでもなく車のせいですね。

中村　ええ。歩いている時間より、車をよけるために塀などに蜘蛛のように張りついている時間のほうが長いぐらいです（笑）。家にたどりつくと、歩いた肉体的の疲労でない別の疲労を感じます。

伊藤　長生きするには「まず鎌倉では出歩かないことだ」などとならないように願いたいものですね。歩かれていて、町の変化は感じられますか。

中村　貸駐車場がやたらに目につきます。古い家を壊しているので、今度はどんな建物が建つのか楽しみにしていると、いつの間にか駐車場になっています。それが駅の周辺だけでなくお寺の敷地まで侵略されているのには驚かされます。こうしたほうが手っとり早い収入になるのでしょうね。

伊藤　そうだと思います。鎌倉は特に建物の高さの制限とか、埋蔵文化財が町の至るところにありますから、発掘の問題など考えると駐車場というのが一番、割に合うやり方となるのでしょう。若宮大路沿いは、いまに駐車場通りになると危惧する声もあります。

中村　貸店舗も増えたのではありませんか。人を雇って客の入りを気にしたり、税金の心配をするよりは店を貸して家賃をとったほうが気楽なのでしょう。

伊藤　駐車場と同じ伝だと思います。おっしゃる通り、各種のバーゲンに軒先を貸している姿が目につきます。またそういう傾向も否定できません。

中村　僕のように古い人間には、商人も職人と同じように長い修業期間があって、丁稚からたたきあげて番頭に、そうやって一人前になるというイメージが強くあります。商人根性というのはこういう過程を経て培われるもので、商売の真実もそういう苦労の結果、分かるものではないでしょうか。

伊藤　昨日までサラリーマンだった人が、今日はブティックの経営者だったり、店の厨房でスパゲティをつくったりしているのは珍しくありませんからね。

中村　素人が安直に店舗さえあれば商売ができると思うのは本末転倒ではないでしょうか。

伊藤　食べ物から建築までインスタント全盛の時代ですからね。商いも例外ではないのでしょう。

中村　一部での現象をとらえて一般にあてはめるわけにはいきませんが、いまほど素人が手軽に商売を始められるときもそうはないでしょう。

伊藤　手軽にできることというのは、手軽にやめることも可能なのか、と述べられていますね。

中村　小町通りを歩いて瀟洒な店ができたな、と思って次に行ってみると違った店に変っている。そんなことが最近は頻繁にみられます。

少しは文学の話も

伊藤　素人が簡単にできる――職業の中でのプロとアマの差が現代社会の中では希薄であるという話は、もちろんすべての職業がそうではないでしょうが、文学の世界にも当てはまる面がありませんか。

中村　そうですね。玄人は専門家、素人は門外漢とすれば、玄人が素人より技術的に勝れているのは当たり前のことですが、その正論が現代の文学に当てはまっているっていえるかどうか、でしょうね。

伊藤　雑誌など媒体の数も昔に比べたらはるかに多い。文学賞の数についても同じことが言えます。一作が話題になると、いつの間にかそれを生活の業としている。玄人になりやすい状況ですよね。

中村　本人が素人か玄人か分からない場合が多いでしょうね。仲間から無理矢理に玄人にさせられてしまって、専門家として能力を維持するために、何を学び、どんな修業が必要かも分からない、そういう玄人が少なくありません。もっとも僕だって長いこと文壇で暮らしているから、文学の専門家と世間からは見られていますが、専門技術を身につけているのかと言われたら自信はありませんね（笑）。

伊藤　その場限りで、うければそれで良しとして依頼するジャーナリズムにも問題があるでしょうね。また、「老い」との関係の話になりますが、四季の移り変りや自然に対しての観察が年齢とともに変わってくる、というように書かれています。文学作品についてもそれが言えるようですね。

中村　変わるというより観察し得なかったものが、分かるようになってきたということでしょう。

伊藤　藤村の小説を読んで若い頃は飽き足らなかった。それは恋愛しても自分のことしか考えない。相手の献身は当然として受け入れるだけの藤村の女性に対する冷たさがその原因と書かれていることも――。

中村　いまから思えば藤村を批難するほどのことではないんですよね。つまり恋愛というのは確かにそういう側面があるんですから。

伊藤　それは長い人生経験を積まれないと発見することができないということですか。

中村　あまり面白くない発見ですよ（笑）。

伊藤　藤村はなかなかの美男子だったそうですね。

中村　女性的なところがありながら、どこか動物的なエネルギーを感じさせるんです。

伊藤　女性には特に人気があったようですね。

中村　ええ。恋愛などでは主人公が醜男であるか美男であるか、容貌によって女性観察も違ってくるでしょうし、相手の感情も影響するでしょう。

伊藤　作品を読む上ではそこまでふつうは考えませんが、そうですよね。

中村　私小説の場合は特にそうですよ。実際の事件の進展など容貌が与える影響はかなり大きいと思いますね。そういう関わり合いを調べたらずいぶん面白いと思いますね。
伊藤　そういう意味でも年をとるのはまんざら悪くない。本を通読しますと、ご自身の問題については、微笑よりも苦笑されることのほうが多いような気がします。『老いの苦笑』という題もどうかなと（笑）。
中村　そのほうが本が売れますか（笑）。
伊藤　「老い」の生活の中で持ち上がる肉体的・精神的なしくじりや悩みは、微笑してやり過ごしてしまえ、そうおっしゃっているると理解してよいでしょうか。
中村　そういうことになりますかね（笑）。

対談回想

『老いの微笑』を読んだという友人の若い医者が「神経の働きと生理作用の関係がよく分った」と感想を漏らした。一級の筆にのると、しくじった話も下手な医学書よりも臨床医の手助けとなるようだ。年をとるのは自然の理であるが、それが気づかぬうちにやってくる。当たり前に毎日を繰り返しているうちに着実に老いに向かう。

「人間にとって一番納得が行かないのは自分の人生がこれほど速やかにすぎ去るということ」と著者は言い、この未練が時に集中した形で現れるのが中年期の終わりである、とも。その時期の一歩手前まで差し掛かっていたボクは、ハッと胸を突かれる思いと同時に妙に納得した気分になった。

鎌倉文士概論

江藤　淳（文芸評論家）

えとう・じゅん
1933年（昭和8）東京生まれ。文芸評論家。慶応義塾大学英文科卒。在学中『夏目漱石』を発表し、新鋭の評論家として注目される。その後『漱石とその時代』で菊池寛賞、野間文芸賞。保守主義を代表する社会・文化評論を多く執筆した。『小林秀雄』『海は甦える』など著書多数。99年7月没。

――平成二年（一九九〇）「かまくら春秋」六月号掲載

なぜ「鎌倉」か

伊藤　なぜこの鎌倉の地へ、いわゆる〝鎌倉文士〟と後年称されるようになった物書きたちが居を構えるようになったのか。ご自身の動機をまずうかがいましょうか。

江藤　私が鎌倉へ最初に来たのは昭和十六年（一九四一）です。虚弱な児童であった私が転地療養先として、親類がいたということもあってこちらへ来たわけです。

伊藤　確か第一小学校から湘南中学（＊現在の湘南高校）へ進まれていますね。文学的なこととは関係なかったわけですね。

江藤　関係はありませんでした。しかし、文壇に出て間もない、新進気鋭の中村光夫さんを身近に仰ぎ見たのをよく覚えています。それは大仏のような勇姿でした。いってみれば、それが鎌倉文士体験の最初です。昭和二十三年（一九四八）に、中学の途中でしたが、東京へ戻りました。その後、海外生活を経て、再び鎌倉に移ってきたのは八年前になります。本が増えてしまって、住んでいた東京のマンションが手狭になり、東京の過密化も仕事をするには辛くなってきたからです。

伊藤　再度この地を選ばれた理由には、鎌倉文士の存在が関係してきますか。

江藤　それもあります。どこかへ引っ越そうと思ったときに人間ってやはり土地勘のある所がいいんですね。鎌倉なら小学校や中学の同級生もいるし「鎌倉へ帰ろうか」ということになったわけです。それといいま、ご指摘があった仕事の上での理由ですね。私はいわば一番末っ子の弟子ですが、師匠の小林秀雄さんの近くに行っていろいろ叱られるのもいいだろうということで――。つまり自分の少年時代の思い出と、もう一つは小林さんの〝引力〟。その両方が重なって鎌倉へ戻ったということになりますか。

伊藤　鎌倉に物書きが集まったというのは「引力」、そういうものがどんどん積み重なって鎌倉文士群というようなものが形成されてきた……。

江藤　そういってもいいでしょう。戦前の鎌倉を考えると、その辺が手がかりになると思います。一つには、鎌倉には割合質のいい貸家が多かったんです。明治以来、海水浴場として海辺が整備されていくにつれて上流階級の別荘が建ち、それと同時に中流の人々が避暑に訪れる貸別荘もできた。横須賀軍港が近くて、海軍士官の住まいもあった。東京と横須賀の間にあって東京の文化と海軍がもたらす西洋文化が交じりあう場所、鎌倉はそんな場所でした。芥川龍之介が洗濯屋に間借りしていたというように、独身で、まだ若い人にもいろいろな家が選べるというような面もあったんですね。東京から一時間という手頃な距離で、とにかくいい貸家が多かった。

伊藤　住宅事情と日本の中心たる東京との距離が文士が住まうのに適していたということですね。そういえば戦前の文士はほとんど借家住まいでしたね。ですから同じ市内で幾度となく転居をしている作家も少なくありませんね。

江藤　そしてもう一つは肺病。文士と結核というのは切っても切れない関係、肺病はいってみれば文学的な病気です。明治以来、昭和二十年代の終わりまで、結核は国民病でした。結核に侵されている文士は何人もいた。逆にいえば結核体質であるがゆえにほかの仕事よりは文筆を選ぶという面があった。例えば樋口一葉の仕事は結核の進行と不可分のものでしょう。鎌倉が結核の療養地だったという側面も見逃せません。

伊藤　あれは堀口大學先生と丸谷才一氏の対談だったと思いますが、大學先生が結核で寝ているよりしようがなかったので、本を読んだり翻訳もできたといっていますね。それで、丸谷さんは、最近の日本人が本を読まなくなったのは結核がなくなったせいではないかっていうような話を（笑）。

鎌倉文壇の形成

江藤　それと、これは割合最近になって気がついたことですが、昭和初期は左翼運動が文壇を席巻した時期だった。昭和四、五年から昭和六年、満洲事変の直前くらいまでがピークでしょう。その頃多くの作家が左翼に身を投じた。その後、弾圧、転向――ということで、やむなく左翼思想を捨てた人、あるいはある必然性を感じて、自らの思想の進展として転向していった人、いろんな人がいた。つまり、結核による身体のキズとともに転向による心のキズを持ってる人たち、そういった人たちがキズをいやしに、類は友を呼ぶといった形で鎌倉に集まってきた。そして鎌倉で芸術派と元左翼が出会う――それらの要素が集約されたような形で、昭和の十年代くらいから急速に鎌倉の文壇というものが形成されていったんじゃないかと私は思いますね。

伊藤　いま左翼、非左翼という話が出ましたが、ボクが鎌倉文壇で面白いと思ったのはこの町の中では、文士たちがイデオロギーを超えたところで上手に交流しているんですね。あれは小牧近江さんの『種蒔くひとびと』の出版記念会でした。里見先生が乾杯の音頭をとったんです。いってみればブルジョアジーの代表みたいな里見弴と、プロレタリア文学の小牧近江が同じ席で盃を傾けていたりして、最初は不思議な光景を見ている思いがしました。転向作家の象徴的存在といえば林房雄さんなどになるでしょうか。

江藤　そうなりましょうね。林さんは本名を後藤寿夫といいますが、私はご子息と湘南中で一緒でした。中学生のとき、後藤君の家に泊まったことがありました。あの物がないときにいろんなおいしいものが出て、鎌倉文士というのはこんなものを食べてるのかと思いましたよ（笑）。後藤君の兄弟と書庫に寝たのですが、こんなに本があっていいな、片っぱしから読みたいなと思った。それが、自分が文士を開業する前に、鎌倉文士の内懐に入れてもらった最初の思い出です。林房雄という人は、かつては中野重治と並ぶ若き左翼戦士でしたが、獄中で転向し、民族主義的思想に変わっていった人です。そして小林秀雄と「文學界」の編集に携わって文壇をリードしていった。その熱気・雰囲気を慕って、類は友を呼ぶで島木健作や川端康成が集まり、次第に華やかな鎌倉文壇が形成されていった。

伊藤　いま名前を挙げられた人々は、鎌倉文士を年代で区分すれば、第二世代になりますね。久米正雄、里見などは、すでに大正末には鎌倉に腰を据えています。里見先生は幼少の頃の仮住まいを含めれば明治二十六年（一八九三）頃までさかのぼりますが……。

江藤　久米さんが地元の地域社会と鎌倉文士の鎹《かすがい》となった役割も見逃せませんね。町会議員をやり、何といっても鎌倉カーニバルでの久米さんの神主姿には強烈な印象があります。

伊藤　「鎌倉ペンクラブ」は昭和八年（一九三三）に設立されたといわれています。手元に十三年のペンクラブの会員名簿があります。それによりますと、会長は久米正雄。幹事は永井龍男、大島十九郎、菅忠雄、深田久弥の四人で、事務所が「鎌倉市二階堂歌の橋手前深田久弥方」に置かれています。主だったメンバーを見てみると、林房雄、大佛次郎、大岡昇平、太田水穂、川端康成、横山隆一、中里恒子、今日出海、小杉天外、小林秀雄、小牧近江、里見弴、三好達治、島木健作、神西清など錚々たる顔ぶれは、鎌倉文壇というよりオール・ジャパンという感じです（笑）。でもそれは、意識的に文壇をつくったのではなく、一級の仕事をする作家たちの仲間的集まりが、鎌倉文士とか文壇と呼ばれるようになったということでしょう。

江藤　そうですよ。やはり文士の仕事は、個人の仕事ですからね。いい仕事をする人たちが、たくさん住んでいるからパワーになった。示し合わせて「鎌倉文士で文壇をのっとってやろう」というように、自然主義や左翼みたいに主義主張を掲げたわけじゃない。ただ、何しろそこには久米さんがおられ、里見さんがおられ、大佛さん、川端さんというような文壇の実力者がひしめいていたわけですから。

伊藤　先ほど話の出た「文學界」の同人をとっても、小林秀雄、川端康成、林房雄、深田久弥がいるんですからね。「文學界」の創刊が昭和八年で奇しくも鎌倉ペンクラブが設立された年と合致していますす。ですから鎌倉文士の集団たる文壇の確立がなったのはこの時代だといってもよいでしょうね。

江藤　そう思いますね。小林さんが文壇に頭角を顕したのは昭和四年（一九二九）です。大正の末ではまだ学生だったはずです。「改造」の懸賞論文で宮本顕治が一席、小林さんが『様々なる意匠』で次席。私が文壇に出たのは昭和三十年代です。その頃は鎌倉派というのと阿佐谷派というのがあって、阿佐谷派は井伏鱒二さんが中心で、どっちかっていうと地味、しかし渋味がある。鎌倉派っていうのはスポットライトが当たって、何となくきらびやかな感じでした。この両者がいわゆる既成文壇の東西の幕内力士みたいな感じでしたね。私が最初所帯を持ったのは吉祥寺ですから、地域的には阿佐谷派に近いのですが心情的には鎌倉派でしたね（笑）。

伊藤　やはり子ども時代の記憶のほうが優先するんでしょうかね。

江藤　そうでしょうね。小林さんの知遇を得る前に、私を認めてくれたのは伊藤整さんと中村光夫さんです。あるとき、実は中村さんのほうはご存知なかったろうけど、「江ノ電の稲村ガ崎駅からあなたが縄跳びしていたのを見ていた学生の一人が私です」といったら中村さんビックリしてね、それで家へ呼んでくださったり、親しくしていただいたんです。そんなわけですから、私は、身は吉祥寺にありながら心は鎌倉っていう、そういう形で育ってきたんですね（笑）。

華やかな文業の記憶

伊藤　生意気なことを言うようですが、先人の鎌倉文士が偉かったと思うのは、久米さんを筆頭に常に町との関わりあいを持ってきたということだと思いますね。「鎌倉ペンクラブ」は職能集団でしたが、草野球の「鎌倉老童軍」、「鎌倉カーニバル」、貸本屋「鎌倉文庫」、文士が教鞭をとった「鎌倉アカデミア」、久米が版元をやった雑誌「かまくら」、菊岡久利の「土曜日曜新聞」など、ボクがこの小雑誌を始める頃まで、そういうものが間断なく続いてきた。これは他所《よそ》に見られないことだと思います。

江藤　そうですね。私もいまだによく覚えているのは戦前の鎌倉文士もさることながら、終戦の少し前に、鎌倉文庫が始まって、「これが文士が始めた貸本屋か」ってびっくりしましたね。戦争が終わったらそれが出版社になり「人間」という雑誌を出して、終戦直後の混乱期に、文化的なルネッサンスの中心的な存在でしたね。それと林さん、永井さんなどが関係した「新夕刊」という非常にユニークな夕刊紙。文芸欄が面白かった。そんな活動がとっても印象的ですね。

伊藤　エッセイは別として、小説になると歴史小説を除けば鎌倉を舞台にした現代小説はあまり多くない。立原正秋さんや最近の斎藤栄さんのミステリーを除くと、意外に少ないんじゃないでしょうか。

江藤　そうかもしれませんね。鎌倉を舞台にするっていうのはやりにくくなっているかもしれない。戦前は、獅子文六の新聞小説で鎌倉に住むブルジョアの未亡人に慶応の学生が三人、用心棒みたいに雇われて、その報酬としていい生活をさせてもらうといういろんな面白い話を織り込んだ小説がありましたが、それには戦前の鎌倉の六月頃、海開きをする直前の鎌倉の描写があってね、畳屋が畳替えをする、庭師が庭の手入れをするという大別荘の戦前のブルジョア生活の話です。それを実にうまく書いていた。終戦までの鎌倉にはそういう一つの階層が代表するような、ライフスタイルや文化があった。ところが、戦争中の疎開をきっかけにして、鎌倉がベッドタウン化してくると、八百年の古都とはいえ、大都市周辺のベッドタウンというのっぺらぼうな捉えようのない性格が発展してきた。周辺の町村合併で今日の大を成すまでの間に、鎌倉の性格というのは、ある意味で希薄になったかもしれませんね。

伊藤　それは鎌倉文士の存在についてもいえませんか。一世を風靡した鎌倉文士も高齢になられて、一人去り、二人去り……。

江藤　形の上ではそうでしょう。しかしいまだにその存在は、川端さん、大佛さん、小林さんにしても、そういう人たちの記憶がまだ生きてる。そこが〝文業〟というもののありがたいところでね。仮に先輩が一人二人世を去られたにしても、その文業は燦然として輝き続けている。その意味では鎌倉文士は依然健在といってもよいでしょう。

伊藤　人数的にも、仕事の内容にしても決して、かつての鎌倉文士と比較してもいまの人たちに遜色はない。しかし、鎌倉の町の人々の受け止め方は、イメージとして希薄になったといいますね。それは一つには、昔の作家のあの華やかさがいまの作家にはないからですかね。

江藤　それはいえるでしょうね。原稿料だって戦前の流行作家が取っていた原稿料、大佛とか菊池とかとね、今日の流行作家が取ってる額と較べてみれば、物価指数を計算に入れるといまのほうがずっと安くなっている。戦前の文運隆盛は文士の隆盛。戦後の文運隆盛は大出版社の隆盛。そこが違うんですよ。

伊藤　つまり物書きの華やかさの差っていうのは経済的な差っていうことになる――。

江藤　早い話がそうですね。いまだって競走馬を何頭も持っている宮本輝のような作家もいないことはない。しかし、かつて、吉屋信子と菊池寛が府中の馬主席にいて望遠鏡で持ち馬を見ているという華やかな姿――これは舟橋聖一のときまであった。だけど、いまは何となく、世間に対して気兼ねするというか、馬を持ってる人はいるけど、ひっそりと持っている。そういう社会風潮も関係あるでしょうね。それからやはり、情報の東京一極集中というのがあって。昔は片や阿佐谷、こなた鎌倉という形で、そっちから誰かが出てこないことには情報が出ない、というものがあった。

伊藤　そういう現象があって鎌倉文士の印象度は薄れているような感じはあるけれど、決してその流れは狭くはなっていないということですね。

江藤　井上ひさし、早乙女貢さんたちもこちらへ移られたようですし、ほかにもそういう動きがあると聞いています。新しい第三、第四世代の鎌倉文士はこれから形成される。もう形成されているともいえるのじゃないでしょうか。

伊藤　それをうかがって安心しました。

「鎌倉文士」という呼び名が登場するにあたっては、それなりの歴史的社会的背景がある。江藤淳さんは、その答えを明快に引き出してくれた。それを支えるのは、何といっても鎌倉の街が持つ魅力であることには間違いない。里見弴の『旧き鎌倉』の中にこんな一節がある。

「出生地からいへば『浜ッ子』だけれども、私はむしろ『鎌倉ッ子』たるに喜びを感じる」

この文章は対談の中で登場する、当時、吉祥寺に住まっていた江藤さんが「地域的には阿佐谷派なんですが、心情的には鎌倉派」という話とオーバーラップして興味深い。

それにしても江藤さんの最後は壮絶で衝撃的だった。

「心身の不自由が進み、病苦が堪え難し。去る六月十日、脳梗塞の発作に遭いし以来の江藤淳は、形骸に過ぎず、自ら処決して形骸を断ずる所以なり。乞う、諸君よ、これを諒とせられよ。

平成十一年七月二十一日　江藤　淳」

犬をめぐる話

中野孝次（作家）

なかの・こうじ
1925年（大正14）千葉生まれ。作家、ドイツ文学者。東京大学独文科卒。『ブリューゲルへの旅』（日本エッセイスト・クラブ賞）、『麦熟るる日に』（平林たい子賞）、『ハラスのいた日々』（新田次郎文学賞）、『清貧の思想』など著書多数。93年より県立神奈川近代文学館館長を務める。04年7月没。

マッホーを飼うまで

――平成三年（一九九一）「かまくら春秋」一月号掲載

伊藤　マッホーも柴のようですね。オスですか。

中野　そう、純血の柴のはずなんだけど、ちょっと大きすぎるんですよ。

伊藤　この仔もハラスみたいに、犬見知りしないほうですか。

中野　全然しない。近所に犬を放すのに都合のいい公園があるんです。仔犬だから大きい犬とぶつかるとつっころぶ。つっころんでも平気で向かっていって、よその犬とたちまち友だちになって、という具合。仔犬のときからそうやって犬同士遊ばせておくと、犬見知りにならないみたいですよ。

伊藤　ボクは大磯に住んでいますが、家の近所ですと、犬同士出会うと引き離すという飼い主が多くて、広場で放して遊ばせるなんて光景、お目にかかったことないですね。

中野　そうでしょうね、この町（＊横浜市港南区）は犬を飼う環境としては進歩しているのね。大きなドーベルマンも柴も、小さいのも、その公園で走り回って、噛みあって、すっとんで、転がって、いい運動ですよ。中に、成犬で本気で噛んだりギャンと吠えたりするのがいると、もう犬どもが嫌がって、そばに寄らないで知らんぷりするんです。

伊藤　犬社会にもきちっと掟があるんですね。ところで、確かこの春だったと思いますが、新聞に新しい犬を飼ったと書いていらした記事を読んだ家の者が「そらごらんなさい。私は絶対飼うと思ってた」って言うんです。

中野　やっぱりね、犬を一度飼った人は、飼わずにいられなくなるんですね。特に公園でほうぼうの犬が一緒に遊んでいるのを見たりすると、家内が自分も欲しいな、と――。

伊藤　家でも前の犬が死んで一年にもならないうちに飼い始めました。でも中野さんが、五年も間があって、というか五年も待たれてまた飼おうという気持ちになられたのはどうしてですか。

中野　なかなか踏ん切りがつかなかった。いろいろ話はあったんですよ。例えば、テレビや映画に使った仔犬をくれるっていう話があったんだけど、どうも気が進まない。だけどいま言いましたように公園でたわむれる犬の姿を見るたびにそういう気持ちが強くなった。よその犬を見たりかわいがったりするだけでは、どうにも我慢できなくなったという次第ですね。

伊藤　ハラスより育てやすいって、書いていらっしゃいますよね。

中野　確かにそう、ハラスは非常に神経質で、食も細いしシャイでした。だけど、この子は、大めし喰らいで鳴かず吠えず、役に立たない。いまのところ靴、ゲタ、サンダルの破壊者ですな。ハラスと同じつもりで飼い始めたら、とてもじゃない、全然違って戸惑いました。

伊藤　でも、訓練師をつけるなどするお気持ちはないんでしょうね？

中野　まったくありませんね。柴のよさは野性味にあると思っているから、仕立てるようなことはかわいそうですよ。「ノー」だけは教えようと思ったんだけど、なかなかね。覚えたのかどうなのか――。

伊藤　ボクの家のは大型のコリーなんですが、あれぐらい大きいと調教しておかないと困ることがありますね。「かわいい」「かわいい」で調教に預けなかったつけがいま回ってきて、女房や子どもだけでは散歩に連れていけないんです。

躾と散歩

中野　大型犬は最低の調教は必要かもしれませんね。「ノーッ」と言わせるのは、僕はずいぶんやりましたよ。何度か強くたたいて叱りましたよ。この頃噛むことは悪いことだと分かったようですが、初めの乳歯の頃は、鋭くて痛いんですよ。腕なんか傷だらけでしたよ。

伊藤　躾は確かに大事ですが、動物である以上、吠えるのにしたって仕方がないと思うんです。ご近所に、近所迷惑だというので声帯切られちゃった犬がいて、これはやりすぎだと思うんです。

中野　そりゃかわいそうだねぇ。犬にも家族権というのがあるんですからね。よく庭で遊ばせているからいいでしょ、という人がいるけど、表へ連れていかないと犬ってだめなんですよ。要するにオシッコですよ。自分のオシッコや別の犬のオシッコを嗅いだり、つけたり、それで精神的なバランスを保っているんですよ。

伊藤　だいたいオシッコをする場所もウンチする場所も決まってますね。ウンチっていえば「犬の糞禁止」の立札が大磯にありましてね。小学生の娘はそれを見るたびに犬にウンチさせなかったら死んじゃうと憤慨するんです（笑）。

中野　立てた人の気持は分かるけどそれはちょっとひどいな。この頃飼い方がよくなったのかウンコをそこらへんにたらしっぱなしという人はあまりいないですね。僕はビニール袋の代わりに、シャベルを持っていく。ウンコを埋めちゃう。いい按配に、土の上、草の上とかにしかやらないから……。

伊藤　我が家では二人でペアで必ず連れていく。しそうになると、一人がさっと落下地点へ新聞紙を差し出して受け止めるんです（笑）。散歩は毎日ですか。

中野　一日に二回行きます。オシッコは夜は八時間ぐらいもつ。女房がいるときは夜の十時ぐらいにひとまず小便させておけば、朝六時半ごろ僕の部屋へ上がってきてちゃんと起こす。女房が旅行に出て留守のときなどは、早々と晩の八時頃小便させてしまう。そうすると八時間しかもたないから明け方四時半にキャンキャン。もう寝ていられない。結局五時半頃まで何とか待たして表へ出ていくんですがね。いま、五時半というと、冬だから真っ暗ですよ。ちょっと空が白みがかってきて、まァそれはそれでいいものですがね。

伊藤　夜のオシッコの間隔が八時間というのはだいたい人間並みですね。一日二回というのは、でも大変ですね。しかし、ご自身の健康のためにはいいでしょうね。

中野　ええ、朝三〇分、夕方一時間、そしてオシッコですね。犬のためにも散歩させなくちゃね。近所の家にハラスに噛みついた犬がまだ生きているんですが全然散歩させない。強い紀州犬で、ふざけて噛んだりするんじゃなくて、いきなり急所をやるから。二匹殺しちゃった。ハラスを噛んだとき以来、気兼ねして鎖でつないだままなんです。散歩させないから噛んだりするんですよ。ああいうのは犬がかわいそう。このへんで何年か前、白と茶のブチの毛のフサフサした人なつこい犬が飼われ始めたんだけど、散歩させないから脱走癖がついちゃって。だから飼う人に僕が本当に言うのは、一にも二にも散歩です、と。

伊藤　この頃野犬って、いなくなりましたね。野犬狩りなんてのも、最近見かけません。ボクの一匹目の犬が行方不明になったとき、野犬センターに捜しに行ったことがありますが、ちょっとあのときはショックでしたね。結構いい犬がいるんです。なのに犬がいなくなっても捜しに来ない。見に来ない飼い主が多い。

中野　公園の犬仲間に、こげ茶と黒の間の毛のフサフサした犬がいるんですが、それは野犬収容センターからもらってきた犬です。その家では初めて犬を飼うんだけど、どうせ飼うなら、命をひとつ救うことになるからっていって、そこで一番かわいらしいと思ったヤツを引き取って大事に育てているわけです。僕はその犬に会うたびに「お前は幸せだなあ」っていうんだ。そういうのが二匹、犬仲間にいますが、なかなかいいです。家族として、かわいがってもらうといい犬になるんだ。

犬への愛情とは

中野　このへんを朝晩長い時間かけてよろよろとダックスフンド二匹散歩させているおじいさんがいるんだけど、その人なんか犬が生き甲斐だというのが見ていて伝わってくるのね。

伊藤　大磯にもそういう人がいましてね、糖尿病で目が見えない犬なんですね。舗道へ来ると懐から出して歩かせて、車の量が激しいところへ来るとまた懐に入れて、毎日散歩させているんです。ああなれば家族ですね。

中野　近所にも失明した犬がいて、飼い主は目が見えないからって、懐へ抱いたきりなの。ハラスの本を書いたとき、山形県の大学の先生からお手紙いただいて、失明した犬のために盲導犬じゃなくて盲導人になってやろうということで毎日ひもを短くして訓練し、そのうち道を覚えてきたのでパッと放してやると、自分で行くようになったって。そんな話を聞いてたものだから、そのことを教えてそのやり方を勧めたんです。いまじゃその犬も歩くことにすっかり慣れてまるっきり見えないけど、マッホーがそばに寄るとすぐ分かって鼻をつき寄せてきますよ。

伊藤　人間が、目が見えなくなるほどの不自由さは犬にはないのかもしれませんね。

中野　よく分からないけどそうかもしれませんね。文化生活はないし、動物というのは現在自分が置かれた状況にすぐ慣れちゃうようなところもあるでしょ。現在しかなくて、過去との比較がないんだな。現在を生きている、そこが決定的に人と違うところであり、哀れなところであると僕は思いますがね。

伊藤　ただ、気配を感じるとかそういうことは本当に敏感ですね。散歩に行く気配とか。

中野　敏感ですね。窓を開閉する音だけでもパーッと起きてきて。散歩には一番敏感なんじゃない？

伊藤　ボクは、たまの日曜日にしか家にいませんから、散歩もその日だけなんです。でも昼頃になると分かるんですね。起きてくるのを待っているんですね。

中野　なにしろ犬としては必死で待っているんだからこれは仕方ありませんよ。

伊藤　日曜日だけにしても、犬を散歩させるようになってから街の様子が分かってきました。

中野　どこにどういう犬がいるとか。それと、犬を通して知り合いができる。これも犬を飼う楽しみのひとつでしょうね。

犬の個性について

伊藤　先ほどマッホーはハラスとは大分違うと言われましたが、同じ柴でもそんなに違うものですか。

中野　種類というより犬の個体性が大きいということでしょうね。ハラスの経験なんてまったく役に立ちませんからね。

中野秀子夫人　マッホーは相当神経が図太い。ハラスは掃除機が嫌いで、ほかの部屋に入れておいて、掃除機をかけたものですが、マッホーは初めは少し驚きましたが二度目からは平気。お腹の下にグッとさしこんでウーウーやっても平気ですの。傘をパッと広げても、一度目は怖がっても二度目からは何ともないんですのね。本当に、そういう点は、親馬鹿っていわれますけど、頭がいいようです。

伊藤　頭の良し悪しって、確かにありますね。

中野夫人　ありますね。比べちゃかわいそうですけどハラスより頭はいいみたいです。ハラスは、あんなに気立てのいい犬はいませんでしたけど、頭はマッホーのほうがずっといいと思います。私の小さい頃は人間は頭の質ではなくて努力である、なんていわれて育ってきましたけれど、やっぱり生まれつきということはあるんじゃないか、とガッカリしております。

伊藤　動物を飼う上で何が大変かといえば家を空けられない、ということでしょうか。

中野　そうですね。二人で一緒に旅行に出るなんて、まず当分、不可能ですね。

中野夫人　旅に出ますと不思議なことにマッホーのことは思い出すんですけど、それを世話している人のことは一向に思い出さないんです（笑）。

伊藤　でも、動物って不思議な存在ですね。いなくなって、初めて価値に気がつくってこと。

中野夫人　寿命があることをついつい忘れていつまでもいるって気になっていますのね。ですからハラスが死んでから、犬を散歩させている方を見ると、犬って、寿命が短いのだから大事にしてくださいねってことを言いたいような気になりまして。

伊藤　『ハラスのいた日々』を書かれてから、犬のことに関する問い合わせって多いでしょうね。

中野　多いですよ。マッホーなんか子どものときから問い合わせがくる。このくらいのときは本当にかわいい。でも僕は、仔犬のときは自然にかわいいけど、年とってからの交流がいいと思います。老犬になってからのほうが味わいがありますよ。

伊藤　雨の日の散歩はどうなさるんですか。

中野　雨の日にも行きます。やっぱり犬が来てから気持にハリが出てくる。老夫婦二人きりだと活発な動きがないけれど、何しろ毎日靴をはいて散歩しなくちゃならない、病気もできない。

伊藤　飼う上で散歩のほかに何か大事なことは？

中野　猫かわいがりしないってことでしょうか。犬を飼っている以上は犬の自然を見るのがいいんで、猫かわいがりすると面白味がないと思うんだ。お手ができなくてもいい、何もできなくたっていいじゃない。ただ、いてくれればいい。

伊藤　帰って家の者によろしく伝えておきましょう。

対談回想

同じ犬を飼うにしても、自らの意志で飼ったのと、飼わされたという立場の違いは大きいことは言うまでもない。結婚してあまり日が経たない頃である。始終家を空ける婿に腹を据えかねた家内の母が、無用心きわまりないと有無を言わさず仔犬を置いていった。

中野さんのあの名著『ハラスのいた日々』が上梓されたのはちょうどその頃である。家内がまず『ハラス』を求め、幼かった娘はマンガになった本を求めた。

「血」から「個」の時代へ

堀田　力（現さわやか福祉財団理事長・弁護士）

ほった・つとむ
1934年（昭和9）京都生まれ。現さわやか福祉財団理事長、弁護士。京都大学法学部卒業後、検事に。東京地検特捜部時代（76～84年）にはロッキード事件を担当。その後、最高検検事、法務大臣官房長など務め、91年弁護士に。さわやか福祉推進センターを開設（現さわやか福祉財団）。

ボランティア切符の源

――平成六年（一九九四）「湘南文學」春号掲載

伊藤　法務大臣官房長を辞任なさったのが、たしか平成三年（一九九一）十一月のことだったかと記憶しております。近い将来、検事総長――という見方が衆目の一致するところでしたので、世間は大いに驚いた次第です。何度も同じ質問を受けられたとは思いますが、あらためておうかがいしておきたいのは、なぜ福祉の道をお選びになったのかという点です。ご母堂の死がひとつの引き金になったことは、以前にも別の機会にお聞きしましたが、もう少し具体的にお聞かせ願えれば。

堀田　母の問題に絞って申しますと、私には母に対する大きな「借り」がございまして、その借りを返そうと福祉の道を歩み始めたのです。もっとも母は亡くなりましたので、もう借りは返せないのですが、世の中に少しでもお返しできればという思いです。

伊藤　「借り」と申しますと。

堀田　母は私にとって二人目の母親でした。産みの母は四つのときに亡くなり、私が五歳のときに父と結婚しました。母にしてみれば父親と二人で暮らしたかったに違いないのです。いってみれば、私は母の青春を奪った「余計者」だったはずなのです。でも母は後に生まれる四人の子と分け隔てなく私を育ててくれました。母のおかげで検事になることもできたのです。後から聞いた話では、母は他の兄弟と差別なく育てるために苦労も多かったようです。

伊藤　そのお母様が亡くなられ、自分の受けた恩恵をお返ししたいと「転身」を決意されたわけですね。

堀田　父を亡くしてから、母は京都の実家にひとりで暮らしていました。私は長男でもありますし、母の行く末を含め高齢者福祉は現状のままでいいのだろうか、お年寄りがもっと充実した毎日を過ごせるようなシステムはないものか——と思い巡らしていました。気丈な母でしたので、体が弱っても子どもの世話にはならないかなと思っていたのですが、意外にも奈良にいる妹の世話になると申しまして。その言葉に母の老いを感じて、悲しい思いにとらわれたものです。その上、妙な発想かもしれませんが、先ほども申しましたように「母の人生に自分の存在はマイナスに働いた」という負い目もあったわけです。

伊藤　そうしますと、お母様がお亡くなりになったのを機に福祉をお考えになったのではなく、それ以前から考えられていたわけですね。

堀田　はい。法務省にいて手掛けていた仕事がありましたので、そちらのほうのメドがついたらと考えていたのです。体も弱っておりましたし、結局、母には一言もボランティア切符（時間預託）の話などしないままに終わりました。母が元気なうちにと思ってはいたのですが——本当に大きな「借り」があるんです。

伊藤　私事になって恐縮ですが、実はいま、わけあって母と二人の生活をしています。仕事場の近くに部屋を借りてウィークデーを過し、週末に自宅へ連れていくという生活です。そんな毎日の中で、他人なら容易に受け流せるようなことが、なまじ肉親、ことに「母」であるがために気になったり無性に腹立たしくなるケースが多々あります。

堀田　人類にとって親子関係、家族関係は、はるか昔から特別なものでした。家族のためなら、両親のためなら、たとえ、おのれを殺すようなことになっても——という考え方がすべての前提にありました。その前提が、現代社会では崩れつつあるように私には思えるのです。つまり、何万年と血のつながりを重視してきた人類の歴史は、いまターニング・ポイントを迎えているのじゃないかと思うのです。

伊藤　血のつながりというういわゆる血縁関係には、特別の意味はないのだということですか。

堀田　我々が教えられてきた倫理、道徳や社会システムは「血は特別」という大前提のもとにあったわけですが、いまの時代においては、個人の確立こそ、その基本になるものと思うのです。「血」から「個」へ。時代は、その過渡期にあります。ちょっと話はずれてしまうかもしれませんが、先日、夏目漱石の『吾輩は猫である』を何十年ぶりかで読み直していましたところ、主人公の苦沙弥先生が最後の部分で、やがて現在の親子関係も崩れてしまう時代がやってくるだろうと述べている箇所があって、ハッとしました。まだまだ封建的色彩の濃いあの明治の時代に、哲学者でもなんでもない英語教師の漱石がそこまで考えていたことに大変驚きました。まさに平成の時代を見通していたかのようです。

伊藤　『吾輩は猫である』は、苦沙弥先生の書斎に集う迷亭や寒月といったあの時代の教養人らの談論風発を、飼い猫の目から風刺いっぱい描いた作品でした。江戸から明治へという時代の移り変わりのなかで、漱石が当時の文明・文化をどのようにとらえていたか、実によく分かります。

堀田　漱石が現代の日本の社会状況を目にしたら、いったい何と評するか興味のあるところです。ところで、個人主義の確立の遅れたドイツには、歴史的な背景も手伝って、他人《ひと》さまの親の面倒を見るという制度があるのですが、実は横浜にもボランティアで他人の親の面倒を見るという方がおられます。自分の親は兄ばかり大切にして自分には何もしてくれない、だから親の世話はしない、ただし誰の力にもなれないのは気が引けるから他人さまの親のお役に立とう、といった具合です。その代わり、グループのほかのボランティアが自分の親を見てくれているのです。これからの時代、血のつながりより仲のいい他人、長い時間、一緒にいる他人、理解し合える他人こそ互いに力になれるのではないかと思います。家族もそういう仲間の一人ととらえていただければ、お互い不満がなくていいのではないでしょうか。

伊藤　ボクもそうですが、儒教的な教えのなかで生きてきた人間には、いまのお話は合理的な考えと理解できても、やはり違和感が残るように思います。

堀田　無理のないことです。ただ、暮らしの基本となる経済や社会に大きな変動が生じたとき、家族関係を維持してきた宗教的、道徳的考え方は押し流されてしまうものなのではないでしょうか。以前パネル・ディスカッションでご一緒させていただいた中国の老人問題担当責任者の「若い世代は都市部に出てしまって、いま中国では親の面倒を見るという古くからの考えはもはや二次的なものになってしまった、家族関係はもはや当てにはできない」という発言が記憶に残ります。

伊藤　主宰している月刊誌「かまくら春秋」に、金森トシエさんがエッセイを執筆中です。金森さんは、新聞記者として日本で初めて女性で部長になったジャーナリストです。先頃お母様を亡くされたのですが、『夕やけ小やけ』など童謡を耳元で口ずさむと、病床のお母様もそれに応じてご一緒に口を動かされたというこころ温まる情景を書かれています。そのお話などを思い出しますと、いまのご意見はもっともだと理解しながらも――。

堀田　「血のつながり」が崩れつつあるとはいっても、もちろん家族の心のふれあいや交流まで崩壊してしまうなどと思ってはおりません。人間が他の動物と異なる大きな点は、心があり、互いに心を通わせることができることです。だからこそ、助け合ったり、愛し合ったりしながら、いまのような社会を築き上げ、人間としての進歩もあったのです。では、他人とは心の交流は無理なのかというと、夫婦のことを考えてもお分かりのように、そんなことはないわけです。夫婦や親子という特別な関係でなくても、人間としてのフィーリングが合えば温かな心のふれあいは可能ではありませんか。

伊藤　確かに、血のつながりのない親子でも、血を分けた親子より豊かな人間関係を築いているケースもありますし、見ず知らずの男性の精子を人工受精し子どもを産む女性もいる時代です。血のつながりだけにこだわっていられないのは確かです。

堀田　ある統計によりますと、スウェーデンやデンマークでは昨年、「婚外子」が半数を越えています。イギリスやフランスで三分の一、アメリカで四分の一です。「婚外子」は日本ではまだ特殊な世界の出来事といった印象ですが、「法律婚」以外の男女の間にそれだけの子どもが誕生しているということは、欧米ではすでに家族関係、人間関係の大変革が進んでいるということでしょう。

伊藤　だからといって、決して、スウェーデンやデンマークが社会秩序の乱れた国というわけではありません。

堀田　日本人のなかにはそう思われる方がまだまだたくさんおいでかもしれませんが、それは大きな間違いです。「婚外子」が多いという事実は、本当に愛し合った者同士が、法律や形式にはこだわらず純粋な形で結ばれた結果だと私は評価しています。いったん結ばれた以上、多少のことは我慢し合いながら一生、連れ添うのが夫婦の〝ルール〟であるという概念を超えて、そのとき、心から相手のことを愛しているから一緒に暮らし子をつくるのだといった具合に、自分の感情や気持ちを大切にする社会が生まれつつあるということなのではないでしょうか。楽観的に過ぎる見方だとの批判を受けるかもしれませんが、互いに相手を大事にし、共感を分かち合って、より純粋になれる関係を構築することは人間としての進歩です。

福祉における発想の転換

伊藤　先ほど話をしました金森さんのケースにも関連するのですが、家族という絆だけではなく、お年寄りのいる家庭に手を差し延べてくれる社会的なシステムがもっと整備されていれば、その人の持っている力、能力を社会に還元できると思います。看護や世話だけに手をとられ、人間としての能力を十分に発揮できない状況に置かれるのは、本人にはもちろん、社会全体にとっても惜しいことです。

堀田　同感です。極端な表現かもしれませんが、自分を生かすか、殺すか――このいずれかの選択肢しか存在しないというのは、まったく本人には苦しい状況ですし、その人個人に犠牲を強い、二つの選択肢しか準備できない日本の社会の情けない現状をよく表していると思います。お母さんの面倒も見、自分のしたいこともする。二つを両立する仕組みを何とか実現しなくてはなりません。

伊藤　そのように考えますと、いまネットワークづくりに力を注いでおられる「ボランティア切符」がいかに大きな役割を果すかよく理解できます。

堀田　この制度についてあらためてご説明させていただきますと、例えば、ボランティアとして一人暮らしのお年寄りのお世話を十時間したとするなら、それと同じ時間、自分や家族が必要なときに介護を受けられるようにしようというシステムです。これを全国どこでも通用するものにしたいというのが、我々の願いです。

伊藤　つまり一日に二時間、ひと月ボランティアをしておけば、その分、困ったときに助けてもらえるということですから、たった一人でお年寄りの世話をするような状況に直面したときには、精神的、肉体的に大いに助かります。先日、日本医師会の村瀬敏郎会長と経済企画庁長官を務めたこともある経済評論家高原須美子さんの対談に同席した折り、村瀬会長は、サラリーマンなら日常、地域との関わりを持つのは難しいので、勤務先の周辺でボランティアに参加する方法を考えるのも一案じゃないかと発言されています。

堀田　それはいいことかもしれません。そんなふうに、親子の関係や社会的地位の上下、地域を超えて助け合えるようになれば、先ほど申し上げた選択肢も増え、より豊かな社会を実現できるのではないでしょうか。

伊藤　「切符」が一日も早く全国で利用できるようになることを祈っております。それとともに、行政には施設の充実をぜひ考えていただきたいと思います。仕事場のある鎌倉市に限ったことではありませんが、例えば特別養護老人ホームのベッド数はほんのわずかですし、急用ができて明日すぐ利用したいと申し込んでも、とても無理。数ヵ月前に予約しなくては利用できない状況です。

堀田　施設の充実は望むところですが、ただ行政頼みという発想は打ち破らなくてはならないと思います。だいたい、今後ますます高齢化社会が進むことを考えると、特養ホームのベッド数を十倍にしたところで需要には応えられないでしょう。ですから、発想を切り換えて、土地を持っている人は土地を、お金のある人はお金を、そして土地もお金もない人は労力をといった具合に、持てるものを地域住民が提供しあって、例えば十人の人間が一緒に暮らす「グループ・ホーム」を建設するといった試みがこれからは必要になると思います。

伊藤　先ほどからお話に出ております「血のつながりを超えた新しい関係を築く」ということですね。

堀田　はい。気の合った者同士が家族のように、そしてプライバシーを守りながら支え合って暮らしていくのです。例えば、痴呆症（＊現・認知症）のお年寄り何人かと専門家、ボランティアが一緒に暮らすという「ホーム」はどうでしょう。お年寄りの感性は生きていますから互いに触発し合い、癒し合い、それまでにない温かな人間関係が生まれる可能性も期待できると思います。実現に当たって、行政にはあくまでバックアップしていただくのです。

伊藤　税金を納めているのだから、そういうことは行政がすべてやるべきだという意見もあるかもしれません。

堀田　しかし、行政が用意したからといって満足のいく施設になる保証はどこにもありません。公務員に職員として参加していただいても、血の通った人間関係ができるか疑問です。何よりも、家族の血のつながりだけを絆に、他人のことは知りませんという態度でこれからの高齢化社会に対応するなら、そこに待っているのは、それぞれの「孤独な死」――となる可能性が強いことを忘れないでいただきたいのです。

困ったときはお互いに助け合うという柔軟な心は、私たち祖先の生きる上での知恵でした。近年の急激な経済成長のなかで、我々はそれを見失ってしまいました。その知恵を、現代社会に適合したスタイルで復活したいだけなのです。

いのちの尊厳

伊藤　「さわやか福祉推進センター」の機関誌『さぁ、言おう』を見せていただいて『ぼけは天からの贈り物』が目を引きました。川崎幸病院副院長である杉山孝博先生との対談の中で、杉山先生の発言にこうありました。「もともとぼけというのは決していやなもの、特異なものではない、特別大変なものではないんだと思っています。それは、最後のとき、苦しみとか不安とか、恐怖とか、そういうものをある意味では和らげてくれるような、一つの、人間に備わった装置ではないかなと、理解しているわけです」。なるほどと頷く一方で、でも実際にそういうお年寄りを抱えた家族の身になると、そこまで割り切れないだろうなという印象を受けました。だからこそ「ボランティア切符」に共感を覚えるのですが。

堀田　杉山先生の発言は、医者としての立場から家族の気持ちが少しでも楽になれば、という願いを込めてのものでした。基本的に、寝たきりや徘徊するお年寄りの介護を家族の手のみに委ねるのは難しいのです。医学が進歩して、昔なら助からなかったようなお年寄りがいのちを保つようになりました。当然、介護の期間も長くなるわけですが、人間というものは、一週間ならともかく三ヵ月も半年も優しい気持ちのままでいることは不可能です。そうなると、もう愛情うんぬんの問題ではありません。肉体がいかに耐えられるかがポイントになります。人間の弱さともいえますが、ともかくそんな自己犠牲は無理なのです。かつての精神修養を唱えてもどうにもなりません。だからこそ、親子、肉親の関係を越え、力を合わせて支え合うシステムが必要なのです。

伊藤　いま「一週間ならともかく」というお話でしたが、ある医師が、先行きの知れてしまったお年寄りにはあまり医療を施す必要もないのではないか、と話していたことを思い出します。

堀田　これまでは、ともかく長く生かすことに医療の主眼が置かれてきたわけですが、医学や哲学の世界には「死に方」を考えることの重要性を指摘する声が出てきています。従来からの大転換です。

私自身の意見を言わせていただくなら、本人の意志にお構いなく「何がなんでも延命治療」という方針には反対ですし、死に方に思い巡らすことは大切と考えています。ただ日本の社会状況にあって、老いや病に苦しむ人たちの「早く死にたい」「死なせてほしい」といった言葉は、往々にして寂しい心を宿しているがゆえに発せられるケースが珍しくないのです。つまり、社会やご近所との人間的なつながりが希薄で生きていても楽しくない、おまけに家族は介護に疲れ果てている――そういう〝消極的要素〟が複合しての結論なのです。それは社会の貧しさを反映したものだと思います。家族や子どもたちはもちろんですが、地域のボランティアや医者が訪ねてきて親切にしてくれる、体はつらいが生きていることが楽しいなあとなれば、生への欲求も強くなるはずなのです。そう思っていただけるような前提づくりが欠かせないのです。

伊藤　厭世観の生まれる土壌も、ボランティア切符は払拭してくれるのではないかという気がします。

堀田　ボランティアですから、本来、介護は素人です。お風呂に入れてあげることぐらいしかできないかもしれません。でも、お風呂のお世話をし食事を一緒にするなかで、肌の温もりを感じ、心の交流は深まるのです。医療や看護はもちろん大切。でも、もしかすると、人間にとって大事なのは、肌の温もり、心のふれあいかもしれません。行政も医療も、そして日本の社会全体が心への配慮に欠けているように私には感じられるのです。

伊藤　「血は水よりも濃い」とはよく耳にしますが、お話をうかがって、それはある意味で錯覚なのかもしれないなと思われてきました。

堀田　歴史をひもといても、親子、兄弟が血で血を洗うような殺し合いを演じた事例は少なくありません。だいたい「家族が大事」という考え方が主流をなしてきたのは、血でつながっているからではなく、家族なら理解し合い、激励し合えるからだったのではないでしょうか。ですから、家族でなくてもそういう人に出会えるなら、それはそれで幸せなことなのです。理解し合える人間が、そして自分のために生きることが、大切な時代なのです。

伊藤　「切符」の普及を期待しております。

対談回想

人は誰でも年をとる。年をとれば、足腰が弱ったり物覚えが悪くなる。病気や事故で寝たきりになったり、体に不自由を来すことも珍しくはない。そのとき、妻や夫、そして子どもたちは本当に力になれるのか――。法務大臣官房長から福祉の世界に転身した堀田力さんは、現代は「血のつながり」を重視する時代から「理解し合える隣人」を大切にしなくてはならない時代への転換期にあると説く。

この対談のときよりも、社会の情勢は厳しい。年金制度の先行きが怪しくなっている。福祉行政の足元もおぼつかない。堀田さんの提唱されている「グループホーム」やボランティア切符の存在がさらに重みを増している。

芸にいきる

岡本文弥（新内節太夫）

おかもと・ぶんや
1895年（明治28）東京生まれ。新内節太夫。新内語りの母・岡本宮染とともに岡本流を再興、家元となる。古典の伝承、復活演奏に加え、「金沢情話」「おさん茂兵衛」など新作も数多く発表。『ぶんやぞうし』をはじめ数々の洒脱なエッセイでも知られる。57年人間国宝。96年10月に101歳で没。

文士との苦い思い出

――平成六年（一九九四）「湘南文學」秋号掲載

伊藤　先日いただいたお手紙を拝見して、しっかりした文字には驚きました。大変若々しく、失礼ながら、もうじき百歳におなりの方のものとは思えませんでした。

岡本　下手くそですよ。学校時代にガリ版でいろいろと書いておりましたので変な癖がついてしまいましてね。お恥ずかしい。

伊藤　学校とおっしゃいますと、京華中学校時代ですね。

岡本　ええ、中学に入る頃は、将来は小説家になりたいなどと大それた〝野望〟に燃えておりました。投稿雑誌にもよく書き送りました。最初に選に入りましたのは、前田夕暮選の短歌。文章もいくつか賞を頂戴いたしました。永井荷風、北原白秋――あこがれましてねえ。同好の士を集めて回覧雑誌をこさえたりしたものです。

伊藤　京華中学時代の先輩に木村荘八画伯や歌舞伎の市川猿之助丈、同級に作家小島政二郎といった方々がおいででしたね。

岡本　小島さんは一級上になります。ただ、落第なさったので三年、四年と一緒でした。お亡くなりになったそうで、残念です。

伊藤　十年ほど寝たきりの状態でした。

岡本　学校を終えてからは、しばらくお付き合いはございませんでね。どっかでお会いしても、あちらはずっと偉くおなりで。

伊藤　小島さんは芸に対する著述も多くございますね。

岡本　著書を拝見しますと、我々でも得るところがありましてね。ただ厳格な方でしたので、我々〝ぞろっぺい〟な人間にはちょっと怖いところがございました。

伊藤　小島さんもよくお話の中で〝ぞろっぺい〟という言葉を口になさいましたが、いまの若い世代には意味の分からない江戸弁がありますね。

岡本　そうですね。「お草々《そうそう》さま」といった昔の東京人が使っていた言葉をたまに耳にしますと、いいなあと思います。小島政二郎さんなんかは東京の旧家生まれですし、東京人といえるでしょうね。

伊藤　晩年は、鎌倉にお住まいでしたが、小島さんは生粋の江戸っ子という風格がございました。

岡本　鎌倉といいますと、昔、小杉天外という方がおりました。芸の上で奥様にちょっと可愛がっていただいたことがありまして、いつでしたか、文士の皆さんが五、六人お集まりの際、新内をお聞かせしたことがございました。ご祝儀ものをしましたが、そのとき、久米正雄さんや永井龍男さんが、お喋りをなさってお耳を傾けてはいただけません。雑談に花を咲かすばかりで実に悲しい思いをいたしました。

伊藤　それはそれは申し訳のないことをいたしました。永井龍男先生はじめ文士の方々には大変お世話になりましたし、代わりましてお詫びを申し上げます（笑）。

岡本　いえいえ、一向に。もう遠い昔、戦前のお話ですから。くどいようですが、ふつうなら、お世辞でも聞いていていただけるのですが、何のお世辞もございませんでした（笑）。まったくお耳を貸してはいただけなかった。分かる人にだけ分かってもらえればいいという理屈は独善に通じるといいまでも思っておりますから、そのときのことは、少々悲しい思い出として記憶の底に残っております。

長生きは肩身がせまい

伊藤 東京人といえば、師匠も生粋の江戸っ子とうかがっております。何代目でいらっしゃいますか。

岡本 祖父は江戸生まれの江戸育ち、親父は文久元年の江戸生まれ、おふくろは慶応年間の江戸生まれです。そして、わたくしは明治の東京生まれ。まあ、これくらいなら純粋な東京っ子といえましょうか。世の中には「江戸っ子」を鼻にかけておいでの方も見られますね。江戸っ子だからって、世の中の何のお役にも立たないのに（笑）。

伊藤 師匠からご覧になって江戸っ子の〝正体〟というのは――。

岡本 テレ屋で気弱で引っ込み思案、おっちょこちょいで意気地なし。とてもお芝居に登場する江戸っ子のように大見得なんか切れやしません。日当たりのよくない横町の小さな家に暮らし、茶簞笥かなんかの上に俳句歳時記が一冊置いてあって、玄関先には夕顔の花が咲いていて――そんな、無名無欲の暮らしが似合っているように思います。衆目を集めるためのもの言いや行動なんて、照れくさくてできやしませんよ。

伊藤 いま描いていただいた江戸っ子のイメージは、現在の師匠そのまま。マスコミなどを通じて目にします最近の師匠のご活躍ぶりは、高齢の方々の励みになると聞きます。

岡本 長生きの家系なんです。大酒飲みでしたが、親父は八十幾つまで元気でした。おふくろは酒は口にしませんでしたが、煙管のキザミを喫っておりました。それでも八十五年の長寿でした。姉は十年前に九十一歳で亡くなりました。これから先、何年たつと一人の年寄りを幾人で養うことになる、なんてニュースを耳にしますと、どうにも肩身が狭くなって、長生きして申し訳ない気分になります。長生きの秘訣は——なんてよくご質問を受けるのですが、長生きしようと思って長生きをしたというわけじゃございませんから、困ってしまいます。自然の成り行きでこうなってしまっただけなのに。

伊藤 ただ一人暮らしのお年寄りもたくさんおられる。師匠のように、こうしてお弟子さんはじめたくさんの方に囲まれて生活なさっているお年寄りは、非常に恵まれていると思います。

岡本 ありがたいことです。先ほど、長生きの秘訣などないと申しましたが、「芸」ということの商売がよろしいのかもしれません。朗らかに大きな声を出しますから、健康には非常によい商売だったと思います。それから、わたくしには子どもがおりませんから、世の親御さんがなさるご苦労といったものをまったく知らずに暮らしてまいりました。お子さんをお持ちの方には叱られるかもしれませんが、これもまた、ありがたいことと思っております。

伊藤 ご自分でお稽古をつけることは最近ないとうかがっておりますが、ご自身のお稽古のほうは。

岡本 頭の中では、年がら年中、休むことなく稽古をしております。

伊藤 いま流行りの言葉でいえば、イメージ・トレーニングですね。

岡本 声を実際に出すことはほとんどありません。長年の修行の結果でしょうか、稽古で声を出さなくても、舞台に上がりますと、第一声から本当の声になります。はじめは調子がもうひとつでも、二、三分続けますと声になります。

伊藤 いまのお話で思い出しました。文芸評論家の小林秀雄さんのことですが、鎌倉内の寄合がありますと私が最年少なものですから、いつも小林さんの毒舌の矛先は私に向けられます。あるとき、味にまつわる話題になった際に「入れ歯でほんとうの味が分かるのですか」と小林先生に反撃を試みたことがありました。ところが〝敵〟もさるもので、「オレには、昔培った味のイメージがあるんだ」と切り返されました（笑）。声も舌も、鍛え方次第ということでしょうか。

岡本　どうでしょう。この歳になりますと声にツヤはございませんし、一番高い声、つまりカンの声は出しにくくなり、情けないことです。だといって、若い頃に戻りたいと祈ったところで戻れっこないわけで、わたくしの気持ちとしましては九十歳は九十歳なりに、百歳ならそれなりの演奏を何とか実現できればという気持ちでおります。達者なときの芸の美しさもあれば、老境に達した別の味わい、美しさもあるはずです。

芸の世界における家

伊藤　以前、ラジオで「人生も遊び、芸も遊び」とおっしゃっていた記憶があります。遊びが芸を深めるといった解釈でよろしいのでしょうか。

岡本　真面目に生きる、といえば遊びとはかけ離れてしまうかもしれませんが――つまり、芸も真剣に勉強しなくてはうまくなりませんし、その真剣さが楽しいというか、楽しいと思う気持ちが「遊び」に達しているというか――。お分かりいただけますか？

伊藤　机や箪笥など指し物で、「遊び」がないと引出しが出ない、などといった表現がありますが、そういった「余裕」という意味での遊びと解釈しておりました。

岡本　浄瑠璃方では、その日の気分や客の有り様によって、しまいの節を少し長めにしようかといった細工があります。それが、遊びですね。自分の気持ちの上で遊ぶことであって、客の気に入るようにと、客に媚を売ることじゃ決してありません。

伊藤　舞台で客の様子をうかがいながら、そのような〝計算〟が働くようになるまでには長い時間が必要なのでしょうね。

岡本　初心のうちに遊んではメチャクチャになってしまいます。経験、技を積んだ上での遊びでなくては。

伊藤　歌人吉井勇には「長生きも芸のうち」という言葉がありますが、長い年月、積み重ねられた修行や経験が、若い者にはない輝きを芸に与えるということでしょうか。

岡本　いまでこそ広く知られていますが、あれは吉井さんが落語の桂文楽師匠に与えた言葉なんです。

伊藤　そうでしたか。初めて知りました。ところで、師匠ほどのお年になりますと、いまどきの若い者はどのように映りますか。

岡本　頭の下がることがありますよ。例えば、自分たちで会をするというので、先輩風を吹かせて、こんなんじゃどうだいと内容や題目の下書きを差し出しますとね、これじゃいまの世の中に合いませんよなんて、つっかいされます。若い連中の企画は未熟な面があるとはいえ、客の入りもいいのです。ギャラの問題にしましても、「これだけは戴かないと」と最初からはっきりさせます。わたくしたちの時代は、お金のことは口に出しにくくて、ついやせ我慢することも珍しくはありませんでした。

伊藤　「やせ我慢」という言葉も、いまではあまり聞かれなくなった言葉です。私は師匠の半分ほどの年齢ということもあって、「やせ我慢」がまだまだ足りないかなと思う状況も多々あります。ついでにおうかがいいたしますが、この百年の間で最も楽しかったこと、辛かったことといいますと。

岡本　自分の芸や演奏に、自分で納得できたときがやはり一番うれしいです。辛くていやなのは、自分の思いどおりに演奏できないときですね。不出来なときは見台の陰に隠れるようにして、早く幕が降りてくれないかなあと、そればかり念じます。他の連中と顔を合わせるのがイヤで、コソコソ逃げだしてしまったり、自殺でもしたいくらいに不出来なときもございます。

伊藤　人生のすべてが芸とともにおありのようですが、ご本で拝見したところによりますと、師匠が新内語りになられたのは、お母様あってのこととか。芸事における「家」というものを、どのように思われますか。

岡本　清元《きよもと》や常磐津《ときわず》の世界には「家柄」が生きていますが、新内の世界はその辺のことを気に病む心配はありません。〝血〟で家元を継いでいる流派はまったくございません。師匠と言葉の行き違いがあったり気に入らないことがあっただけで、そこを抜けてじき新しい家元を名乗るなんてことも平気な世界。家元に価値はないんです。

伊藤　芸の世界における「〝家〟の功罪」といったものはいかがでしょう。

岡本　芸の型を厳格に守るのであれば、家柄があってしかるべきかもしれませんが、お話ししましたように、新内の世界ではいまさら家柄を云々しても意味がありません。語り浄瑠璃ですから、体のいい表現をすれば自由奔放ということになりましょうか。時代とそれを語る人、その人の考え方ひとつで芸に変化が生まれるのです。ですから古曲などにも途中でダメになった新内が多く、滅びずに残っているのはごく少数です。

伊藤　幹はしっかりしているが、枝ぶりは自由自在、新内はそういう芸風だと解釈すればよろしいのでしょうか。

岡本　そうですね。だいたいのところ節は同じでも、部分部分好きに歌うわけですから。そういえば、国から「無形文化財新内節記録保持者」の認定をいただきましたとき、いくつか珍しい浄瑠璃を録音いたしました。文部省に保存されていると思いますが。

伊藤　その後、しばらくして芸の上での転機が訪れたとうかがっております。

岡本　七十歳になって、なんだか弱気の虫にとらわれましてね、「絶望、絶望」と嘆くばかりの日記も破り捨てるほど途方に暮れた日々を送った時期がありました。そんなとき、中国から「民族芸能代表団を送って欲しい」という要望が、わたくしたちの組織する「民族芸能を守る会」へ届いたのです。中国では三弦、琵琶、胡弓の伴奏による歌や語り物、太鼓入りの曲、講談、漫才、そういったものをひっくるめて「曲芸」といいますが、これがとても元気いっぱいで溌剌として面白く、わたくしはその魅力のとりこになってしまったのです。心身ともに大きな充実感を与えられました。昭和三十九年（一九六四）のことです。

伊藤　師匠には「中国へ来て秋の風寂しくない」という句がございますね。

岡本　ええ、うれしくてね。文化大革命をはさんで、以来、訪中は十四回にもなります。「文弥は中国に片思いしている」とおっしゃる方までおいででした。中国曲芸の魅力に溺れた甲斐あって八十代は愉快に過ごさせていただきました。片恋も悪いものじゃございません。「山の神様」に叱られることもございませんしね（笑）。秋にまた上海へまいります。

伊藤　「山の神様」といえば、家元の奥様、宮染さんはおいくつに？

岡本　二十離れてますので、八十歳。家のことは任せっぱなしです。いや、ホントにありがたい。座っているだけで三度三度のご飯もいただけます。女房に不満や悪口を言うのは大変な罪悪ですよ（笑）。

いえ、前々からそう思っております。ただ、江戸っ子は、愛してるよなんて気のきいたことは言えませんからね（笑）。

伊藤　頂戴しましたご本『百歳現役〜なんとなくあしたがたのしい』。明日が楽しいとは、うらやましい毎日です。

岡本　朝、顔を洗いまして牛乳をわかし、ちょっと蜂蜜なんぞたらして頂戴する――何気ない毎日なんですがね。

伊藤　楽しい明日が、続きますよう――。

対談回想

岡本文弥さんとお目にかかる数年前の師走の雪の日だった。新橋烏森の小体な飲み屋の二階で熱燗をやっていると、三味線の音が聞こえてきた。新内流しだった。その頃は東京にもまだ江戸が生きていた、ということになろうか。

文弥さんとの対談のテーマは、芸談ではなく「長寿」。当時、百歳の甲羅を経ている人はすでに珍しくなかった。しかし現役で仕事を続けているとなると、そうは多くない。文弥さんは「長生き」で、しかも「芸もある」という人生の達人だった。

老いと人間

佐江衆一（作家）

さえ・しゅういち
1934年（昭和9）東京生まれ。60年に短編『背』で新潮社同人雑誌賞を受賞し、文壇へ。90年『北の海明け』で新田次郎文学賞、95年に老いを扱った『黄落』でドゥ・マゴ文学賞、96年『江戸職人綺譚』で中山義秀文学賞を受賞。『横浜ストリートライフ』など社会性に富む作品のほかに『動かぬが勝』などの時代小説がある。

リアリズムで描く人間の光と影

――平成七年（一九九五）「湘南文學」秋号掲載

伊藤　厚生省によれば全国の百歳以上のお年寄りの人数は、約六千四百人となっています。この十年で、なんと四倍増だそうです。長寿は喜ばしいことに違いないとは思うのですが、介護の問題などを考えると、この先、高齢化社会のなかで我々の生活は一体どうなっていくのだろうと、あらためて嘆息していた折に、話題作の『黄落《こうらく》』を拝読しました。そして、その凄まじい内容に自らの将来を重ね合わせて、これからの人生に不安を覚えてしまったのですが、それにしても、お身内の方々がモデルとあって、執筆には覚悟がいったことと思います。

佐江　小説とはいえ九割は事実ですから、やはり辛い作業でした。生々しい記憶からいろいろな出来事を思い出し、心の中で、繰り返し〝消化〟させては書き続けました。

伊藤　『黄落』は、俳句では晩秋の季語で楢《なら》や櫟《くぬぎ》の黄葉が落ちることとか。ストーリーは、還暦前後の夫婦が、九十二歳と八十七歳の両親の面倒を見る日々の暮らしの中で展開します。在宅介護を巡って、夫婦の間に亀裂が生じたり、痴呆症（＊現・認知症。以下同）になったおばあちゃんが老夫の首を絞めて殺そうとしたり、おばあちゃんの亡くなった後、老人保健施設にショートステイしたお祖父さんが八十歳のおばあちゃんと恋仲になったり――。そこには在宅介護がいかに大変なのかリアルに描かれていますが、そればかりではなく、親子、夫婦とは何なのか、生きるとはどういうことなのかといった、人間の奥深くに潜む生身の人間性が顔をのぞかせています。久しぶりに自然主義文学の作品を読んだような気がします。

佐江　文学的な手法などあまり考えないで筆を進めました。ただ、あくまで事実に基づいて、古臭いと批判されるかもしれないけれど、リアリズムの作品に仕上げたいなという思いはありました。切って血の出る現実の問題が描かれていない作品には、以前から不満を抱いてきましたから、『黄落』はそういう意味で満足できる作品にしたいと願いながら、自分の内面にペンをさし込むようにして書きました。

伊藤　執筆にかかった期間は。

佐江　二年程です。おふくろの葬儀の四日後から原稿用紙に向かいました。おふくろへのレクイエムという意味もありましたが、親父が死んでから作品にすれば、また違ったものになってしまうでしょうし、小説の構成上も親父が健在なほうがいい作品になるように思われましたのでね。

限界を超えた介護で知る「人間の深み」

伊藤　作品の主人公は、「私」であり妻「蕗子」であるわけですが、現実の家庭介護でも大きな役割を果たした奥様は、この小説にどのような感想をお持ちになったのでしょう。

佐江　実は、女房は読んでいないのです。僕の作品はいつも目を通してくれるのですがね。読めば、いろいろと言いたくなることもあるでしょうし、たぶん、一生、目を通すことはないと思います。小説として描かれた世界を尊重したいと言っています。

伊藤　介護といえば、担い手の中心となるのはまだまだ女性。その上、嫁と姑、舅という難しい関係もありますから、作品からも奥様のご苦労が並大抵ではなかったと推測できます。

佐江　男はまだ古い意識を引きずっていますから、介護の負担が女性にかかっていますが、夫婦の間にも、しっくりしないものが生まれてきます。作中にも「離婚」云々のやりとりが出てきますが、例えば、老いて醜い部分をさらけ出す父親の姿に、自分の姿を重ね合わせて見ているとき、女房に「あなたは、おじいちゃんにそっくりね」（笑）なんて言われると、介護に疲れ、愚痴のひとつも言いたくなることは重々承知しながら、やはりグサリときます。

伊藤　仕事場の近くのマンションに暮らすボクの母親は、医者から特別養護老人ホームへの入所を勧められる状態です。週末には自宅に連れて帰るようにしているのですが、週明け、マンションに連れ帰る時間になると、気のせいか、女房の表情にホッとしたものが流れるのです（笑）。やはり、佐江さんの表現を借りればグサリときますね。どうしようもないことですけれども。

佐江　妻の両親と同居する三、四十代の男性が増えていると耳にしますが、そういった磯野家のサザエさんの夫マスオさんみたいなケースは、どうなのかな。実の娘が年寄りの世話をするほうが、あまり無理は生じないのかもしれません。

伊藤　抵抗は少ないでしょうね。とはいえ、やはり理想からいえば、痴呆症を抱えたようなお年寄りは、それを専門の職業とする人たちに見ていただいたほうがいいように思います。

佐江　女性の負担を少なくすべきですが、ペンを握りながら思ったのは、自分の能力、気力の限界を超えて介護に従事した人というのは人間として〝太る〟というか、人間としての中身が濃くなるような気がしたことです。つまり、はじめから施設介護に任せてしまっては見えてこない、「人生の深み」をのぞきこむことができるように思えるのです。

伊藤　しかし、定年を迎える世代になってから老いた親の面倒を見なくてはならないというのは、実に大変なことです。
佐江　作中、「老親老後」という言葉が出てきます。僕の造語です。
伊藤　どんな意味ですか。
佐江　老夫婦が、老後に、年老いた親の介護をしなくてはならない社会の状況を意味したものです。老いつつある子どもの世代が、さらに老いた両親の世話をするわけですから、体力的にも無理なのはよく分かります。ただ、それでもなお思うのは、親のご機嫌うかがいにたまに施設を訪れ、なんとなくいいムードのまま帰ってくるだけで、果たして親子の絆云々といえるのだろうかということです。
伊藤　親というのは、むしろ、そういう子どものほうと、いい関係を築いていけると思っているようです。ボクの兄は月に一度のペースで母親の様子をうかがいにやって来る程度ですが、二人の様子を観察していると、どうもそんな感じがしてきます。そばにいて、口うるさい子より母親は気に入っているのかもしれません（笑）。
佐江　なだめたり、叱ったり。イライラしながらもなんとか爆発しないように自分を抑えて言い聞かせた後は、なんでこんなことをしなくちゃならんのかと本当にイヤになります。ただその後で、ほとんど何の世話もしていない兄弟よりも、俺のほうが両親とは人間の深い部分でつながっているんだぞという自負が湧き上がってくるのを感じます。でも、疲れますがね（笑）。
伊藤　こんなことを口にして不謹慎なのはよく分かっているのですが、一緒に暮らしていて、こちらのストレスが溜まってくると、母が外出したときなどは、このまま帰ってこなきゃいいのになんて、心のどこかで思ってしまう場合がありますよ。でも、実際、帰りが遅くなると気になってしょうがない（笑）。

佐江　『黄落』の最後の部分に、主人公の「私」が、ショートステイする父親を施設へ送り届けるために車を走らせている途中、このまま突っ込んだら一緒に死ねると思い、隣の座席に目をやると、父親はのんびり眠っていて、一層、苛立ちを感じるという場面があります。もうどうにでもなれよ、と思いながらも気にかかる。やはり親子なんでしょう。

伊藤　それはＤＮＡの問題なんだと、ある医者が教えてくれました。

佐江　つまるところ、遺伝子が絆の結び目ということですか。ここからは逃れられないですね。

哲学の大命題に答える女性の「日常性」

伊藤　作中にも母親のオムツを換える場面がありましたが、佐江さんは実際に実行してきたのですから、たいしたものです。ボクはまだ一度もそういう経験がありません。ボクならできないんじゃないかと思います。

佐江　いまは親父のオムツを換えていますよ。だいぶ慣れたとはいえ、できることなら僕だって換えたりはしたくない。同じ男として自分の姿をそこに見てしまうこともあって、蹴飛ばしてやりたいくらいイヤですね。

伊藤　本当に覚悟のいることです。

佐江　だから、生意気を言わせていただくと、老いや福祉、生死の問題について偉そうな発言をする人がいると、あんたは半ば痴呆症になった母親や父親のオムツを換えてやったことはあるか、本当に人間のことを知っているのかって、言ってやりたくなります。

伊藤　作中では「蕗子」に、あんたオムツ換えなさいよと言われて、オムツくらい、換えてやろうじゃないかということになるわけですが――。

佐江　売り言葉に買い言葉でそう言ってしまうわけですが、初めておふくろのオムツをきれいにしてやったときは、正直、とても続けられるものではないなと絶望的になりました。オムツの換えに限らず、女性の場合は、毎日の「日常」の仕事のひとつとしてこなしてしまうことが可能だが、男性はまず「頭」で理解しようとする、といった男女の相違点を浮き彫りにする狙いから、その場面は小説風につくってあります。でも事実に近いですね。

伊藤　「日常性」で物事を考えない点は、男性にとっては弱みかもしれません。

佐江　日常の世界に生きる女性のたくましさに、これは降参だなと思って小説に挿入した場面があります。女房があるとき、八十八歳になる半ば痴呆症の実母に、こう問われたというのです。「私、どうしたらいいの?」と。男は、こういう重い問いかけには何と答えていいのやら、とっさには見当もつかずに戸惑うばかりです。でも女房はこう答えたというのです。「何も考えなくていいの。ここで横になっていればいいの。私もそばにいるでしょ」。こう具体的に、すぐに語りかけたというのです。それに応じるように、母は安心して眠ったといいます。僕はこういう女房の、女性の思考回路というものは、実に凄いものだと感心しました。母の問いは、〈どのように生きて、死を迎えたらよいのか〉という哲学の大命題ですからね。哲学者や高僧ならどう答えるのだろうなどと考えながら、いずれにしろ、俺にはそんな対応はできないな、とあらためて女性の強さと優しさに驚きました。

伊藤　男女の思考回路の違いという点から驚いたといえば、作中、母親が夫を絞め殺そうとする場面にもビックリしました。実際に行動に移すか否かは別にして、女性は精神的にそういう面を持っていることはなんとなく理解しているつもりでしたが。

佐江　痴呆症の八十八歳の母親がそのような行為におよぶ背景には、夫のかつての裏切りがあるわけですが、それにしても女は怖いと思わざるを得ません（笑）。男性の意識の底には、長い夫婦生活を続けていれば、一度や二度、そういうことがあったって当たり前じゃないか、みたいな心理がありますからね。

伊藤　かつてお世話になったある文筆家が、脳軟化症で入院しました。その後、家に帰ることができるまでに回復したのですが、奥さんは決して帰宅を許さなかった。その背後には、やはり昔の女性問題があって、結局、彼は奥さんに恨まれたまま他界しました。

〝死に時〟を考え自らの死を選択する時代

佐江　女性には、確かにそういう一面があります。男はどうだろう？　自分の妻が浮気をしたとして――。

伊藤　許すか、別れるかの、いずれかでしょうが、我々の世代の男は、あまりそんなことは考えたことがない（笑）。ところで、母親の行為には、夫を道連れにすることによって後顧の憂いをなくそう、子どもたちを楽にしてやろうという気持ちもあったようにも思います。

佐江　そうかもしれません。自分が親父の立場だったら、一緒にあの世に連れていってもらいたいという願望もありますから、素直に願いを叶えてやったかもしれないですね。

伊藤　冒頭、百歳長寿が増えているというお話をしましたが、「老親老後」という言葉からもうかがえるように、長生きをするのはなかなかに大変な時代だなあとあらためて実感します。

佐江　『黄落』を執筆するうち、僕は人間の〝死に時〟というものについて考えるようになりました。〝死に時〟とは、僕にとって、歩いたり、食べたり、排泄したりといった日常の行為が怪しくなったときです。自分の経験に照らしても、子どもに迷惑はかけたくありませんし、チューブで栄養剤を流し込まれてまで長生きしたいとは思いませんね。

伊藤　母親が自ら食を断ち、積極的に死を迎える場面もショックでした。そういう出来事からも、死に時を考える必要性にお気づきになったのでしょうね。

佐江　食を断って、自ら死を選ぶことを母親から教えてもらいました。読者からは『黄落』の読後感をつづった多くのお手紙を頂戴しましたが、なかには「自分の親もそうだったのかもしれない」とか「自分も死に方を決めている」といった方がたくさんおいででした。自らの死を含めて、死について前向きに考えざるを得ない時代が訪れたのかもしれません。

伊藤　たしか「国立往生院」（笑）だったと思いますが、ある作家が、これからの時代は、そういった役所が必要になるのではないかと言っていました。死に時を悟った人間は、そこで手続きすれば、この世とサヨナラできるわけです。いずれにしても老いと死の問題は、誰しも避けて通ることはできません。

佐江衆一さんの言う「老親老後」は、いまは「老老介護」という日常的な言葉になっている。それだけ高齢化が進んでいるということである。

「お年寄りは大きな赤ちゃん。そう思えば我慢もできる」という発言をよく耳にするが、そう簡単な話ではない。ままならぬうちに繰り返される日々の現実は、ある種の心理操作だけで乗り越えられるほど容易ではない。

ヒトの世界

養老孟司（解剖学者）

ようろう・たけし
1937年（昭和12）神奈川生まれ。解剖学者、東京大学名誉教授。『からだの見方』でサントリー学芸賞を受賞。『I KNOW YOU脳』（小社刊）『日本人の身体観の歴史』など著書多数。2003年『バカの壁』が大ベストセラーに。同書で毎日出版文化賞特別賞を受賞。昆虫への造詣が深い。鎌倉市在住。

――平成七年（一九九五）「かまくら春秋」十月〜十一月号掲載

評価の〝基準〟のない個人

伊藤　ある人に言わせますと、養老さんは天才だ（笑）。俗に言うところの、頭がいい、頭が悪いとは、いったい、どういうことなのでしょうか。

養老　問題になるのは、いい、悪いの尺度は何かということでしょう。客観的な物差しなど存在しませんからね。ただ、今の世の中に照らしていえば、イメージとしては、言葉を使えない人はあまり利口そうには見えませんし、やはり大学入試に合格するかどうかといったことや頭の回転の速さもその尺度の一つに加えられると思います。

伊藤　ということは、その逆が「悪い」ということになるのでしょうか。しかし、世の中には、知的障害を抱えながら優れた才能を発揮する人も少なくありません。

養老　まったく言葉はできなくても、素晴らしい絵を描いたり、一度、音楽を耳にしただけで、ピアノでその音楽を繰り返し弾いたりする能力を持っている人が世界中で知られています。アメリカには、四桁五桁の素数（＊一およびその数のほかに約数のない正の整数）を互いに書きっこして楽しむ兄弟がいます。

伊藤　そういう人たちも、世間の常識からいえば頭が悪いということになりますか。

養老　施設に入っていますからね。ただ、先ほども申し上げたように、良しあしの物差しなどありません。例えば、病院で精神面での異常があるかどうか診断を下す場合、適当な基準を決めておいて、その数値を超えれば異常――ということになるわけです。それに、現代の日本社会は、生活するには何かと複雑なシステムになっていますから、若者もお年寄りも頭を使わなくては生きていけません。社会全体の軸がそういう流れに傾いているわけで、その人個人の能力に関わりなく、周囲の状況で頭がいいとか悪いとか評される時代になっているのです。

伊藤　そういうお話をうかがいますと、一般的に常識と見なされている事柄や数字的なものは、疑ってかかる必要があることがよく分かります。社会全体の流れが、より頭を使う方向を目指しているというご指摘は世界的なものですか。

養老　というよりも都市の傾向といえるでしょう。先日、ヒマラヤの麓、ブータンを訪れました。山の中を歩いていましたら、プロパンガスのボンベを馬に積んだ青年と出会いました。話しかけてみると、精神障害があるらしいのです。でも、そうして働いているのです。日本なら多分、施設に入れられてしまうでしょう。能力というのは、それぞれに備わったものですから、それぞれに所を得て生活を営むことができる社会が望ましいと思います。

伊藤　以前、対談したときに「人間は決して複製できるものではないという事実を認識する必要がある」と、うかがった記憶があります。

養老　人間は、それぞれが概算で五万の遺伝子の違った組み合わせによって存在しているのです。個人とは、そのようにして成り立っていますから、それをどのように評価すべきなのか、だいたい〝基準〟といったものはないのです。つまり、将来的にも同じ人間が誕生する可能性は皆無なのですから、評価のしようがありません。

伊藤　つまりそれが、一人ひとり、かけがえのない存在ということですね。

養老　自然界という視点から見れば、そういうことです。しかし、我々の活動する人工的な社会においては、そうはいえません。例えば、この春、僕は東大教授を定年前に辞めましたが、僕のポストは僕自身のために設けられたものではありませんでした。つまり、代わりになる人材はいくらでもいたということです。

特徴は「意識こそすべての現実」

伊藤　「ものの尺度」とか「能力」の問題は、教育や福祉の分野にかぎってのことではないと思います。小さいながら事務所を経営する自分にとって、例えば、スタッフの能力をどう評価し、どう生かしていくかという問題にもつながります。

養老　日本は〝名刺社会〟で、サラリーマンや公務員の名刺には、必ず肩書がついていますが、善悪はともかくとして、仕事に人間を当てはめていては、人の能力を測るのは難しいように思います。

伊藤　逆に、その人間の能力に見合った仕事を与えているのだという見方はできないでしょうか。

養老　会社や官庁には、まず組織全体としての前提、目的があります。ですから、こういう人間がいるからこういう仕事をしようとは考えません。こんな仕事があるから、あいつに担当させようといった具合になります。人間を基本に据えれば、会社や官庁のそのようなあり方が、人間にとってハッピーなはずはないのです。官庁はことにそうです。陳情に行っても、「それはだめです。なぜなら規則がそうなっていますから」「規則は我々のためにあるのではないか」――そんな押し問答の繰り返しで、要求はまず通りません。その世界で何十年も暮らしていれば、何のための、誰のための規則なのか、本末転倒していることに気づかなくなるのです。

伊藤　お言葉を返すようですが、こういう人間がいるから、こういう仕事をしようといったシステムをとれば、収拾のつかない事態を招くことになりませんかね。

養老　いまの伊藤さんの発言は、実によく日本人の特徴を表しています（笑）。つまり、「近代社会においては人間の意識こそがすべての現実である」という思い込みですね。もう少し簡単にいえば、意識の外にあることは存在しないものと考え、その社会固有の〝塀〟の中で、秩序に則り、まずは平穏に暮らしていきましょうという考え方です。もっと簡略して表現すれば、ああすれば、こうなるのだと予測可能な範囲内での生き方ですよね。

伊藤　小さなときから塾通いをして、有名な高校や大学、一流と呼ばれる企業への入社を目指し、計算しようと思えば、生涯賃金や老後の年金額まで弾くことのできる現代の日本は、いまのご指摘の通りかもしれません。

養老　収拾のつかない事態というものが、仮に訪れたとしても心配することはありませんよ。人間に必要なものなんてだいたい決まっていますから、放っておいても、自然に秩序が生まれ、社会が形成されていくものなんです。一日に、人の十倍も飯を食う奴はいませんし、一晩に百人の女性を口説ける男もいないのですから（笑）。

社会を一つにする〝暗い森〟

伊藤　養老さんは今年、東京大学教授を辞められましたが、最高の学問の府においても、やはり「近代社会においては人間の意識こそがすべての現実である」と感じられるような出来事がありましたか。

養老　辞めさせていただきたいと申し出たときには、「春からはどうするのですか」と皆さんから質問を受けました。僕が、「がんの告知と一緒です。辞めてみないことにはどんな気持ちなのか、はっきりしませんから、辞めてから考えます」と答えると、「そんなことで不安はありませんか」という言葉が返ってきました。そこで、僕はこう言ったんです。「ちょっと待ってください。人間、先のことなど誰にも分からないのですよ。例えば、いつ、どんな死に方をするか、あなたは不安ではないのですか」。

伊藤　まあ、一般的には転職先を決めるのが先で、その後、辞意を伝えるでしょうね。

養老　そうかもしれません。東大を辞めてどうするのかと質問した先生の言葉から推測できることは、彼の視野には、東京大学という組織の中での人生しか入っていない、ということです。そこから一歩、踏み出したらどうなるのか。彼の意識には、その世界は存在しないも同様ですから、当然、彼はその世界を信用することができません。ですから不安なのです。現代人にとって意識の及ばない世界は、暗闇と同様であり、崖っぷちが待ち構えているに違いないという恐怖心が去らないのです。

伊藤　それは、「信用できない」というよりも、むしろ「自信がない」という気持ちではないでしょうか。我が身のことを考えてみても、この年齢になって、いざ、新しい世界に挑戦しなくてはならない事態が生じたとしたら、やはり「やっていけるかな?」という思いが、きっと先に立つような気がするのですが。

養老　皆さん、必ず、そのようにおっしゃいます（笑）。いつの時代の人間もそう言ってきたのです。ですから、城壁を築いて安全を確保し、その中で暮らしを築いてきたわけです。その結果が、城壁の外の、あの〝暗い森〟には、魔女が住んでいる――（笑）。ある種の恐怖によって、社会は一体となりました。現在の日本の社会も、それと変わりないように思います。実際には、どこに行ったって暮らせるのです。現に、世界のあちらこちらで、何でこんなところにと驚くような場所で暮らしている日本人も少なくありません。

予定の立たない生老病死

伊藤　城壁のお話で、若かりし釈迦が、四方の城門を出て、それぞれに、生、老、病、死の四つの苦を目にし、深く憂いたという「四門遊観」を思い出しました。

養老　生老病死は、予測、予定のできないことです。例えば、来年何月、どこそこで講演をお願いしますといった依頼が舞い込みますと、僕は、「生きていたらうかがいます」と答えます。すると先方は、冗談のつもりもないのに、笑います。来年のそのとき、生きている保証はどこにもないのですが、先方は、そんなはずがあるわけはないとでも思っているのでしょう。ですから僕は、三年先、五年先の計画を立てる人間とは、一体何者なんだろうと、あらためて首をひねることもあります。人間は、塀を作ることによって、先を見ないようにしている。年をとって、初めて死を意識し、信心深くなるのです。ところで、城壁の中にいた釈迦は、周りの世界を知ることなく、物事は何事も予定通りに進行するものだと考えていたのかもしれません。何だか、いまの日本の社会を端的に表している説話です。

伊藤　かつて、「人工世界は予定の世界である」とお書きになっていますが、生老病死については、これはやはり予測、予定できないと——。

養老　出産予定日に対抗するわけではありませんが、葬儀予定日なんてそのうち登場するかもしれません。いろいろと都合がありますから、あなたも予定日の三日前には、と女房にせっつかれる時代がやってくるかもしれませんね（笑）。現に、人によっては、それに似たようなケースも起きているようですから。

伊藤　科学技術の進歩が、将来的に生老病死のあり方をどのように変えていくのか、期待とともに不安が感じられます。ところで、日本の社会は、いつの時代から「塀」を築いてきたのでしょうか。

養老　江戸時代ですね。ですから僕は、現代の日本は江戸の延長だと理解しています。もう四百年になりますから、いい加減、おしまいにしたらいいのにと思います。

伊藤　そうしますと、戦国、安土桃山の時代まではそうではなかった。

養老　歴史的評価は別にして、比叡山を焼き討ちして多数の老若男女を殺害した織田信長の生涯にも見られるように思うのですが、混乱のうちにも変革へのエネルギーの満ちた、とらわれることのない生き方のできる時代だったのではないでしょうか。それに対して江戸は、これまでのように国の中で喧嘩ばかりしているようじゃまずいと、秩序を重んじた人工的な社会を構築し始めたのです。

伊藤　養老説によれば、以来、江戸時代がいまだに続いているわけですが、では、現代に生きる我々としては、どのようにすればよいというのでしょうか。

養老　残念ながら我々は江戸以前に戻ることはできません。秩序の崩壊は、新たな秩序を生み出すことにつながるのですから、これまでの「塀」にとらわれることなく、新しい時代の生き方を模索していく必要があるように思います。

狭まった現代人の「現実」

伊藤　人工世界、予定世界という〝塀〟の中に暮らす現代の日本人は、いまだに江戸時代の延長線上に生きているのだという養老説は、この場は納得しておきましょう。ただ、その一方では、科学技術など文明の発達が著しいのも事実です。やはりそれは人間の頭脳の進歩と、歩調を合わせてのことと考えていいのでしょうか。

養老　科学技術などは積み重ねが可能ですからここまでやってこられたと思います。しかし、その科学技術にしたところで、大したことをやっているわけではありません。例えば、月へロケットを飛ばせるのだから現代の科学技術は大したものだと評価する向きもありますが、それは「ああすれば、こうなる」という理論を単純に適用してのことです。〝システム〟的なことになると、現在の段階で我々の科学技術はまるで赤子のごとき状況といえます。

伊藤　「システム」といいますと。

養老　生きているものにはそれなりのシステムがあって、それにのっとって生きています。科学技術が発達したといっても、我々には、これがまったく理解できていないのです。

伊藤　ボクもまったく理解できていませんね。

養老　例えば、月にロケットは飛ばせても、人間には蠅一匹、いや、蠅どころか大腸菌一つ作ることはできません。なぜなら、一個の生命体である大腸菌の構造はとても複雑なのです。

伊藤　ロケットを飛ばすことも大腸菌を作ることも、門外漢にはどちらも同様に困難を伴うことのように思われるのですが。

養老　遺伝子について触れておきます。ヒトもイヌもカニも薔薇の花も、生物はすべて遺伝子を持っています。遺伝子の素材は、A（アデニン）C（シトシン）G（グアニン）T（チミン）と呼ばれる核酸塩基であり、この四つが連なって遺伝暗号を形成して、いのちの設計図を描くわけです。大腸菌の場合で何通りくらいの暗号の組み合わせが可能だと思いますか。

伊藤　見当もつきません。目に見えないほどのものですから、それは数えられるものではないんでしょうね。

養老　なんと、十の百万乗です。

伊藤　雲をつかむような数ですね（笑）。実感が湧かないのですが、それはコンピューターにもかけられないのでしょうか。

養老　十の三乗が千、四乗で一万ですよ。生物のシステムの複雑さというのは、ロケットを月に飛ばす理論のように単純ではないのです。

伊藤　「塀の中」で暮らしている人間として、自分の想像の範囲を超えると、やはり、予測がつきませんね。

養老　すでにお話ししたように、現在の日本人にとっては、脳の中に存在しないことは、現実にも存在しないと同じことなのです。

伊藤　養老さんは昆虫にも造詣が深い。いまのお話は、虫といえば、ゴキブリと蟻、蟬にトンボといった、ほんのひと握りのほかは、すべてを「虫」という言葉一つで括ってしまう、ボクのような人種にとって、その辺を飛び回っている虫が、害を与えない限りにおいては存在しないも同然であることと相通じているように思います。

養老　私にとっては「現実」である虫も、興味のない人にとっては存在しないも一緒なのです。踏んづけようが、どうしようと気にもしない。虫だけではないと思いますが、都会に暮らす人間には自然そのものが現実感に乏しいものになっていますから、もはや存在しないも同じなのではありませんか。現代人の頭の中の現実は、確実に狭くなっています。それでいて、反面、絶対的な客観性を持たせてその存在を確かに信じているものがあります。

伊藤　例えばどんなものがありますか。

養老　お金です(笑)。人口などの数字もそうかもしれません。発表される人口はある時点のものに過ぎないのです。休みなく生まれてくる人間やこの世を去ってゆく人間のことなど勘定には入っていないのに、その数字は一人歩きを始めます。そして誰も疑いを抱きません。それが問題なのです。

伊藤　お話をうかがうほど、社会的な常識とか客観的な事実といったものが分からなくなりそうです。

養老　世の中には、そういう曖昧さを統制のとれたものにしてしまう役割があります。

変化に乏しい日本人の意識

伊藤　先ほどの「システム」のお話では、生きものだけではなく、世の中、人間社会もまたそうであるとのご指摘でした。ということは、単純な論理での円滑な機能は難しいということであり、実際、行政などの動きを見てもそう単純ではないことは想像がつきます。鎌倉市の問題を例にとれば、景観問題一つとってもいまのお話が的を得ているのかなという気はしますね。

養老　行政と住民の間の軋轢はどこの自治体にも存在します。「景観」についていえば、そもそも景観とは、与えられた自然に人間が手を加えて生まれるものです。ですから「ああすれば、こうなるだろう」という予測に基づいて仕事にかかる行政と、住民そして自然との間に矛盾が生じても不思議はありません。

伊藤　鎌倉だけのことではないでしょうが、行政側の主観が、どうしても先行して見えますよね。

養老　コンクリート護岸を取り壊して、川岸の本来の自然を回復させようという「ビオトープ」という動きが、最近、出てきたようですが、まだまだ日本では「大きなお世話だよ」と口を尖らせたくなるようなお役所仕事が少なくありません。

伊藤　日本の自然の姿というのは、本来、襞のように深く入り組んでいますから、確かにその特色を生かしてあまり人工的にすっきりさせないほうが適しているように思いますね。

養老　うちの前を流れるドブ川や家の裏山が、あっという間にコンクリートで固められてしまったときには本当に驚いた。こっちは裏山が崩れてもいいと覚悟しながら暮らしているのに(笑)。余計なお世話が多すぎるんだ。どうしたら暮らしいいかなんて、個人個人によって異なるんですからね。行政のなすべきことは、水が出ると、この一帯は床上まで浸水しますよ、この崖は崩れる可能性がありますよといった具合に、きちんと市民に情報を提供することにあるはずなんです。

伊藤　役割をはき違えているのではないかと感じることは、国、地方を問わず珍しくありません。しかし、地域で村八分にされたくはないという意識も手伝ってか、日本の国民はお上の言うことにはよく従う。そういう意識は、簡単には変わるとは思えませんね。

養老　ほかの人間と同じでないことが、やはり怖いのでしょうね。スペイン語や中国語を話す人たちが個別に集落を形成するアメリカのように、日本の社会も一度、ばらばらになってしまえばいいのです。もっとも、江戸時代の延長にある島国日本では無理な相談かもしれません。

伊藤 科学技術の進歩はあったものの、江戸以降、四百年にわたり日本人の意識はあまり変わっていないという先の話になるわけですね。

目と耳の統一が生んだ言語世界

養老 日本人に限ってのことではありませんが、長年メスを握っているうちに、人間の考えることなどたかが知れているし、いつの時代もそんなに変わるわけはないなと思うようになりました。人間の脳味噌の重量なんて、誰のものであれ一・五キロくらいのものですから。

伊藤 先日、人間の脳はこの三百万年の間に約三倍も大きくなったというお話をうかがった際、それでは人類はいずれもっともっと高度な存在になるのですねとおたずねしたところ、養老教授は首をかしげた。

養老 その質問の答えは、いまもやはり分かりません。いつの時代もそんなに変わらないのではないかという点についていえば、例えば、歴史的モニュメントにもその傾向は表れています。人類は、大きく括れば二つの方法でモニュメントを残してきました。一つは建造物として、もう一つは文章としてです。ピラミッドや万里の長城などに見られるように、人類は壮大な建造物によって空間を支配し、歴史を超越して、その威光を後世に伝えようとしました。また、旧約聖書などに見られるように、文章の中に歴史や時間を封じ込め、その時代の出来事や思想を後の世に伝達しようという試みを古くから行ってきました。

伊藤　インカ帝国の遺跡などもそうですよね。建造物についていえば、そこには単に大きな物を作り上げて天下に威光を示そうというにとどまらない、何かもっと普遍的な思いが込められているような気がしますが。

養老　エジプトの民は、空間だけではなく時間の支配をもピラミッドの建造によって試みたのだと思います。というのは、建造物を視覚でとらえることは一こま一こま、その時間をとらえることであり、天体の動きや東西南北も考慮の上で建造された不動のピラミッドに、空間と時間の調和が感じられるからです。

伊藤　たかが知れているとはいえ、その脳はピラミッドをはじめ歴史的なモニュメントを建造し、書物を残してきました。ところで脳自体は、肉体、精神の調和を整える務めを常に果たそうとしているのでしょうか。

養老　そうともいえません。ものを書くとき、我々は当たり前のように筆を走らせますが、実はこれがなかなか脳にとっては難しいことなのです。つまり、ときとして脳はバラバラに働くものなのに、それに人間は気づいていないのです。気づかないばかりか、脳にはそんなことは起こらないと決め込んでいる。例えば、一見、まったく同じ品があるとします。同じものである以上、視覚はそれを同じものと判断します。しかし、手にとってみると重さが違う、触ると感触が異なる……となると、視覚に対して他の感覚が、これは同じではないではないかと「反乱」を起こすのです。

伊藤　目と耳や触覚の〝意見〟が、衝突するわけですね。

養老　そうです。例えば、こうして喋っていることを文章にしてもらうとすると、文章にする人間は耳で聞いた言葉を日本語で紙の上につづり、視覚を通じて理解することになります。そういった一連の作業は、同じ脳の中で、情報処理ルールに則って行われます。言語の世界は、そんなふうに本来別の機能を持っている目と耳の統一によって発生してきたのであり、言葉なくしては成り立たない現代社会に生きる我々は、目と耳の矛盾のない世界、文化を当然のものと考えているわけです。もちろん、そう考えるのは、脳自らです。

伊藤　〝塀〟に囲まれて暮らす我々は、また脳の世界の住人であり、未来を切り開くその脳が、反乱を起こす可能性を秘めていることも知っておく必要があるようです。

対談回想

養老孟司さんは、時代の寵児である。柳の下にドジョウは二匹いないものであるが、『バカの壁』に続いて『死の壁』もヒットしている。やはり一般的な常識といわれるものは、疑ってかかる必要があるのかもしれない。

音の奏でる詩

田村隆一（詩人）

たむら・りゅういち
1923年（大正12）東京生まれ。詩人。戦後、鮎川信夫らと『荒地』に参加。処女詩集『四千の日と夜』で戦後世界の極限状況を巧緻な詩に昇華させ、内外に大きな衝撃を与える。「現代詩の巨人」とも称された。詩集『言葉のない世界』『奴隷の歓び』、エッセイ集『僕が愛した路地』（小社刊）など。98年8月没。

――平成九年（一九九七）「かまくら春秋」五月号掲載

不思議な町の「リズム」

伊藤　田村さんの詩といえば鋭い文明批評を込めた作品をまず思い浮かべますが、町や自然をモチーフにした作品も結構あるんですね。ホームグラウンドでもある鎌倉の一コマを描いた詩に『鎌倉の枕』というのがありますね。

書さがりの／小町の裏道　路地がぼくは／好きだ／そういうときは朝からウイスキーを飲んでいて／路地の居酒屋に書寝に行くのさ　その店の／小さな坐布団は木綿だから／二つに折って枕にして眠っていると／いつのまにか毛布がかかっていて／灯ともしごろになると／磯の香をサカナに／辛口でも

『鎌倉の枕』より

これなどは田村さんの素顔を彷彿とさせる一篇だと思います。町は詩の宝庫とも思えます。身近な風景からいかに詩が生まれるか、まずは鎌倉という町の魅力からうかがいましょうか。

田村　鎌倉は不思議な町だと思います。重ねて不思議なのは歴史学者がこれまでその点についてあまり指摘してこなかったことです。何が不思議かといえば、古い都市なのに「近世」というものがない。つまり鎌倉の歴史は、北条氏が滅亡（一三三三年）して半農半漁の村に戻ったポイントと、明治二十二年（一八八九）に横須賀線が開通するポイントが直結している。間がすっぽりと抜け落ちています。

だから鎌倉からは大政治家や大実業家は輩出されていないのです。そんな都市は世界にも類がないと思います。

伊藤　その不思議な町に越してきたのは四半世紀以上の昔と聞いております。今日、お話しさせていただいている光明寺、このお寺のある材木座地区周辺にも確かお住まいだったはずですね。

田村　一年と二ヵ月暮らしました。そもそも鎌倉に居ついてしまったのは、ある年寄りが七十歳になったお祝いをするというので鎌倉にやってきたとき、約束の時間にはまだ間があったので駅前の不動産屋をのぞいた。そうしたら、僕の住んでいた東京のアパートより安いバス・トイレ付きの新築一戸建てを発見したのがきっかけです。何より家賃の安さが気に入って、それっきり。

伊藤　材木座には古くからの酒屋が何軒かある、それもまた魅力だったのではありませんか。

田村　いやいや、歩いて二、三分と、借家が近かったもので、味噌醤油もそこから買うことになったまでで。当時は漁師町でしたから、朝の七時には石油ストーブに火が入って開店です。そこのおばあちゃんは、僕が店に入ると黙って座布団を置いてビールの栓を抜き、朝刊を置いてくれました。目を通し終わる頃にちょうど一本、空くわけです。

伊藤　毎朝のことですか。

田村　あの人はアル中ではないかと誤解されてはつまらないので、二週間通っては、次の二週間は知らん顔をして店の前を素通りするといった調子でしたね。

伊藤　先の詩にもあるように、鎌倉特有の「路地」も田村さんは好んで歩かれている。車も入れないような路地が鎌倉にはたくさんありますね。

田村　町を人体にたとえれば、路地は静脈であり、毛細血管です。人が生活する上で路地は欠かせません。鎌倉では、大通りから少し路地に入っただけで人の足音が聞こえてきます。その足音が、実は暮らしのリズムなのです。僕はさまざまな人が織りなす足音のリズムが好きなのです。

〝誤解〟で成り立つ言葉

伊藤　田村さんは「ドタキャン」とか「チョベリバ」って言葉をご存知ですか。

田村　いえ、知りません。

伊藤　若い人たちの間で流行っている言葉です。実は娘に教えてもらったのですが、「ドタキャン」は「土壇場でキャンセル」、「チョベリバ」は「超ベリーバット」の意だそうです。

田村　面白い。アフリカにいるみたい（笑）。

伊藤　詩人としてこのような言葉をどう思われますか。

田村　我々の言葉はいま、すっかりテレビ語なのです。活字ではなく映像から言葉が生まれる時代になった。映像は生々しい。活字はかないません。僕はもう時代遅れの産物。半分も理解できない。

伊藤　時代によって言葉は変わっていく。とりわけ現代の日本語は外来語なくしては成り立たない状態です。これは日本人として喜ぶべき現象なのか、それとも悲しむべきことなのでしょうか。はたまた、国際化の時代においてはさして意味を持たないのでしょうか。

田村　朝刊一紙に使われている外国語は約八千語といわれます。けれど、これを国際化といっていいのかどうか。僕は、国際化とは現在の段階ではあくまで科学技術の世界においてのみのことだと解釈しています。科学は前進あるのみ。昨日まで単価二百円だった半導体が今日は一銭にもならないという、すさまじい世界です。不可逆性そのもの、それが科学の宿命です。真の意味での国際化となると、僕たちは〝ナショナル〟を大事にしなくちゃならない。〝ナショナル〟と〝ナショナル〟の交流こそ国際化なのであって、〝ナショナル〟なき国際化はありえない。国際化にはコミュニケーションのための言葉が欠かせません。しかし、言葉とは本来的に誤解を前提にしています。そうでなくては成り立たない。どのような内容を、どう正確に伝えるか。上手な〝誤解の仕方〟を徐々に学んでいく——そのような意味において賢くなることが、人間の成長ということなのです。

伊藤　それでなくても日本語は、音訓読み、漢字とカナなど、外国語と比較してはるかに難しい言語といわれています。

田村　他の言語には必ずルーツがあります。枝葉があります。ところが、日本語とエスキモーの言葉のご先祖はハッキリしない。日本語はさまざまな言葉の影響を受けて生まれた複合体です。だから日本語は難しい。僕は日本人でよかったと思います。もし外国人に生まれて日本語を勉強しろといわれたら、首をくくって死ぬしかない（笑）。

伊藤　現代の若者も「ドタキャン」など新しい言葉には敏感な一方、日本語を正しく使うという面では衰えているような気がします。

田村　言葉の力が衰えたのは若者だけでなく、日本人全体の問題です。これには僕は持論がある。戦後、当用漢字が定められたのを機に、これ幸いと新聞がルビを無くしてしまった。ルビっていうのは作るほうも手間がかかりますからね。ルビがあったから、僕らは子どもの頃、新聞を読みながら漢字の勉強ができた。小学生でも中里介山くらい読めたんですから。戦後の漢字制限ほどおかしな文教政策はありません。中国みたいな多民族国家なら話は分かる。公用語はできるだけ単純化しないと政治的にも難しい問題が生じます。でも、日本では必要なかったんじゃないか。

詩の生まれる余地なき社会

伊藤 そういった言葉のあり方の変化は、人間の存在自体に影響を及ぼすのではないでしょうか。

田村 つまり、僕たちの言葉は「母国語」といいます。母国語というのは一般的な意味での言葉とは少し違います。学校で習う言葉じゃない。この世に生まれてから、両親、祖父母、兄弟、または近所のおじさん、おばさんなどから聞いて「音」で覚える言葉なのです。空や花を最初から文字で覚える子はいません。ソラ、ハナ、と、まずは音で覚えます。そして学校に行くようになって、「ああ、空っていうのはこういう字を書くのか」となる。それが母国語です。はっきりいいますと、僕たちは言葉から生まれたのです。生みの親である言葉だから母国語。親に変化が生じたら、子である我々に影響が及ぶのは当然のことです。

伊藤 詩を育む精神的な土壌もまた、変わってくるのではないですか。

田村 それは言葉の問題というより、社会のあり方によるところが大きい。少し戦争の話をしてもよろしいですか。その中にヒントがある。

伊藤 田村さんは確か戦中、海軍にいらした。凜々しい軍服姿の写真を見たことがあります。

田村 鎌倉に住んでいた海軍の軍人さんの中に、木村某という駆逐艦乗りの少将がいました。一時占領したアリューシャン・キスカ島から、米軍に気づかれずに五千人の日本人将兵を撤退させるという離れ業をやってのけた軍人です。海の男でしたから一年の半分ほどしか家にはいなかった。家では酒ばかり飲んでゴロゴロし、奥さんや子どもたちには馬鹿にされていたようです。しかし、いざというときには本領を発揮する。海軍は陸軍と異なり実力本位、実務、経験重視であって、陸軍のように陸軍大学を出たとか幼年学校を終えたなどというキャリアにはこだわらない。ですから、この海軍少将のような人間も生まれたと思うのです。そのような学歴や経済効率ばかりでははかれない人間の登場する社会こそ文明社会と呼べるのであって、幼稚園に入るための予備校があるような社会は、僕にいわせれば「末世」です。詩の生まれる余地はどこにあるのか。

伊藤　いい大学、一流の会社に入るためのレールから外れないことが、まだまだ日本では大きな価値を占めていますね。

田村　語弊を恐れずにいえば、詩歌も、俳諧も、しょせんは暇つぶしの所産なのです。いまの日本は、この暇つぶしが足りない。暇つぶしの存在しない国に文化なし。みんな同じような利口そうな顔になってしまった。ぼんやりとして、あいつは馬鹿だねぇといわれるような奴はいない。いまの社会の仕組みはポカンとする余裕を与えないのです。その結果、詩を失ってしまった。

伊藤　ほんの少しの休暇をとっただけで、罪悪感を抱いてしまうような社会です。

田村　ポカンとした時間をどう作っていくか、工夫しなくてはなりません。

伊藤　白石かずこさんは著書『黒い羊の物語』の中で、田村さんを「わたしの中でいかなることがあっても絶対に徹頭徹尾偉大な詩人」と評している。グレイトな詩人の発言だけに「ポカン」という言葉にも何か、重みを感じなくてはいけませんかね（笑）。

田村　エンプティという意味ではありませんので、念のため。人の悪口にエネルギーを使う暇があるなら、ポカンとするほうに時間を割いたほうがいい。

自然体で心の宝物に

伊藤　ところで、そういった時間から生まれてくる言葉の芸術――詩とは何なのでしょう。

田村　詩とはまず、楽しむものです。音楽に耳を傾けるように、いい芝居を見るように、楽しむものです。そして、誤解が生じるかもしれませんが、詩は「音」です。いい絵に出合ったときのような精神的な興奮で読み手を満たす力、それが詩のパワーです。

伊藤　「音」といいますと?

田村　僕たちの心に残るのは「意味」ではない。意味だとすれば解釈が必要であり、さっき申し上げたようにあらゆる誤解が生まれてきます。しかし、音は誤解のしようがありません。

伊藤　本日、朗読のために準備していただいた作品の中に萩原朔太郎の『竹』を選ばれた理由も、音にあるのですか。

田村　はい。西脇順三郎や三好達治もそれに連なる詩人なのですが、それまでなかった日本語の音を作り出したのが朔太郎でした。

光る地面に竹が生え、／青竹が生え、／地下には竹の根が生え、／根がしだいにほそらみ、／根の先より繊毛が生え、／かすかにけぶる繊毛が生え、／かすかにふるえ。

萩原朔太郎『竹』より

伊藤　詩は意味ではなく音を解すればいいということであれば、難解な詩も、少しは気楽なものに思えてきます。

田村　退屈と思ったら途中で読むのをやめればいい。この一行は面白いと感じたら覚えておかれるといい。気に入りの詩を自分で探して見つけ、惚れ込むのです。自分で見つけることがすでに詩的な行為なのです。あるアメリカの婦人に好きな詩人は誰ですかと質問したら、Ｌｏｖｅという動詞で答えてくれました。その通り、「ラブする」のです。自然体で詩に向き合ってもらえるなら、詩は必ず読み手の心の宝物になるはずです。いろいろな詩をたくさんの人たちと共有できてこそ、僕は人間的な社会なのではないかと感じています。

伊藤　詩はＬｏｖｅするものだ——日本人には言えそうもないセリフですね。

対談回想

この対談は、鎌倉材木座にある浄土宗大本山光明寺の文化講座の中で行われた。田村さんといえば、酒にまつわるエピソードは功罪とりまぜて数知れない。死の前日、末期の水ならぬ酒をたっぷり愉しんで彼岸に旅立ったという最後も、田村さんらしい。

遅れてきた小説家

村松友視（作家）

むらまつ・ともみ
1940（昭和15）東京生まれ。慶応義塾大学文学部卒。出版社勤務を経て文筆活動に入る。82年『時代屋の女房』で直木賞、97年『鎌倉のおばさん』で泉鏡花賞を受賞。『アブサン物語』『黒い花びら』『幸田文のマッチ箱』『淳之介流 やわらかい約束』など著書多数。近著に『時のものがたり』がある。

——平成九年（一九九七）「かまくら春秋」八月号掲載

フィクションの鎧で生きた女性

伊藤　村松梢風さんとは、残念ながら面識はありません。しかし、あれはボクが中学生の頃だったと思いますが、家の前の道をきちっと補修しなければ税金を払わないと鎌倉市にかみついた人だという記憶があります。そういうことを含めてこのほど出版された『鎌倉のおばさん』を読んで、あらためて村松梢風という作家の、強烈な個性、人間像に驚かされました。

村松　本妻をよそに置き、次々と女性と関係を持った人でしたから、僕も「無頼」というイメージでとらえていたのですが、この本を書き進めながら、ちょっと待てよという気になりました。というのは、確かに多くの女性と関わってはいましたのでご納得いただけないかも知れませんが、家庭は家庭としてきちんと保ちながら、その一方で、いろいろとあるというタイプなわけです（笑）。

伊藤　普通の家庭なら、間違いなく血を見ることになります（笑）。

村松　子どもはグレて、妻は離婚を要求し、家庭は崩壊するでしょう。まさに火宅——。でも、そうはならないという——。

伊藤　男としてはうらやましいような気もしないではありませんが（笑）、それにしてもなぜ梢風さんにはできたのか、許されたのか不思議議です。

村松　祖父には糸の切れた凧のような一面がありましたが、家庭は家庭として維持するような律儀さも持っていました。本妻である私の祖母が、運命を受け入れたというか、クドクドと自分のことを主張しなかった女だったこともあると思います。したいようにさせてあげようという気持を女性の心に生み出す何かを、梢風という男は持っていたのかもしれません。

伊藤　あらためて確認しますと、村松さんは梢風の長男で若くして亡くなった友吾さんの子であり、その後、梢風の末っ子としての籍に入れられますから、孫であり、子となるわけですね。本妻のおばあちゃん、そうさんは紆余曲折を経て梢風のもとを離れ、母親として、祖母として静岡の清水で村松さんを養育します。そして鎌倉のひとつ屋根の下で、放蕩三昧の文人梢風と添いとげ、一般の〝お妾さん〟という概念では、とてもとらえきれない存在感、個性を発揮したのがこの本の主人公〝絹江さん〟ですね。

村松　清水の祖母もそうですが、〝絹江さん〟も祖父から離れませんでした。〝絹江さん〟は最初に出会ったとき梢風を独身だと思っていた。ですから、自分と同じような年恰好の息子、二十歳にもなる僕の親父友吾が目の前に現れたとき、普通なら驚いてじいさんとサヨナラしちゃうはずなのですがね。

伊藤　ご本によれば、〝絹江さん〟は虚構の世界に生きるがごときの女性と書かれている。

村松　僕は九十四歳だと聞いていました。ところが亡くなったとき、実は八十五歳だった。上京して日本女子大に入学したことになっていたのに、これも違っていましたし、予備校の教師をしていたという話も……。祖父の存命中から〝絹江さん〟の実家に所有権が移っていた三百余坪の鎌倉の家を、まるで自分のもののように、あたしが死んだらあんたにあげるよなんて、叔父や私に対して口にしてました。祖父と親しかった作家の小島政二郎さんも、男爵家の出身で父親は外交官、ベルリンの女学校を卒業したと〝絹江さん〟から聞いた、彼女は虚言癖、詐話症ではないかと書いていますが、そんなふうにフィクションという鎧で身をくるまなくては梢風とともに生きられない、村松家の人たちと縁が切れてしまうかもしれないと鎌倉のおばさんが思っていたとしたら、なんだか哀しくなります。もっとも、僕がまだ編集者をしていた当時は、鎌倉のおばさんのつくりだす心ひかれる虚構の世界を構築できるような、あたらしい書き手はいないものかと思いながら、新人の作品に目を通したりしていましたがね（笑）。

興味深い作家の〝距離感〟

伊藤　同じ鎌倉に暮らした小島政二郎は慶応大学時代からの梢風の親友でした。梢風の死後、週刊誌に「女のさいころ」を連載し、小説仕立てで梢風とその周辺の女性たちについて書いていますね。

村松　小島さんはインテリで真面目、伝統的な粋を身につけた作家でした。一方の祖父は静岡の田舎から出てきた成り上がり。文学的にも純文学にはあまり興味を持ってはいなかった。二人はあらゆる面でまったく異なっていましたから、逆に仲がよかったのでしょう。

伊藤　連載には、「梢風は私と違って、小柄な女性には目もくれない。大柄な、派手な目鼻立ちの女が好きだったから――」と梢風の女性の趣味について書かれています。

村松　作風も女の好みも違ったわけです（笑）。感性がプラスとマイナスですから、小島さんは祖父の行動を、危ぶみつつ、批判的に、客観的に観察していたんじゃないですかね。その〝距離感〟といったものが、一人の作家として僕には興味深い。

伊藤　話は前後しますが、距離感といえば『鎌倉のおばさん』は村松さんの作品としては、これまでと比較して筆者自身、作品の世界に踏み込んでいるように思います。肉親を描くわけですから当たり前のことかもしれませんが。

村松　確かにこれまでにない作品へのスタンスとなりました。この本は、鎌倉のおばさんという不思議な女性の物語と祖父の評伝、伝記、そして、僕の私小説——という三つの糸が縒《よ》り合わされて構成されており、結局は僕もまた鎌倉のおばさんと同様に、祖父や生き別れた母親はじめ関わりの深い人びとや土地を、お気に入りのフィクションに仕立てて胸におさめ、生きてきたのではなかったかというポイントに収斂されていきます。そうするにはやはり、自分も返り血を浴びるというか、自らの内面を作品に投入していかなくてはなりませんでした。

嘘を事実とするのが小説家?

伊藤　梢風は純文学的な興味は薄かったというご指摘ですが、梢風の作品は「やや考証的伝記風で、実話の興味によって中年過ぎの読者の嗜好に投じたところがあった」と、ある文学事典にも記述されています。この点にも関連すると思うのですが、本の中で、梢風がよねと文学談義をするシーンに興味をそそられました。

村松　よねという女性は、絹江と同棲する前の祖父の、ま、愛人みたいな女です。『本朝画人傳』を執筆するために訪れた京都で知り合います。祖父の作品の愛読者だっただけではなく、文学とは何か、小説家とはなんぞやといった会話のできる女性でした。

伊藤　梢風にハッパをかけています。たとえば、題材そのものが異なるのだから本当の話と虚構の話があっても仕方がないと主張する梢風に対して、それは違う、嘘を書いても事実とするのが小説家の役目ではないか、それが不可能なのは梢風先生の情熱のかけかたが、伝記物と小説ではまるで違っているからだといったふうに。

村松　あとでも触れますが、梢風は晩年に二、三編の文学らしい作品を残します。しかし、それ以前の作品は『残菊物語』にしても『本朝画人傳』にしてもすべて伝記小説と呼べる作品でした。つまり、祖父は物語を作るのがあまりうまくないタイプの作家だったのです。だからこそ、「小説家というものは虚構を書くべき――」といった批評がよねの口から出たのです。彼女は祖父に、先生は嘘をつくことを恥ずかしがっているのではないかとも話したようです。嘘でも本当でも、自信を持って書いてほしいと励ましたのでしょう。

伊藤　作家というものは、そのようなとき、どのように感じるものなのでしょう。村松さんは「このとき梢風は物書きとしての感動をおぼえたのではなかったか」と推測していますが。

村松　小島政二郎さんは、祖父から直接、「僕はこれまで恋愛に憧れながら、一度も恋愛したことはなかった。およねに初めて恋愛を感じた」と聞いたと記しています。祖父が惚れたのは、もちろんその言葉や心だけではなかったと思いますが（笑）、よねが死んだときに慟哭する祖父を目にして驚いたと小島さんが書き残していることから考えても、祖父にとってよねの存在が大きかったことは間違いないでしょう。もっとも、その涙が乾くか乾かないうちに〝絹江さん〟との噂が立ったといいます（笑）。祖父らしいといえば、祖父らしいのかもしれません。

伊藤　よねさんは、また、小説家である以上は「目は口ほどにものを言う」ような文章を綴らなくてはいけない、それが文章というものでしょうと手厳しい励ましを梢風に贈っています。さきほどのお話にありましたように、梢風は晩年になって、『塔』や『班女《はんにょ》』『殿下』といった純文学の世界の作品を世に問います。よねさんの忠告や激励も大きく作用したのではないでしょうか。

村松　どのような理由からか、晩年になって祖父はフランスの作家バルザックを耽読するようになりました。バルザックによって、文学のスタートラインとでもいえばいいのか、文学を志す青年の多くがまず拠って立とうとする純粋な文学の世界に、晩年になってブーメランのごとく戻ってきたという印象です。

伊藤　『女のさいころ』で小島さんは、晩年になって本物を書くなんて希有なことだと驚いています。物を書く人間の一人として、ほんの少しでもあやかりたい気分です。

村松　小島さんは「成長と言おうか、昇華と言おうか。彼は見事に生れ変った。雑報的文章で彼は人間に肉薄したのだ」と梢風を評価しています。ただ、残念なことに〝小説家〟としての時間は長く残されてはいなかった。その直後に人生がプツッと切れてしまった。梢風という作家はそういう運命だったのです。

伊藤　『鎌倉のおばさん』という実にシンプルなタイトルのご本ですが、まさに人間の運命の複雑怪奇さが身にしみるような一冊でした。そしてこれは小説というよりも村松さんの自伝を読むという感想をもちました。また鎌倉の文士の時代を語る一冊でもあると思います。

対談回想

〝鎌倉のおばさん〟はボクの編集室にもよく現れた。いつも和服で小島政二郎さん風に言えば〝ぞろっぺい"の着こなし。予備校で物理と数学を教えていると言っていた。何時も、どういうわけか揚げ物のお土産を手にしていた。長っ尻で閉口したときもあるが憎めない人だった。村松さんの書く〝おばさん〟と一致するところがあった。

「小さな悪」と人間
生きる限り新しい試みを

三木　卓（詩人・作家）

みき・たく
1935年（昭和10）静岡市出身。詩人、作家、童話作家。詩集『東京午前三時』でH氏賞。小説『鶸《ひわ》』で芥川賞。2006年に評論『北原白秋』で毎日芸術賞、藤村記念歴程賞、蓮如賞を受賞。07年に芸術院賞・恩賜賞を受賞。イギリスの絵本作家スーザン・バーレイとの間に日英対訳絵本『りんご』（小社刊）がある。

「小さな悪」と人間

——平成九年（一九九七）「かまくら春秋」十一月号掲載

幸せを連想させる路地の音

伊藤　谷崎潤一郎賞おめでとうございます。登場人物の風貌まで目に浮かんできそうな鎌倉を背景にした『路地』での受賞、三木さんを鎌倉にお誘いした人間としてはわがことのように嬉しく思います。

三木　大病のあと鎌倉の中心部に暮らして三年になります。実質的にはこの本が病後第一作といえますし、心機一転、この作品集を鎌倉で執筆できたことに感慨を覚えます。

伊藤　作品についてお話しいただく前に、鎌倉という町にどのような印象をお持ちでしょうか。

三木　こぢんまり丸まって、ひとつのワールド、小宇宙を形成している点が気に入っています。山に囲まれているからでしょうか、町を歩いていても吹きっさらしに立っているのではなくて、自分が何者かに守られているような気がします。町の人たちの肌のあったかさみたいなものもあって、孤独じゃないんですよ。武家政権の誕生した古都ですから、その昔にはたくさんの人たちがいのちを失っているわけですが、なんだかそんな死んでしまった人間までがこの町の仲間に加わっているようで（笑）。鎌倉のそういう感じが僕は好きなんです。

伊藤　ある漫画家は、東京で暮らしていた当時は、日中、大の男がブラブラしていると変な目で見られたけれど、鎌倉にはそんな人間が多いから近所の目が気にならないと喜んでいますが……。

三木　そういう意味では、多彩な分野で活躍する人たちが暮らす鎌倉には非常に洗練された雰囲気がある一方で、干渉される煩わしさといったものはありません。

伊藤　ほどよい温かさとほどよい冷たさ。そんな町の大きな特色の一つが路地だと思いますが。

三木　面白いですよね、鎌倉の路地は。ウロウロしていると、とんでもない場所に出てしまって慌てたり。

伊藤　町の風景を作り出しているというより、路地は人間の生活の気配を醸し出しているように思います。

三木　茶碗を洗ったり、お風呂をたてる音が聞こえてきたり、窓からあかりがこぼれてきたり——。水音とかあかりというのは、なぜか幸せな家庭生活を連想させます。

描きたかった庶民の物語

伊藤　『路地』は、そんな町で暮らす人びとのそれぞれの人生を描いています。この作品集で最も表現したかったのはどのような点ですか。

三木　川端康成さんや立原正秋さんら先達たちが、それぞれの鎌倉を描いておいでですので、僕は「生活の実質」が感じられるようなといえばいいのか、人生が上手じゃないといえばいいのか、決して派手ではないそんな庶民の鎌倉物語を描きたかった。

伊藤　「生活の実質」とは、もっと具体的に説明していただくと——。

三木　お風呂の水の音やあかりが幸せな家庭を連想させると言いましたが、本当は僕が考えるほどみんな幸福じゃなく、かといって僕が思うほどに、やはりみんな不幸せでもないのではないかという、「割り切れない領域」とでも表現できるように思います。人間は、そのエリアで生きているのではないかという気がするのです。

伊藤　いまの話は、三木さん独特の感受性を感じます。つまり、ふつうなら、ああ幸せそうだという受け止め方だけで終わってしまいます。

三木　いや、小説家を長くしていて、意地悪なものの見方をするようになっただけですよ（笑）。「生活の実質」をもう少し詳しく言わせていただくなら、僕がこの作品集で大きなテーマとしたのは、多くの人間というものは、歳月を重ねて生きているうちに、ふつうなら気に病まないですむような、塵のような「小さな悪」を、だんだんと体内に降り積もらせながら生きていく存在であり、それにより一種の「人生の疲労」が進んでいくのではないかといった点です。

伊藤　小さな悪とは、例えば、『路地』に登場する古本屋の主が死んだ女房の健康をもっと気づかってやればよかったと苦にしていたり、女を捨てた詩人が女と一緒に暮らした池袋には絶対足を向けなかったり――といった類のことかと思います。法律に触れなければ何をしたっていいのだという生き方を平然としている人間もいる時代にあって、三木さんのおっしゃりたいのは、法を超えた、心の痛みに属することですね。

三木　そうです。天知る、地知る、我知る。そんな言葉がありますが、人間らしい人間というのは、みんなそういった意識、罪の意識といったものを抱え込みながら生きているのではないでしょうか。心の中では誰もが、例えば、俺はそんなに立派な男じゃないよ、私はそんな優しい女じゃないわって呟いているような気がします。

伊藤　『路地』の最後に収められている「いくたびか繰り返された夜」で三木さんは主人公の老いた詩人に「いままではっきりとしたことはほとんどだれにもいいはしなかったが、内に秘めている犯したことも数えきれなかった」と語らせている。

三木　僕の中にある罪の意識の基調といっていいかもしれません。

地を這うごとき散文

伊藤　多くの読者には、思い当たる節があるはずです。言葉を変えれば、同じような体験を共有できたといえます。それはまた純文学を構成する一つの要素のようにも思えますが。

三木　純文学とはもっとわがままなものではないでしょうか。自分のことばかりを思いつめてペンを走らせても、その一途さが読者の胸を打てばいわゆる純文学といわれるものが成立するといっていいでしょう。逆に、大衆文学は常に読者との接点を探し求めなければ成り立ちません。

伊藤　以前、詩人の荒川洋治さんに散文と詩の違いをうかがったところ、読者というよりも、まず、詩は自分のために書くものだというような話でした。

三木　その定義に従うならば、極端かもしれませんが、詩は、俺が書いたのだから読んでくれと読者に迫る純文学の小説に近いといえるかもしれません。しかし言葉というもの自体がすでに他者との交流を要求しているわけですから、自分のためにだけ書くということは、あり得ないともいえます。

伊藤　詩も純文学も一般に難解だといわれるのはそのためなのかもしれません。

三木　詩と散文の違いについてあらためて触れてみると、詩の本質は、ひとことで世界を表現することにあります。しかし、現実の細部まで拾い上げることはできません。一方の散文は、そこに至るまでの経緯や現実を、地を這うようにして描くことが可能です。

伊藤　横道に逸れるかもしれませんが、詩人として出発した三木さんが、その後、詩を離れるに当たっては、そのあたりの相違が何か影響を与えたのですか。

三木　詩と散文を平行して書いていた時期があるのですが、ある時期から、詩の表現が深まっていかなくなったことに気づいたのです。ラグビーでいうなら、ボールを抱えて走って突破できるはずのゲインラインの手前でストップしてしまったような、いくら走ってもかつての到達地点を越えられないような感じとでもいえばいいのか——。それ以後、結果として中途半端に詩を書くことになるのはいけないことだと思うようになり、自分は散文に集中すべきなのだと考えるようになりました。

伊藤　小説と随筆の境目といったものはどうお考えですか。

三木　素材を通じて、伝えたいこと、主張したいことをアピールするのが小説でしょうし、あるがままを書き、そのまま読んでいただき、そこに結論を求めなくていいのが随筆でしょうか。いずれにしろ、書き手が自分を擁護したり、自慢話をしてばかりいるようではいい作品とはいえません。

伊藤　文学作品が魅力を発揮するには、読み手の側の作品を理解する力、作品をより深く読み込もうとする姿勢が必要になりますよね。

三木　『路地』の場合もそうですが、僕は日常的な人間を描くことによって、実はふつうに見える人間でも、それぞれ独自で個性的な存在なのですよといったことが描きたい。ですから、表層だけではなく、ちょっと踏み込んで読んでほしいのですが、どこにでもいるような人間の話なんかどうでもいいよ、もっとんでもなくおかしくて愉快な話でなくちゃ読みたくないよといわれると、がっかりしますね。

心を表現する最高の道具

伊藤 そもそも文学とはどのようなものと三木さんはお考えでしょう。

三木 文字というものは人間の心を表現する上で最高の道具だと考えています。だから文字での表現から離れることができないのです。純文学はじめさまざまなジャンルの特色について触れましたが、文学という高峰の頂上にアタックするためには、純文学、大衆文学、エッセイ、詩——どのルートを選んでも構わないのです。そこにたどり着くために、たくさんの人たちが試行錯誤しているわけです。ただ、僕が素晴らしい文学、優れた文学と思うのは、年齢と経験を重ね、自己と他者、自己と社会、自己と時代の関係を距離をとってながめられる人間が、自らの知識や見解を織り込み、社会に向かって考えるところを提示していくときに生まれてくるように思います。単に自分のことを主張するばかりではそのような作品は生まれてこないでしょう。

伊藤 そのような考えから『路地』は生まれ、一つの結果として谷崎賞を受賞した。三木さんは本誌「かまくら春秋」に日々の断片を素材にエッセイ「鎌倉その日その日」を綴っていますが、鎌倉での生活をとても楽しんでいるようにお見受けします。ぜひ、続編を期待したいところです。

三木 次は長編小説になるかもしれません。短編とはまた違った色彩をおびた鎌倉を描ける可能性もありますし、僕にとっても新しい何かをつかめるような気がします。

伊藤 楽しみにしております。

生きる限り新しい試みを

――平成十九年（二〇〇七）「かまくら春秋」七月号掲載

時代と小説

伊藤　この度の芸術院賞・恩賜賞の受賞、おめでとうございます。

三木　ありがとうございます。

伊藤　これまでに数多く受けられた文学賞とはまたひと味異なるかと思います。いまのお気持ちは？

三木　自分の仕事に対しては、まだまだこれではだめだ、たいしたことはないと、いつも不満なんです。ですから突然、芸術院賞・恩賜賞といわれても、自分はそんな名誉に値するとは思えないというのが正直な感想です。時間をかけて仕事をしてきて、年をとった人がいただける賞だと、理解しています。

伊藤　三木さんの作品は、どちらかといえば地味でしょう。ですから、芸術院の会員の方も見る目があるなあ、というのが、ボクの最初の印象です。

三木　決めてもらったほうとしては、よく決めてくれたなあと思う次第です。

伊藤　表現方法が小説・童話・詩と多様ですが、頭の中で、どのように整理されているのですか。もちろん、根は一つだと思いますが。

三木　そう、全部まとめれば一つともいえますが、表現したい何かについて、頭の中で、これは小説で表現するのが一番だろう、これは詩で、童話で、というように選んでいます。最も適した方法で書きたい、何でもすべてやってしまいたいという、まあ、欲張りなんですね。

伊藤　例えば詩は、お書きになっていてどういうところが楽しいですか。

三木　詩の面白さは、言葉を磨いて、レベルを上げていくところにあります。それは同時に、精神の緊張度を上げていく作業でもあります。きゅーっと上げていって、その頂点でぱっと言葉を包んでしまう、というのが詩なんですよね。

伊藤　詩人の白石かずこさんが「詩は自分がつくるものではなく、言葉が天から降ってくる」という言い方をよくされますが、そういう感じですか。

三木　そうですよ。それは高い集中力の結果、天から降ってくるんです。

伊藤　間違っても、寝っころがって書けるものではないですね（笑）。

三木　それに比べて小説はだらだらと緊張しながら（笑）書いています。詩は、ぱっと書いて飲みに行く、なんて場合もあるけれど、小説を書くときは孤独に座っている時間がすごく長い。しかも、締め切りぎりぎりまで考えて、ようやく書き出しても、だいたい途中で詰まってしまう。きついですね。

伊藤　実際に執筆する作業だけでなく、作家というのはいろいろな意味で、例えば「何を書くか」の選択においてもきつい商売ですね。ボクはエッセイしか書いていませんけれど、それでも身内のことなどを書くと波風が立ちますから、小説の場合は、「人間を描く」という点で、はね返ってくる度合いがなおさら大きいと思います。

三木　僕は、人の心の中に立ち入って、その弱い部分をあえてえぐりだすような小説は書かないようにしています。自分に対しては厳しくても、他人に対して厳しいのは好きではありませんね。だからそういう状況を経験せずにきていますが、人が読んだらどう思うかはわかりません。でも、書かなければ自分の心の傷になってしまうような、その傷のほうだけは書かせて欲しいというものはありますね。

伊藤　ノンフィクションという分野はどうとらえていますか。例えば、『生還の記』で綴ったご自分の病気や手術の体験、『震える舌』に登場する少女の破傷風に関しても、実に正確に書かれていますが。

三木　『震える舌』のように、破傷風の症状についてしっかり書くことで、検証に耐えられるような小説にしなければならないものもありますが、逆にありのままのはずのノンフィクション的な作品でもそれだけでは済まないところがあるので、限界の範囲でそれなりの工夫を加えることもありますね。ですが、すべてがフィクションのような話でも、核心は、自分にとって痛いことや、つらいこと、つまり実体験で成り立っている作品もあります。

伊藤　女弟子への恋慕を描いた田山花袋の『蒲団』や、姪との関係を書いた島崎藤村の『新生』というように、あそこまで自分をさらけ出すというのはどうでしょう。

三木　そうですねえ。『新生』に比べたら、ぼくの場合、谷崎潤一郎の『瘋癲《ふうてん》老人日記』のほうが、ずっとリアリティーがあるから、その方向ならある程度書けるような気もしますがね。『新生』までは、とうてい無理ではないかと思います。

伊藤　話を少し戻して、『震える舌』といった優れたノンフィクションの作品から、三木さんの作品には「写生」が原点にあるのではないかと、ボクは感じているんですが。

三木　作品は時代に制約されますよね。しかし時が過ぎていっても、作品に込められた生の声が届くようにするには、いまという時代の写生、実際のところをきちんと書いておくことが必要です。そこを抜かしてしまうと、あとで読んだら、何だかよく分からないということになってしまう。

伊藤　時代といえば、坪内逍遙が『小説神髄』を世に出した頃はまだ「ものを書く人間は下劣賤業」などといわれていたことがありました。それを思えば、小説家に恩賜賞でしょう。隔世の感がありますね。

三木　里見弴先生や志賀直哉だって、親にとてもまともに小説を書くなんて言い出せなかった。

三木　一番大きな変化をもたらしたのは、大正十五年（一九二六）に改造社版の『現代日本文学全集』が出版されたことでしょう。

伊藤　一冊一円という箱入りの書籍、いわゆる円本ですね。

三木　円本が爆発的に売れたおかげで、作家に印税が入り、生活に余裕が生まれ、家を買うこともできるようになったんです。すると、文学はもうかるというイメージが出始め、職業として認められた。つまり、お金を稼ぐことができるようになって社会の見る目が変わった。もともと文士なんてならずものだったのに、いまでは社会のお手本にならなければいけないというようなことにもなりました。

伊藤　それは作家という生業にとって、必ずしもいいとは言い切れないような気がしますが。

古典再読のすすめ

三木　最近、ツルゲーネフの『初恋』を読み返したんですが、面白かったなあ。主人公の若い少年が年上の二十歳の女の子に恋をするんですが、胸が苦しくなるほどの気持ちをこれだけ濃厚に書いている人はいまはいない、と思いましたよ。同時に早稲田の学生時代に読んだときには、ただ可愛いとしか思わなかったこの若い娘が、実は非常に危険をはらんだ行動をしていたということが、いまになってとてもよく理解できるし、十九世紀のモスクワの土の匂いを嗅いだような、面白い体験でした。

伊藤　大学の授業で、森鷗外の『舞姫』を取り上げたら、なかには主人公が好きな女性をドイツに残して日本へ帰る心境がもう一つ分からないという学生がかなりいるんです。さまざまな経験を積めば、小説への見方、感じ方も変わるかもしれない。だから、人生の折々に何回か同じ作品を読み直しては、という話をしました。

三木　若い頃は、恋愛小説もストーリーだけを追ってしまって、バックグラウンドにある文化や、時代の価値観を無視してしまいがちですからね。年齢を重ねて読み返すと、それも分かってきますから、確かに古典作品は何度もいろいろな角度から読み直してみたらいいと思いますよ。

伊藤　フランス文学者の桑原武夫さんは「名作の一つの条件は、何回読み直しても読み応えがあることだ」と言われたことがあります。そうやって作品の中から、時代や民族を超えて人間として普遍的なところを読み取っていくことが、小説を読む一つの喜びでしょうね。

三木　空気を読み取っていくところが面白いですね。例えば日本の自然主義文学は退屈だといわれていましたが、田山花袋の『田舎教師』を読むと、日露戦争の頃の田舎の先生たちが、蕎麦屋の二階で何を食べていたのかが細かに書かれています。そういうところは、いまになるとかえって実に生き生きしていていい。そんな読み方も面白い。

伊藤　翻訳ものについていえば名訳もありますが、翻訳がつまらなくて読み進められないものもあります。その点に関してはどうですか。

三木　翻訳にもその時代の制約がありますから、明治時代に訳したものは、明治の文化の下の翻訳なんです。文語文のいいものがたくさんありますが、あれをいまの若い人に読めといっても無理でしょう。現代の日本語になっていないと入り口で嫌になってしまうかもしれない。その時代の研究を参考にしながら、新しく訳し直していく作業が必要だと思いますよ。

伊藤　特に、詩は難しいでしょうね。

三木　詩の場合は、キーワードを訳し間違えると全部違ってしまいます。また、プーシキンのように、その民族の持つ情に訴えてくるような作品は、観念的な詩よりも、外国の人間には難しい。だから、読者も翻訳で読んでつまらないから、その詩はつまらないと思わなくていいんですよ。当の訳者が勘どころをつかまえていないから、伝わってこないのかもしれない。ですから、翻訳はいくつあってもいいと思うなあ。

伊藤　そういう読み方をすれば、海外文学の扉も軽くなりますね。翻訳ものに限らず、古典や名作を再読することで、成長した自分と出会えることは楽しみですよね。こうやって、三木さんの作品はぜひ後世に読み継がれていってほしいものだと思います。これからはどんな目標をお持ちですか。

三木　そうですね、生きている限りは、何か新しいことをやりたい。作品に新しいフェイズ（段階、局面）を作らなければ、生きている意味がないですからね。谷崎にとっての『瘋癲老人日記』や、ヘミングウェイにとっての『老人と海』は、まさに新しいフェイズだったと思うんです。彼らのあの作品は、いわば「つけたし」ですよ。でも、それがなかなかいいんだな。そういう仕事をしたいですね。

伊藤　その域まで行けば「つけたし」ではありませんよ（笑）。

対談回想

三木さんの話から思い出したことがある。かつて里見弴先生と菊池寛が「改造」で大論争をたたかわしたことがある。里見は文学は書き手の人格が現れるもの、つまり作者の魂を表わす「現霊術」のようなものと主張した。菊池はそれに対し、そんな話は馬鹿げている、小説はテーマが肝心と反論した。論争の決着はついていない。

家族への思いを描く

大津英敏（洋画家）

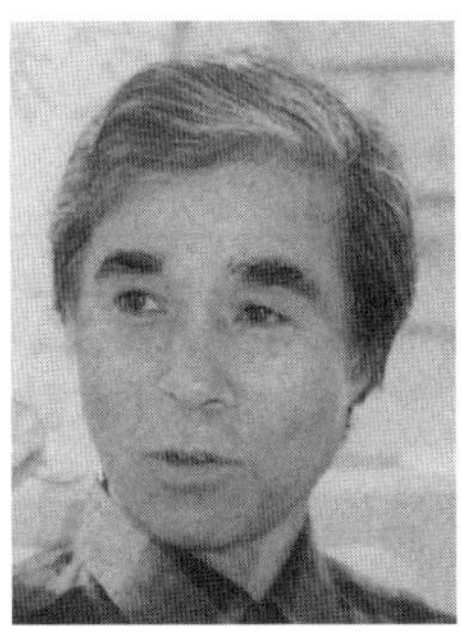

おおつ・えいびん
1943年（昭和18）熊本生まれ。洋画家。東京芸術大学大学院修了。初期の幻想的な「毬シリーズ」の経て、成長していく二人の娘や家族をテーマに作品を発表。83年「KAORI」で安井賞、93年「宙・そら」で宮本三郎記念賞受賞。2005年「天と地と」で損保ジャパン東郷青児美術館大賞、07年「朝陽巴里」で日本芸術院賞受賞。独立美術協会会員。多摩美術大学教授。芸術院会員。鎌倉市在住。

原点にある「毬」

――平成十一年（一九九九）「かまくら春秋」一月号掲載

伊藤　大津さんといえば、やはり娘さんを描かれた一連の少女シリーズが真っ先に思い浮かびます。今度、展覧会のタイトルともなった画文集『家族へのまなざし』が発行されますが、今日は大津さんの家族観、肉親との絆への思いなどお聞きかせください。

大津　ここ二十年ほどずっと家族をテーマに描き続けていますが、最近とみに、家族のあり方というものが、世界的に重要な問題になっていると感じます。親子、兄弟といった、ごく当たり前の人間関係があらためて問われている、と。

伊藤　大津さんの画家としての始まりは毬をモチーフにした「毬シリーズ」でした。人物画ではあるけれど、現在とはかなりテーマ性が異なっていると思うのですが。

大津　「毬」の原点にあるのは、子どもの頃に見たサーカスです。僕は高校を出るまで福岡県大牟田市に住んでいました。三池炭鉱で栄えた町でしたから、盆や正月には必ずサーカスが来るんですね。サーカスというのは樽を蹴ったり瓶を放り投げたり、そういう躍動的な面白さがある反面、どこか哀しげなイメージが漂っている。子どもながら、そんなところに惹かれていたんです。東京に出てきてからも、心のどこかに当時の思いが引っ掛かっていたんですね。「毬」は結婚して子どもを描くようになるまで、約十年続きました。

伊藤　「毬シリーズ」の作品を見ていたら、そこに漂う悲哀といったものが、どこかしら堀口大學の詩の世界とダブッているのに気がつきました。堀口大學も初期のころ、やはり淋しい、物哀しいピエロを詩に書いていたんです。その後になって、お嬢さんのすみれ子さんを書いた詩が多くなる……。大津さんの創作活動も、それと似通ったところがあると思います。

大津　そういえば、堀口先生がご存命の頃ですからもう大分前になりますが、ある出版社の方に、堀口先生の詩と僕の絵で詩画集をつくってみてはと勧められたことがあります。先生とは面識もなく、人格の高い立派な方という思いがありましたから、そのときは自分の作風とマッチするかなと漠然と思っていました。おそらくその出版社の方も、伊藤さんがおっしゃったのと同じような感覚だったのでしょう。

「家族」の存在

伊藤　創作のモチーフが家族へと移っていった、そのあたりの変化についてはご自身どう思われていますか。ボクは、大津さんにとって家族とは絵のモチーフである以前に、それよりも大きな存在として捉えていらっしゃるような気がします。

大津　今回、画文集を出すにあたりいろいろと文章を書いたのですが、自分にとり家族とは何なのか、あらためて考えさせられたように思います。僕の父と母は二人とも、わりと早く両親を亡くしているんです。僕にとっての祖父母ですね。ですから、おじいちゃん、おばあちゃんと呼べる人と生活をしたことがなかった。逆にそれをふつうのように感じていました。ところが、僕の子、つまり孫と遊ぶ両親の嬉しそうな様子を見ているうち、次第に家族の絆というものに気づかされたのです。親、子、孫――と続く家族のつながりというものに。自分にとっては大きな〝発見〟でした。その気持ちが絵に向かっていった。家族を描くのは創作行為であるとともに、ある時期に僕たちがどう過ごしていたかという記録でもあります。そして、僕ら夫婦、子どもたちを単体で表すものでなく、祖先や孫子にもつながる、大きな流れの中にあるものと感じています。

伊藤　日本の社会は、西欧と比べてまだまだ「家族第一」といった考えは根づいていない。いわゆる企業戦士のように「仕事第一、家庭は二の次」といった、家族を犠牲にしてもよしとする考え方も少なくありません。大津さんの家族観は、やはり二年半にわたるヨーロッパ暮らしで養われたものですか。

大津　家族とともにパリに渡ったのは一九七九年、三十六歳のときです。長女が六歳、長男は五歳で、次女はまだ生まれていませんでした。当時の僕は、一人で向こうに行って生活することにあまり興味はありませんでした。してみたかったのは、ヨーロッパでの家族と一緒の生活。例えば家族で食事をしたり、買い物に行ったり、そういうふつうの生活の中で、西欧文化に触れてみようと思ったのです。向こうで生活しているうちに、ヨーロッパ的な家族観というものは確かに身に付いたように思います。優先して家族との生活に時間を割くという。

伊藤　ボクはまったく逆で、外国の友人に「年に数回しか家族とは食事をしない」と言っては、「信じられない」と目を丸くされます（笑）。

大津　西欧の考え方に迎合する必要はありませんが、価値観が多様化している現代、日本人もあらためて考えてみるべき時期に来ているのかもしれません。日本でもここ数年、人間関係の空疎化を象徴するような悲しい事件、出来事が増えているように思います。そもそも、人間同士の関係というのはすべて信頼関係です。その核になるのが家族だと、僕は思います。

妻子への思い

伊藤　家庭とはまた、親にとって子を教育する場所でもあります。大津さんが書かれた文章を読みますと、お子さんをあまり拘束しない、比較的自由にさせているような印象を受けます。絵のモデルになってもらうときは別でしょうが……。

大津　そうですね。例えば進路についても、こっちで無理に誘導するようなことはしませんでした。長女は自分で会社を選んで就職していますし、長男はいったん普通の大学に入ったものの、中退して劇場美術を学んでいます。次女は高校一年ですからどうなるかは分かりませんが、一人ぐらいは画家に……という気持ちもないわけではありません。せっかくアトリエがあるのだから使わせてあげたいという思いもあります。でも、無理にそうさせる気もありません。

伊藤　家族の絵は記録でもあるとおっしゃいましたが、文学でいうとどこか私小説めいたところが感じられます。なんとなく、大津家の日常の一場面が浮かんでくる。私小説は身内にとってはある意味、迷惑を感じるケースもあります。そんなプライベートなことを世間に暴露しなくても、というような。そういったことに対して、躊躇されたことはありませんか。

大津　家族を描くというのは自分の肉親の姿を世間に披露、紹介しているようなもの。実は、子どもたち皆が大人になっていくこれからが、新たなテーマを見つける時期のような気がしているんです。僕は、日常を象徴するものとして子どもを描いてきました。今後はシビアな部分、これまでだったらためらっていた部分も、家族を主題に描いていかなくてはならないかなと思っています。とはいえ、家族を描くことで自分の気持ち、思いを表現するということに変わりはないのですが。

伊藤　奥様の茜さんとは、芸大でご一緒でしたね。茜さんは日本画を学ばれていた。夫婦同士が芸術家の場合、妻のほうが芸術から離れて、主婦として、あるいはマネージャーとして夫を支えるというケースは多くあります。妻の芸術家としての才能は、おのずとストップしてしまう。男のほうにかなりの自信、もしくはエゴがなければ、なかなかそこまでには至らないと思うんですが。

大津　妻とは芸大の助手になった頃に結婚しました。独立展で受賞したり、個展を開いたりと、プロの絵描きとしてスタートしたばかりの頃です。当時は、絵を描いて生活が成り立つとは正直、思っていたわけではありません。ところが、たまたま時代に恵まれたのか、徐々に僕の作品が世間に認められるようになって、幸いなことにそれが今日まで続いているわけです。気がつけば、彼女はずっと絵を描いていなかった、というのが実際のところです。僕自身、画家としての彼女を思いやる余裕があまりなかった、というのが本音です。でも最近、たまにスケッチはしているみたいです。絵を描く気持ちはずっと持っていたんですね。それに気がつかなかったのは、申し訳ないというしかありません。

伊藤　奥様にも余裕ができてきたということでしょうか。きっと大津さんもこれで少しホッとされたのじゃないですか。

大津　そうですね。彼女が長女の香織を出産したのは大学院二年のときです。実は、彼女は修了制作で香織を描いているんです。考えてみれば、私より先に娘を描いていたんです。最近になってそのことに気がつくくらいですからね。

「自分らしくある」こと

伊藤　ボクは彫刻家の高田博厚さんと親しくさせていただいたのですが、高田さんも若い頃にはかなり貧困に苦しみました。貧窮生活から逃れようとして渡った先のパリでも、水だけで命をながらえたことがあったそうです。「芸術する者が貧乏でなくちゃいかんとは思わない。要は、貧乏に耐えられるだけの根性があるかどうかだ」とも言っていました。貧困の中から傑作を生み出す芸術家が多くいることも事実ですし、また、反社会的、反道徳的な観念から芸術を生む作家もいます。大津さんの場合はそれらのイメージとは相反するかたちで現在に至った作家、という印象があります。

大津　自分がどういうタイプの画家であるのかをきちんと自覚するのが、創作する上でもっとも大切なことだと僕はずっと思ってきました。「自分らしくある」ということですね。そうして目指したところの作品が、家族を描いたものになったわけです。描き始めたとき、これを何年続けようと意識していたわけではありません。自分らしさを追求していたらこうなった、というのが実感です。ここに来てようやく、自分の仕事をひとつのかたちとしてとらえられるようになった、というべきかもしれません。

伊藤　作家も、一家を構えれば家族の長です。そのことを考えるとき思い出すのが、永井龍男さんの言葉です。永井さんは「文学志望という名を借りて女房子どもを飢えさせるのは男子として一番の屈辱」という人でした。文筆の才能がないと分かったときには、中華そばの屋台を引いても妻子を養う覚悟だったと。もし仮にそういった境遇になっていたら大津さんはどうされたか、非常に興味があります。

大津　どんなケースでもおそらく絵を捨てることはなかったと思います。でも、僕の性格からして、女房を質に入れてまで……ということはできない。そういう意味では僕は永井龍男先生タイプといえるでしょう。それなりに生活の糧を見つけて、絵を続けていったと思いますね。

伊藤　家族を絵の主題に選んだのは、大津さんが本来持っている肉親への情、人間への思いというものが無意識のうちにそうさせたのではないか、というのがボクなりの〝分析〟です。それらの作品はほとんど鎌倉で生まれたわけですが、今度の展覧会は鎌倉での創作のひとつの節目にもなっていると思います。

大津　その通りですね。鎌倉は絵描きにとっても仕事をしやすい場所です。東京に近いし、自然もほどよく調和していますしね。僕がひとつ思っているのは、こういった歴史的、文化的な風土があるのに、なぜ旧鎌倉には大学がないのかな、ということ。作家や画家、学者さんなど著名な方々が住んでいらっしゃるのだから、そういった方々が教鞭を執る芸術系の大学があればといつも思っているんです。町の経済の〝活性化〟にもつながるはずです。

伊藤　ボクも長年同じ思いを抱いていました。鎌倉アカデミアという〝伝統〟もありますしね。そのあたりはまたの機会にゆっくりうかがいましょう。

対談回想

作家や画家には、どちらかというと無頼派が多い。その中で大津さんは家庭を大事にし、家族をモデルとする、ボクにとっては稀有な存在だ。昔は日本画の中島千波さんらと安い酒場で飲んだことがあるが、いまはそれぞれが忙しく、そんな機会はなくなってしまった。

シルクロードと鎌倉

平山郁夫（日本画家）

ひらやま・いくお
1930年（昭和5）広島生まれ。日本画家、元東京芸術大学学長、ユネスコ親善大使・世界遺産担当特別顧問、日本美術院理事長。前田青邨に師事。日本芸術大賞（76年）など受賞多数。アジア諸国間の友好活動、文化財保護活動に尽力。98年文化勲章受章。2002年中国政府より文化交流貢献賞を受賞。

世界遺産を通じて北朝鮮と交流

——平成十一年（一九九九）「かまくら春秋」八月〜十二月号掲載

伊藤　シルクロード研究所を設立し、各国で蒐集したコレクションの調査、研究をなさっているとうかがってはおりました。しかし、仏像をはじめ、陶器や金属器、織物、貨幣——と、こんなにもたくさんの収蔵品は予想すらしていませんでした。

平山　専門家においでいただいて、蒐集した文化財や遺物の基礎的な調査、データ集めを現在、進めているところです。

伊藤　なぜまたこのようなコレクションをしようと思い立ったのですか。

平山　ユネスコの親善大使や世界文化遺産特別顧問はじめ、文化財の研究や修復を助成する芸術研究振興財団の理事長など内外で文化遺産を守り、保護する活動に携わっていますが、観念論だけでいくら人類の歴史的遺産は大切なんですよ、みんなで未来に伝えていきましょうと力説したところで、国際機関や政府機関を動かすことは容易ではありません。なら、ほそぼそとでもいいから、まず自ら行動を開始してアピールしていこうと決めたのです。

伊藤　シルクロードにとどまらず、足跡は世界に及んでいますね。

平山　東アジアから中国、中央アジア、東南アジアから南西アジア、中東そしてアフリカへと、これまでの海外調査は百四〇回にも及んでいます。もちろん、各地の文化財保護にも力を尽くし、成果を上げてきました。例えば、ことに、十数年前から取り組んでいる敦煌《とんこう》・莫高窟《ばっこうくつ》の壁画修復は世界でも最高の水準に達していると自負しています。

伊藤　平山先生は「文化財赤十字構想」を提唱され、莫高窟ばかりではなく、長期にわたる内戦で危機に瀕したカンボジアのアンコール・ワットの保護、長年にわたって日本文化の紹介に功績のあった米国ワシントンのフリーア美術館の修復を政府や民間の財団に訴えるなど数々の活動をこれまで展開されてきたわけです。そして今度は、緊張状態の続く北朝鮮の高句麗古墳の壁画を世界遺産に推薦、登録しようとしていると耳にしました。

平山　この七月末日には北朝鮮を訪れることになっています。ご存じのように、南北朝鮮の次官級会談や日朝政府間交渉など各国との仲がうまくいかず、北朝鮮は孤立を深めています。世界との政治的、経済的パイプが詰まってしまったいま、我々の北朝鮮とのつながりは毛細血管ほどの太さしかないのかもしれませんが、世界の平和、北朝鮮の国際化にいささかなりとも役立ちたいと望んでいますので、この文化的なパイプは切断したくありませんし、また、北朝鮮側も「世界遺産として認めてくれるのは民族の誇り。喜んで応じましょう」という姿勢を示しています。願いは我々と同じなのです。

伊藤　それでなくても北朝鮮と日本の付き合いは無きに等しい現状ですから、ご苦労のほど、お察しいたします。実は、ポルトガルといろいろと縁がありまして、去年、日本でいえば京都のようなエヴォラという町に保存されていた、十六世紀に日本から渡った屏風の下張りの古文書を修復し、ポルトガルへ返却いたしました。

平山　それはいいお仕事をされました。二つの国の関係を深めるばかりではなく、文化的にも価値のある試みです。

伊藤　修復技術や使用する紙の質のこともあって、修復にあたって、古文書を一時、日本に里帰りさせて京都国立博物館文化財保存修理所にお願いしたわけですが、なぜ、わざわざ日本まで——という声も出て、いろいろと大変な思いもしただけに、文化的、社会的状況の異なる国と長期にわたって交渉や折衝を繰り返さなくてはならない先生のご苦労が想像されます。話は戻りますが、高句麗古墳はどのような価値から、世界遺産に、という声があるのでしょう。

平山 そのご質問はもっともです。だいたい、高句麗古墳といってもよほどの文化人でもほとんどご存じありません。

伊藤 お恥ずかしいのですが、そもそも「高句麗」という古代の朝鮮の国について、そういえば学生時代に世界史の授業でそんな名を聞いたことがあったなあと記憶に浮かぶ程度です（笑）。

チョゴリ風スカートに驚き

平山 高句麗は三～七世紀に朝鮮半島の北半分から中国満州の一部までを支配した国で、新羅や百済とともに朝鮮半島の古代国家として栄えました。平壌などの周辺に散らばる高句麗古墳は八〇基ほど、ほかに騎馬狩猟図や舞踊図など約二〇基の壁画があります。日本各地でも同様の年代の、同じような前方後円墳などが発見されていますから、日本と朝鮮半島の間にはすでに四世紀ごろ確固とした関係が成り立っていたと思われます。恐らく、当時の日本は高句麗と交流を図りながら、国家の近代化に努力していたのでしょう。

伊藤 昭和四十七年（一九七二）に奈良県明日香村で発見され、大きな話題になった高松塚古墳の壁画も、確か七世紀末から八世紀の初めにかけて描かれたものだったはずです。

平山　ご指摘の通りで、七世紀の終わり頃、法隆寺の建立と同時期に造られたようです。興味深いのは、高松塚古墳の壁画が宗教画ではなく風俗画であって、その上、描かれた人物の服装がチョゴリ風なことです。つまり朝鮮の人たちが着用する服に似ていたのです。昭和四十三年（一九六八）、高句麗古墳の壁画に着想を得て作品を描いたことがありましたが、四年後、高松塚古墳で僕の作品と同じようなチョゴリ風のスカートの描かれた壁画が発見されたときには驚いたものです。

伊藤　当時の日本が、朝鮮からいかに大きな影響を受けていたかの証拠ですね。

平山　日本の「原点」は、本当は、朝鮮にあるのです。ところが一般の日本人はそれを忘れ去りました。高句麗古墳がもし破壊されるようなことになれば、それは、我々日本人の文化の一環も破壊されることを意味しています。ですから高句麗古墳は大切な遺跡であり、朝鮮人も日本人も、それを理解する必要があるのです。

世界史　アジア史のなかの日本

伊藤　北朝鮮の高句麗古墳が破壊されるようなことになれば、それは日本人の文化の一環の破壊を意味するというご指摘は、理解できます。例えば、仏教を例にとっても、日本には六世紀の半ばに伝来しているわけですが、それ以前に朝鮮半島や中国、そしてシルクロードを経由しています。日本の文化がいかにアジアの国々の多様な文化的要素を受け継いで生成されてきたか、推測がつきます。

平山　朝鮮半島、中国、シルクロードを挙げられましたが、西アジアも加えなくてはなりません。仏教という文化はインドから中央アジアを通り、さらにはオリエントや西アジアの影響を受けているからです。そういうものと日本の在来のローカル文化ともいえる神道が混淆《こんこう》して日本式の仏教が誕生したわけです。

伊藤　お話をうかがっていると、長年にわたって描かれてきたシルクロードと日本の関わりがいかに深いものであったかが分かります。仏教の遺産がたくさんある鎌倉は、そういう意味で、シルクロードとはより浅からぬ縁で結ばれていることになりますね。そもそも日本の文化の特色はどのような点にあるとお考えですか。

平山　日本文化の大きな特徴としてまず挙げられるのは、「受動型」であるということでしょう。例えば、仏教が伝来する以前の縄文、弥生時代から朝鮮半島などを通じて五月雨《さみだれ》式に新しい文化、そして人間が海を越えてやってきました。その結果、自然環境や風土に適応しながら、もともとそこに暮らしていた人々と混血して民族を形成したのです。縄文時代や弥生時代というのは、考古学的にそういう時代だったといえるのではないでしょうか。

伊藤　つまり、日本の文化はそれ自体として始めから存在していたものではなくて、いってみればいろいろな野菜や果物、たまごなどの材料を一緒にミキサーにかけてジュースでも作るようにして生まれてきたということになりますか。

平山　広い視野から考える必要があります。世界史の中のアジア、そして、アジア史の中の日本。そういう視点を持たないと日本文化の真の姿は見えてはきません。科学的な表現をすれば、仏教の例でも分かるように、日本の文化は〝化合物〟として培われてきたものであって、物理量の最小単位を表わす〝量子〟や物質の最小構成単位の〝分子〟にあたる要素は、東アジアをはじめとした広範な地域からもたらされたものだということです。二十一世紀に入って、日本が新しい文化を創造していくためには、その辺の歴史をきちんと把握、分析し、認識しなくてはなりません。

伊藤　科学技術をはじめとして、日本は海外から取り入れたものを加工し、工夫を施して優れた製品を生み出す能力には長けているが、独創性には欠ける、といった意見はよく耳にするところです。では、「文化の継承」の点についてはどうなのでしょう。鎌倉には何百年も続いてきた寺社や保存されてきた文化財が伝えられているわけですが、他の国と比べてどんな特徴があるとお考えですか。

平山　先日、奈良で日中友好二十一世紀委員会が開かれた折り、中国共産党主席の江沢民さんらと東大寺などご一緒する機会に恵まれました。「東大寺では西暦七五二年（天平勝宝四）に大仏開眼の供養が行われて以来、一日も絶やすことなく経をあげております、御水取りは一三〇〇年間連綿と続いております、いずれもこの習わしはお国の唐の時代の文化を受け継いだものです」とご説明させていただきました。また、県知事に招かれた席では雅楽が演奏され、これもまた唐の時代に日本へ渡ってきた文化ですとお話ししました。江さんをはじめ中国の皆さんは恐縮の面持ちでした。なぜなら、いずれもその源が中国にある日本の文化ですが、いまではふるさと中国では目にすることのできないものばかりだからです。

伊藤　本来は中国の文化であるはずのものが、中国では絶えてしまった。しかし、日本ではいまなお継続されていることになるわけですね。なぜそのような状況になったのでしょう。

求められる高度な倫理観と人間性

平山　中国では権威も権力も時の王朝が掌握していました。ですから、その王朝が倒れると、文化を含めて権威も権力もすべてはご破算になりました。

伊藤　滅ぼされてしまったということですか。

平山　ええ、中国では王朝が滅びるとき、徹底的な破壊が行われましたから、そういう羽目に追いつめられた文化もあるのです。

伊藤　それに対し日本の文化は、鎖国や明治維新、終戦といった大きな時代の節目を乗り越えながら、連綿と伝えられてきたということになりますね。

平山　現代もそうですが、日本の場合、権威は皇室が、権力は時の幕府や政府が担当するといった具合に、役割分担の〝知恵〟が働いてきました。だからこそ、文化は権威という形をとりながら、時の流れを〝垂直的〟に生き抜いてきたのです。

伊藤　シルクロードの終着駅ともいわれる東大寺正倉院の宝物もその一例になるわけですね。

平山　渡来当時のままではないかと目を疑うほど、大切に大切に保存されています。ガラスなどはまるで最近の作品ではないかと思ってしまうほど綺麗です。日中友好二十一世紀委員会に参加した中国の皆さんには、「日本が中国の文化、歴史を心底から尊敬してきたからこそ、こうして宝物のようにしてきたのです、長い歴史の間には両国にとって不幸な時代があったことも確かですが、これからも文化を通じて長い目で、より一層、良好な関係を築けるよう努力を重ねてまいりましょう」といったご提案をさせていただきました。

伊藤　高句麗古墳の保存の問題でもご指摘がありましたが、文化遺産を保護する上でグローバルな視野、協力はますます欠かせないように思います。そういう意味でも、平山先生が提唱された、世界の文化遺産を赤十字の精神で守っていこうという「文化財赤十字」は意義深いものと受け止めております。

平山　赤十字は「博愛と人道」の精神に立脚しています。スイス人のデュナンは、戦場の悲惨さに、敵味方、思想信条の隔てなく、傷ついた人たちの救護に当たる組織を作りました。我々もまた、文化遺産は国境を超えた「人類の遺産」という立場から活動に取り組んでいます。機械文明が進み、お金やモノが偏重される時代にあって、人間性は荒廃しています。これからの時代は、ますます高度な倫理観、人間性の復活が要求されます。そうでなければ、いずれ機械文明は悪用され、ついには国を滅ぼしかねません。営々と築かれてきた人類の文化遺産も、自然に返ってしまいかねないのです。

根幹をなす「平和への祈り」

伊藤　高度な倫理観、人間性の復活なくしては国の未来、そして人類の文化遺産の保存は危ぶまれるというご指摘の背景には、広島での平山先生の被爆体験が影響しているように思われます。

平山　広島での体験は、私という人間の最も根幹をなす「平和への祈り」という思いを育みました。それは、民族紛争、宗教紛争の渦に巻きこまれ破壊されつつある文化遺産の保存、保護活動ばかりではなく、仏教をテーマに一貫して創作に取り組んできたことからもご理解いただけるように、画家としての〝原点〟にもなりました。仏教の伝来を描いたり、古代史の勉強をしたり、高松塚古墳の壁画の修復をしたり——いろいろなことをしているうちに、それまで「点」でしか存在しなかったものが、高句麗をはじめとする東アジアやシルクロードなどと結びついて「線」になっていきました。そして、数十年の歳月を経て、川面に投げた小さな石の波紋が少しずつ広がるように、いつの間にか世界へ広がり、例えば、「文化財赤十字」構想はアジアや欧米諸国などの理解を得られるようになったのです。

伊藤　しかし、日本画家平山郁夫の名前はよく知られていても、「平和への祈り」を内に秘めた〝積み重ね〟の部分がまだ十分には理解されていないために、何でシルクロードなんだろう、なぜ「文化財赤十字」なのかといった疑問の声も一般にはありはしませんか。

平山　大局的に物事を見つめるということは、自らへの反省も込め、なかなかに難しいものです。例えば、先ほどからお話ししているような願いを持って、たくさんの人びとにシルクロードの文化財をご覧いただきたいと考えても、人によっては、そんなに自分の宝物をひけらかしたいのかといった、部分的、個人的なレベルでの物の見方しかしてはくれません。時間が経てば、いずれは分かっていただけると信じてはいますが、やはり残念です。

研究所にユネスコのお墨付き

伊藤　こちらの研究所ですが、つい最近、ユネスコによって公式に認知されたとうかがいました。

平山　おかげさまでこれまでの調査、研究の活動が認められまして、シルクロード研究所としてユネスコのお墨付きをいただいたという格好です。

伊藤　ここでの研究の成果をまとめた立派な紀要に目を通したことがあります。そのような地道な成果が「ユネスコ鎌倉シルクロード研究所」となったわけですね。

平山　ええ、その積み重ねを世界的な研究をしていると評価してくださったのです。ありがたいことです。

伊藤　ほかに国内にはユネスコから同様に認知されたシルクロードの研究所はありますか。

平山　日本にはないです。世界的にみても私は存じません。

伊藤　調査、研究はもちろんですが、ユネスコの評価を得られた大きな理由の一つには、収蔵品が非常に充実していることも当然挙げられたのでしょうね。

平山　プライベートに、これだけ系統立てて文化財や遺物を蒐集している例はあまりないでしょう。ことに、ガンダーラ美術では、個人的な蒐集としては誰にも負けないように思います。大英博物館や国内では東京国立博物館東洋館よりもこちらのほうが充実しています。

伊藤　プライベートな蒐集といえば、いわゆるコレクターが金にモノを言わせてかき集めるといった印象を持ちます。しかし、ここに集められた遺物は、そういうものとは性格が違う。

平山　私が現地に赴き、スケッチをし、観察をしながら集めてきました。コレクションに当たっては、専門家、研究者に相談するなど協力を仰いでいます。単なるコレクターとは、そういう意味では大きく異なっております。それが、蒐集に当たっての特徴といえるのではないでしょうか。ご理解いただきたいのは、まず、シルクロードが日本文化の源流であるという点です。そして、もう一つは、文化にとどまらずより広い意味で日本社会のあり方を規定してきたのではないかと思われることです。つまり、「ユーラシアと日本」という大きな視点から究明していかないと、日本文化はどこから、どういう経緯をたどってやってきたのか、古くからそこに暮らしていた人びとや自然環境にどう適応、定着し、文化として成熟していったのか――そこにある「パターン」が分からないのです。それは日本の文化や社会にプラスもマイナスももたらしていますが、いずれにしろ、そのパターンの内側にいたのでは、いつまでたっても新たな飛躍、発想は期待できないのです。

伊藤　「パターン」とは――。

平山　「仕組み」といってもいいと思います。
伊藤　そのパターンを知るためにもシルクロードと日本の関係を探る必要があるわけですね。
平山　例えば、平安、鎌倉、室町、明治維新、第二次大戦後、いずれの時代をとっても、日本の文化や社会、経済などは同じパターン、つまり、中国やヨーロッパ諸国、アメリカなど諸外国との関係から大きな影響を受けつつやってきたのです。織田信長は封建的土地所有制を打破しようとして果たせなかったわけですが、土地の問題を例にとっても、現代の社会は、地価が上昇すれば株価は上がり、景気もよくなるといった「中世的解釈」から脱してはいません。これでは、ダメなのです。日本人の特性を生かす創造的なシステムを構築し、独創的な発想をしていかなければ、日本の抱えるあらゆる問題の解決にはなりません。
伊藤　シルクロードが東西交流の歴史の道、過去の道であるばかりではなく、日本の将来を占う上でも大切な要素を秘めていることがよく理解できました。

対談回想

鎌倉在住の日本画家平山郁夫さんは、国境を超えた「平和の祈り」を胸に秘めながら、シルクロード研究所を設立、多くの貴重な文化財、遺物を蒐集している。東西の文物、文化を運んだ絹の道。古代の道は、決して鎌倉と無関係ではないことをあらためて知った。

北条氏とその時代
言葉の皮を剝きながら

永井路子（作家）

ながい・みちこ
1925年（大正14）東京生まれ。作家。東京女子大卒。65年『炎環』で直木賞、82年『氷輪』で女流文学賞を受賞。84年、中世歴史小説に新風をもたらした功績で菊池寛賞を受賞。おもな作品に『北条政子』『山霧 毛利元就の妻』『岩倉具視 言葉の皮を剝きながら』、エッセイ集『私のかまくら道』（小社刊）などがある。

北条氏とその時代

――平成十三年（二〇〇一）「かまくら春秋」一月～二月号掲載

歴史の大錯覚

伊藤　新春からNHK大河ドラマの主人公として北条時宗が登場します。小さな豪族にすぎなかった北条氏は、なぜ時代のリーダーとして君臨することになったのでしょうか。

永井　北条家の祖先は平直方《たいらのなおかた》だとする学者もおられます。直方は検非違使尉として京の警護に当たったこともある、関東地方ではかなりの有力者でしたが、後に源頼義の傘下に入り、頼義に娘を嫁がせます。二人の間に生まれたのが八幡太郎義家。ただ、直方の子孫たちがどうなったのか不明なのです。北条氏につながる証拠はございません。

伊藤　直方は内乱を起こした平忠常の討伐にしくじります。平定に成功したのは頼義の父・源頼信ですね。義家は頼信の孫であり、源頼朝の祖先にあたる人物で、東国における源氏勢力の基盤を形成することになりますね。

永井　律令制度では諸国に「介《すけ》」というポストがありました。次官の意味で、もともとは長官と同様都からやってくる役人でしたが、その頃は制度が崩れ、在地のトップクラスが「介」を名乗るようになります。しかし、北条氏にはその肩書さえついていませんでしたから、血筋はともかく、当時は小豪族にすぎなかったと思われます。

伊藤　その北条氏に転機をもたらし、中央政界へのデビューの道を開いたのはやはり、政子の存在ですか。

永井　蛭《ひる》ヶ《が》小島《こじま》に流されていた頼朝は、いまでいえば代議士クラスの有力者の伊東祐親《すけちか》の娘に恋文を届けます。ところが、平治の乱に負けた頼朝は反平家の罪によって流されてきたのですから、父親の祐親はこれを許しません。そこで、頼朝が新たに目をつけたのが、政子でした。

伊藤　頼朝は、ちょっと高望みしすぎたかな、小さいうえに氏素性もよく分からないけど、北条の家の娘でまあいいか、といった心境だったのでしょうか（笑）。

永井　源氏の御曹司とはいえ、北条の家も頼朝に満足していたわけではないのです。当時の頼朝ときたら、お金も家も家来も、何ひとつ持ち合わせていないのですから北条家の丸抱え。いい婿に来てもらってよかったなどとは、政子の父、時政はじめ一門のひとりとして思っていなかったのではないでしょうか。

伊藤　娘が頼朝と一緒になったところで、先はあまり明るくない。期待できないなとあきらめていた。ところが、頼朝は大きく化けてしまいます（笑）。

永井　後に、時政は頼朝が将軍になることを見越して政子と結婚させたのだ、さすがに目が高いなといった評価を下されるようになります。しかし、これは歴史の大錯覚（笑）。頼朝を婿にしていずれ天下に号令しようとか、いつか御台所になれるに違いないわとか、時政も政子も、そんな大それた夢は頭の片隅にも思い浮かばなかったはずです。

伊藤　当時、平家はわが世の春を謳歌していました。年表を開くと、頼朝が政子と所帯を持つのと同じ頃、平清盛の娘徳子は高倉天皇に嫁いでいます。頼朝が将軍となって幕府を開設するなど夢のまた夢だったでしょうね。

永井　徳子は久寿二年（一一五五）、政子はその二年後の保元二年（一一五七）の生まれで、ほぼ同年です。でも面白いことに、我々の感覚では徳子は「明治の女性」、政子は「昭和の女性」といった印象です。その違いは、本をただせば生まれついた階層から発しています。徳子くらいの上流階級になると結婚には政略的、政治的意味合いが含まれますから自由はききません。一方の政子は、ご存じのように愛する男のもとへ自分の意志で走ります。政子クラスの出身階層では、現代の女性同様、親の意見に従わなくても結婚できたのです。

神輿を担いだ一族

伊藤　源家は三代で滅び、北条氏は執権として権力の座につきます。そこに至るまでには、数々の悲喜劇が繰り広げられています。源家を滅亡に導いたのは、権力奪取をもくろんだ北条家のしわざに違いないといった見方もありますが。

永井　そのような見解に与《くみ》することは絶対にできません。日本の政治構造が歴史的にどのような特色を帯びてきたのか、理解が不足しているからです。

伊藤　先ほど、高倉天皇のお話が出ましたが、それは天皇の存在が関連しているのでしょうか。

永井　日本の政治構造は、平安朝の昔から「権威」と「権力」がワンセットになってきました。当時、権威は天皇であり、権力は藤原氏が手にしていました。両者は互いに密着しながら、車の両輪となって日本の歴史を動かしていたのです。

伊藤　藤原氏にとり、天皇は欠かせぬパートナーだったのですね。

永井　天皇が幼少だったとしても、排除したりはしません。藤原氏にとり、権威としての天皇は不可欠でした。自らの権力を正当化するうえで、「神輿」となる天皇が必要だったのです。

伊藤　藤原氏は、その神輿を担ぐ役割を担ったことになります。北条氏もまた担ぎ手として、お神輿となる源家が大切な存在だったはず、ということですか。

永井　ですから、北条氏にとって、実朝を殺害することはいわば一族の自殺行為といえます。お神輿が失われては、担ぎ手としての役割がなくなってしまうのですから。実朝に関していえば、幕府の公式記録である『吾妻鏡』にも、「偉い人だ」「大変な人だ」と褒めたたえる記述が少なくありません。実朝を亡き者とすることは北条氏は考えていなかったでしょう。

伊藤　いずれにしても北条氏は、その後、京から迎える形ばかりの将軍を立てて、権威と権力の政治構造を維持しますね。

永井　それは、後の世にも受け継がれます。徳川時代には将軍が権威に祭り上げられ、行政を担当する老中らが権力を手中にします。ですから、たとえ無能でも将軍の座につくことが可能でした。日本の政治システムの興味ある点のひとつです。

伊藤　中世の西洋にも国王と教皇といった、似たような構造があったのではありませんか。

永井　西洋では教皇が最高の権威でした。ただ、彼らは権力も掌中におさめ、政教の一致をはかります。そして、権力を手にすることにより失敗もしでかします。たとえば、「カノッサの屈辱」として教科書にも登場する十一世紀後半の事件です。

伊藤　法王の叙任権をめぐり、教皇グレゴリウス七世に破門された神聖ローマ帝国の皇帝ハインリヒ四世は、教皇滞在中の北イタリアのカノッサ城門前で教皇に許しを乞う……。

永井　その点、日本ではもめごとを嫌う国民性もあるのか、鎌倉時代にしても江戸時代にしても、うまく神輿を担いで歴史を築いてきたといえます。

伊藤　話を戻しますと、源家という神輿の担ぎ手は北条氏だけではありませんでしたね。梶原、比企、三浦、畠山、和田とたくさんいたのに、なぜ北条氏はトップランナーになることができたのか。やはり政子の力でしょうか。

永井　頼朝の妻であり、頼家、実朝の生母ですからね。それに、政子の妹で実朝の乳母となった阿波局の存在が大きかったと思います。

伊藤　当世のイメージからすれば、乳母の役割とは赤ん坊におっぱいをふくませ、おしめを換えることにあります。しかし、その当時の乳母には、我々の想像も及ばないパワーが与えられていたようですね。

永井　ひとことで表現すれば、政治顧問としての立場です。阿波局は実朝を将軍にするために奮闘します。例えば、慈円が鎌倉時代の始めに書いた史論書『愚管抄《ぐかんしょう》』にも登場しますから事実だと思われますが、梶原景時の排斥運動のきっかけをつくりました。ご存じのように、景時は頼朝の懐刀として重用された武将で、頼家の乳母の夫でもありました。大変なうるさ型で、頼朝の側近だった結城朝光が、将軍頼家に異心を抱いているといって、周囲に睨みをきかせようとします。そこで阿波局は、こうした朝光への讒言《ざんげん》騒ぎをうまく捉え、「景時はまた悪巧みをしているらしいわよ」と御家人たちにニセ情報を流し、景時の追放に成功するばかりではなく、一族を死に追いやります。つまり頼家の側近を弱体化させ、実朝の将軍就任の道作りをしたのです。

ただでは起きない時宗

伊藤　北条氏がライバルを次々と蹴落としていく姿は、一見、「権謀術数にたけた北条氏」という負のイメージを与えます。しかし、頼朝以来の慣習法や判例を基本としてまとめあげた御成敗式目ひとつを取り上げても、なかなかの為政者だったような気がします。

永井　作家司馬遼太郎さんは、日本という国は鎌倉時代から始まる、といった旨の発言をしています。例えば、電話やメールがなくても為政者からの命令が、西へ東へときちんと伝わるシステムができたのは鎌倉時代です。御家人だけに適用される法律ではありますが、律令制度の枠組みを維持しつつ、御成敗式目という別の法律を制定したのもなかなかの政治手腕です。日本国憲法があるにも関わらず、鎌倉御家人だけに限定して通用する憲法を作ってしまうようなものですから。

伊藤　北条氏は国のあり方というものを視野に入れ、決して一族の利益のみでは動かなかったようですね。現代の政治家にもぜひ見習ってほしいものです（笑）。

永井　承久の変では朝廷側からたくさんの領地を取り上げたのに、義時も泰時もそのほとんどを兄弟や御家人に分け与えてしまいます。自らの領地を増やすのではなく、北条氏の権力を受け入れた御家人たちを全国各地に浸透させることにより、国の一体感、政権の基盤強化に心を砕いたのです。このような経緯をたどり、「ご恩」と「奉公」のシステムは、物質的なものの給付に対する武力の提供、税金の納付という形で成立するのです。

伊藤　山積する問題を抱えながらも元寇に対処できたのは、そのようなシステムが存在したからであり、時宗がよき北条の伝統を受け継いでいたからなのでしょうか。

永井　ただ、鎌倉時代は武士の世の中になったとはいえ、全国のすべての武士が鎌倉に忠誠を尽くす家来に組み入れられたのかといえば、それは大間違い。幕府支配の圏外、貴族の荘園や寺院などにもたくさんの武士がいたのです。九州には北条氏の息のかかった御家人が地頭として派遣されてはいましたが、元寇騒ぎが起こって、防衛上、それだけではとても手が足りなくなりました。そこで、ご恩と奉公の原則を徹底させるためにも、支配の外にいた武士たちを糾合、傘下におさめて臨戦態勢を整えることに決めたのです。

伊藤　お書きになったものに、幕府は御家人を西国に派遣して東国の植民地をつくったものの、まだ手を突っこむことのできない領地がある、といった内容の記述がありました。元寇という国難に対処するのだという大義名分のもと、時宗は一族の支配を広げるため、そこに足を踏み入れることに成功したという見方もできますか。

永井　そういう意味では、転んでもただでは起きないぞという時宗のしたたかさが見え隠れします。事実、北条氏の権力がピークを迎えるのは元寇襲来前後だったのです。

「望月は虧ける」は歴史の原則

伊藤　北条氏の権力が最も強力になるのは元寇が襲来する前後とのご指摘でした。その時点でピークを迎えたということは、後は下り坂、と解釈してよろしいのでしょうか。そうだとして、その原因はどこにあったのですか。

永井　鎌倉幕府の政権の基盤は、すでにご紹介したように「ご恩」と「奉公」のシステムにありました。つまり、土地など幕府の物質給付に対して御家人らは武力を提供し、税を納める仕組みです。ところが元寇では、負けはしなかったけれど、真に勝ったともいいきれません。追い払ったとはいえ、時宗には恩賞に充てるべきものは何も手に入りません。振ろうにも、振る袖はなかったのです。

伊藤　元の領土を船で日本まで引っ張ってくるわけにもいきません（笑）。

永井　北条信ずるに足らず。幕府に対する御家人らの不信は募ります。

伊藤　時宗に同情の余地はありますが、それが結局、幕府の弱体化を招き、一族滅亡の伏線になってしまうわけですね。

永井　権力の基盤を固めてくれたシステムが、逆に政権の墓穴を掘る格好になったのです。最高の権力を掌握したときが墓穴を掘りはじめるとき――北条氏の時代に限ってのことではなく、現代の政治を検証しても分かることですが、一見、矛盾するようでいて、明と暗、陽と陰が表裏の関係になっているのは「歴史の原則」です。

伊藤　藤原道長を主人公にしたご著書の『この世をば』に、「望月は虧ける運命にある」といった内容の一文があったかと記憶しますが、まさにそれですね。

永井　一家から三人のおきさきを輩出した平安時代の権力者藤原道長は、「この世をばわが世とぞ思ふ望月の虧《か》けたることもなしと思へば」と歌いました。しかし、満ちた月は、虧けるを待つばかりです。

伊藤　下り坂だったとはいえ、元寇から後もなお、北条支配が続いた理由はどこにあったのですか。

永井　一つには大変な経済力を握っていたことが挙げられます。その源は海運です。北条氏は、北は津軽の安東氏を傘下に納めて十三湊《とさみなと》を握りましたし、南は鹿児島以南の島々まで所領とし、富を掌中にしました。

伊藤　飛行機や新幹線が当たり前の現代の我々の感覚からすると、船というのはどうもスピード感に乏しい印象を受けますし、当時はそんなに荷も運べなかったのではないかという気もしますが。

永井　何しろ八百年も前のことですから、そのようなイメージがあっても不思議はないと思います。ただ速度に関していえば、船は馬と同じくらいか、帆をかければ馬よりも早く目的地に到着したかもしれません。積載量は米俵なら百俵になります。馬で一頭三俵ですから、その大きさは魅力的でした。

伊藤　北条氏が海運の重要性を認識したのは、本拠地が海に開かれた鎌倉だったということもありますか。北条氏に限らず、そもそも相模の武士たちは海との関わりが深いようですね。

永井　『相模のもののふたち』を書いたときに痛感したのは、源頼朝の旗揚げに加わった豪族たち、北条氏にしても土肥氏、三浦氏にしても、いずれも「海の武士団」であり、海を介して手に入る「情報」の重要性、意義をよく理解していたという点です。情報の伝わる速さは陸路より海路経由が優れています。京や平家の情報なども海のルートを通じて迅速にもたらされたはずです。石橋山の合戦で敗れた頼朝が安房へ逃れるに際しても、海上ネットワークを通じて手筈は整っていました。

伊藤　頼朝、北条の時代にもそれ相応の情報通信網が張り巡らされていたわけですね。我々は、ともするといまの時代を尺度に歴史をとらえがちです。例えば、海水浴客で賑わう現在の鎌倉の海岸風景をその時代にオーバーラップさせ、実朝は本当にここから中国に向けて大船を漕ぎ出そうと考えたのだろうかと、ちょっと不思議な思いにとらわれるといった具合に。

永井　滑川の河口から青磁のかけらが出土していることから推測しても、鎌倉まで宋の船が入っていたことは予想できます。鎌倉の海はいまのような遠浅ではありませんでした。和賀江嶋はかなり大きな波止場で、そこに直接、乗り入れたものと思います。

伊藤　海の情報ルートのお話がありましたが、平清盛が海運、交易で大きな富を築いたことも、頼朝は当然、知っていたのでしょうね。

永井　承知の上で、それに学ぼうとしたのです。九州にしか入れなかった宋の貿易船を瀬戸内海経由で現在の神戸に入港できるように、清盛は港を築造しました。平家はこうして栄えます。頼朝はそれをちゃんと認識していましたから、宋の船は鎌倉までやってくるようになりました。北条氏も頼朝を踏襲したのです。繰り返される権謀術数の一方で、北条氏は流通、交通といった面への目配りも忘れませんでした。こうして北条氏は、すでにお話ししたように流通経済、税制、行政・法制などあらゆる面で新しい日本をスタートさせたのです。

ナンバー・ツーの強み

伊藤　北条氏は執権として実権を握り続けたものの、将軍の座にはつきませんでした。それは、頂点に立つよりもナンバー・ツーにつけたほうが得策だと考えてのことだったのでしょうか。

永井　「神輿」と「担ぎ手」の関係については前にも説明しましたが、北条氏は「担ぎ手」の筆頭として実権を失うことはありませんでした。実際はナンバー・ワンの実力者なのに、そうとは気づかせない深謀遠慮を常とする——本来の政治の姿とはそういったものではないかと私は思っています。そういう意味で典型的なナンバー・ツーは二代執権の北条義時ではなかったでしょうか。あまりパッとせず、どこかうじうじしていて父親の時政に歯がゆい思いもさせるのですが、三浦氏といざ決戦という状況になっても形勢不利と見るとさっと引くような、呼吸をはかるのがうまい人間だったようです。その義時が頭角を現すのが、後添えの牧の方に同調して、政変の画策に加わった時政の失脚事件だったのは皮肉です。

伊藤　「昼行灯」も、義時の策略の一つだったのでしょうか。

永井　彼には、飯より政治の好きな男、といった評価もあります。

伊藤　それぞれの執権には、それなりの個性があったわけですが、時宗は義時に似ていたのでしょうか。

永井　そうは思いません。時宗は策略家ではなかったし、若かったから純粋なところがありました。政治力を発揮したのは、父親の五代執権時頼です。

伊藤　時頼は「得宗政治」を確立したとされます。

永井　得宗というのは、北条家嫡流のことです。時頼は「得宗家だけが北条氏なのだ」と認めさせるうえで政治力を発揮し、御内人《みうちびと》と呼ばれる得宗家陪臣を中心とした政治体制を作り上げました。

伊藤　御内人には平頼綱、二階堂行政らがいました。時頼の後、長時、政村といった傍流のショート・リリーフ的な執権が続き、八代執権として時宗が登場します。時宗といえば、何といっても元寇との戦いが脳裏に浮かびます。

永井　時宗は十八歳で執権になります。文永の役（一二七四年）、弘安の役（一二八一年）を二十代の半ばから後半にかけて迎えています。いかに執権とはいえ、この若さですべての責任を負い、国難に対処しなくてはならなかったのですから並大抵のことではありません。朝廷はあてにならず、貴族は何の役にも立ちませんでした。後深草院の愛人で同時代を生きた二条の日記『とはずがたり』に宮廷での愛欲の記録はあっても、蒙古の襲来などひとことも触れていないことからも、それは分かります。

伊藤　朝廷も貴族も、戦いは武士がやるもの――といった、責任回避、逃げの姿勢にあったわけですね。年は若いとはいえ、時宗は自ら決断し、行動しなくてはならなかった。

永井　そうせざるを得なかったのです。責任を引き受けるという意味で時宗は見事なものでした。

禅に教えられた生き方の本質

伊藤　どんなところにその見事さを感じられるのですか。

永井　いまの目でみれば国際ルールに反していますが、元の使者の首をはねたのもその一例でしょう。文永の役で元寇を追い払ったとはいえ恩賞ももらえなかった御家人たちの間には、戦いの疲弊もあって厭戦《えんせん》気分が広がっていました。彼らを統率し再び襲ってくるに違いない元寇に対処するためには、まだ、戦争は継続しているのだという執権としての決意のほどを示すために、たとえ元のどのような報復が待ち受けていようとも、全責任は俺が持つといった決意のもとに使者を斬り捨てたのでしょうね。

伊藤　責任を引き受け、果たすためには毅然たる態度で臨む。その姿勢は、ともすると口先三寸で世を渡ろうとする現代の政治家に、最も欠けている資質の一つかもしれません。

永井　いまの世の中は責任の所在がうやむやで、なるべく責任を回避しようとする傾向にあります。時宗の時代には、とても通用しません。国のトップとして、良くも悪くも責任をとらざるを得なかったのです。

伊藤　若年にもかかわらず、時宗がそれだけの決意で国を引っ張ることができた背景には、きっと禅の影響もあったのでしょうね。

永井　禅は宋の時代に発達した高度な精神文化です。時宗は十代の頃から禅の修行をしています。執権の座につく以前から建長寺にあった宋の渡来僧、蘭渓道隆のもとに参禅し、道隆の亡き後は宋から無学祖元を招請しました。宋は元に滅ぼされた国。時宗には宋の優れた文化を日本に移植したいという願いとともに、宋は元の攻撃に対してどのような対応を試みたのかたずねたかったのかもしれません。

伊藤　どんな人間にもいろいろと迷いは生じます。時宗の元寇への対処の仕方には潔さを覚えますが、時宗もまた例外ではなかったはず。道隆や祖元からどのようなことを学んだのでしょうか。

永井　鎌倉幕府の存亡をかけた戦にまつわる話ですが、戦いの火蓋が切って落とされようとする日、ある武士が禅僧のもとを訪れ、「この事態にどう対応すればよいのか」「武士とは何か」と問うたといいます。これに対して禅僧は、こう応じます。「いまさら何を言うのです。あなたは武士のはず。ならば、なすべきことは決まっています。斬って、斬って、斬りまくるのです。そして、死ねばいいのです」。武士は、その言葉に得心して戦に赴いたと伝えられます。そういった禅の精神の厳しさ、生き方の本質を、時宗もまた教えられたのです。

伊藤　無学祖元には、元の兵士に捕らえられ白刃を首に突きつけられた際に唱えたとされる、「乾坤孤筇《けんこんこきょう》を卓《た》つるに地なし」の句があります。「空《くう》の境地」を表現したものと聞いていますが、時宗もまたその境地を獲得しつつあったのかもしれませんね。

永井　句は「喜得《きとく》す人空《ひとくう》、法もまた空なることを　珍重す大元三尺の剣　電光影裏《でんこうえいり》春風を斬る」と続きます。「杖を立てる余地もないぎりぎりの状況に追い込まれたが、空なる境地を感得することはできた。ならば、剣もありがたい。さあ、斬るがいい」といったほどの意でしょうか。九死に一生を得た禅僧に教えを乞うたこともあって、ご指摘のように、国難に対処する時宗の精神は何物にも動じない境地に達していたのかもしれません。いずれにしろ、現代に生きる私たちが時宗に学ぶべきことは、責任をとるとはどういうことなのかであり、「望月は虧ける運命にある」という歴史の真実です。

伊藤　いまご指摘のあった点を踏まえて、テレビの大河ドラマも楽しんでみます。

言葉の皮を剝きながら

——平成二〇年（二〇〇八）「かまくら春秋」六月号掲載

「言葉」がはらむ危険

伊藤　長年テーマとしてあたためられてきた『岩倉具視』が、ついに刊行されました。新聞各紙、雑誌の書評欄が盛んに取り上げるというのは、最近あまり例のないことです。著書の内容が面白いだけでなく、いかに深く、また切り口が斬新か、というあらわれかと思います。

永井　ありがとうございます。よく読んで評してくださっているものが多く、書いた側としては思い残すことがないくらいです。

伊藤　数年前に全集が刊行し終わったところで「もう小説は書かない、だけど岩倉具視だけは別」とおっしゃっておられました。なので、このご本が出たときは、ついにライフワークが完成したのだ、と感慨深く拝読しました。

永井　皆さん忙しすぎて「最後の作品だ」と思って書く、というのはなかなかできないのです。私は暇があったので、書けたようなものです。

伊藤　四〇年あまりの間、構想を練り続けてこられたそうですが、四〇年前といえば、ボクがちょうど初めてお目にかかった頃で、『炎環』で直木賞を受賞されてしばらくしてのことだったと記憶しています。

永井　そうでしたね。直木賞をいただいたあと、「次作は何を?」と聞かれて、その頃から「岩倉具視を書きたい」と答えていましたから。

伊藤　構成がとてもユニークですね。岩倉の生涯を順にたどっていくのではなく、いくつかの象徴的な出来事を取り上げて、そのとき岩倉はどう動いたかを描いておられる。『岩倉具視』を読んでいて、膨大な史料の上に立って慎重に、かつ小説家として、歴史の点と点をつないで、小説というより定説・学説を生み出す著者の姿があらためてはっきり見えたと思いました。

永井　歴史に登場する人物についての評伝は、歴史学者が書けば、もっと史料を調べて、かちっとした本格的なものに仕上げるでしょう。でも、私は小説家です。どう書くかをずっと考えていたら、どんどん年月が過ぎていきました。そうするうちに「言葉」に的を絞ってみてはどうかと思い始めたのです。既成の事実に対して、決まりきった表現が横行し、それでもう理解したように錯覚してしまう、そういう言葉が歴史を覆っているんですね。最たる例が「尊皇攘夷」という言葉でしょう。その覆いをめくって、実体を明らかにしていくことで、私なりに岩倉の生きた時代が描けるのでは、と思い至ったのです。

伊藤 「言葉の皮を剝きながら」という副題の真意はそこにあるのだと思いますが、「言葉の皮を剝く」というのは、とても厳しい表現ですね。

永井 「言葉」とは危ういものです。一八六三年に薩摩は英国軍艦と砲撃戦を繰り広げ、翌年の六四年に長州藩も下関で外国艦隊に完膚なきまでに敗れている。薩長が外国との戦力の差を身をもって知った一八六四年に、実は「攘夷」は終わっているんですね。「攘夷」なんて気持ちは消えているのに、言葉だけは生き残った。そして、あろうことか昭和の初期、英米を敵とみなしたナショナリズムの高揚のとき、「尊皇攘夷」がまた都合よく使われてしまいます。現代においてもそうです。異を唱えにくい言葉、一見きれいな言葉ほど、背中合わせの危険をはらんでいる——。そういう視点をもつことは大切です。

伊藤 ロングランとなった「ラマンチャの男」という芝居の中に「事実は真実の敵である」と言う台詞があります。なるほど、と思いました。既成事実が積み重なることによって、真実が埋没して見えなくなってしまう。「言葉の皮を剝く」というのは、そういうことでしょうか。

永井 事実にひとたびレッテルを貼ると、それで通用してしまう。その背景にあるものをきちんと考えなくなってしまいます。日中戦争や南方への侵略を、当時の政府は「聖戦」と言いました。そういう言葉で、戦争を肯定したんですね。それが敗戦と共にはらりと消えてしまった。私たちの世代はこうした「言葉の空しさ」を経験しています。だからこそ「その言葉、ちょっと待て」という見方ができるのかもしれません。

伊藤　小説である永井路子作品群が、アカデミズムに大きな影響を与えてきたと評される理由が、今度の作品であらためて分かりました。

永井　歴史家ほど史料を読み込んでいるわけではないのですが、今回は、『孝明天皇紀』『明治天皇紀』がとても参考になりました。孝明天皇は岩倉が仕えた天皇ですが、その書簡に「あのときは、にっちもさっちもいかなかった」とか「私は口下手だから」といった、生々しいというか、人間味あふれる言葉がつづられているんです。

伊藤　孝明天皇が即位したのが一八四六年、ちょうど江戸時代の終末期ですね。

永井　そう、重大な責任を負わされて、難しい局面になると前面に押し出されて、決断しろと迫られたりね。あちこちに引っ張りまわされたり、圧力に抵抗したりと、大変な生涯だったと思います。でも気配りがあって、思いやりもある。史料からは、そうした孝明天皇像が浮かび上がってきます。

伊藤　「余白に……」と題された章で紹介されていた、「錦の御旗」のエピソード、あれは実に面白いですね。

永井　「錦の御旗」といえば、トンヤレ節でしょう。「宮さん宮さん　お馬の前に　ひらひらするのは何じゃいな　あれは　朝敵征伐せよとの　錦の御旗じゃ　知らないか」ってね。

伊藤　「錦の御旗」とは、つまり「天皇の命を受けている」という討幕軍の正当性を示す旗印だったわけですね。なのに、そもそも「ホンモノ」の御旗がなかったのではという推論にも驚きましたが、誰も見たことがないなら作ってしまえっていう、岩倉の演出家ぶりにもびっくりしました。

永井　「錦の御旗」を持ち出して掲げようなんて、誰も考えつかなかったものですよ。しかも、シンボリックな歌にのって、岩倉の思惑どおりにことが進んだわけですから面白い。その上、天皇の威光を示すはずの旗が、それ以前に、まず天皇の「存在」を民衆に知らしめる旗だったんですね。これも「言葉の皮剝き」のひとつです。

伊藤　岩倉が政治の表舞台にはっきりと姿を現すのが、一八五八年の「列参運動」。日米修好通商条約締結の勅許を得るために、老中の堀田正睦が上洛した際、公家八十八人を集めて宮中へ押しかけ、この件を幕府に一任しようとした関白九条尚忠の案は認められない、と怒号を発した事件です。ここにも先生は鋭くメスを入れておられる。

永井　一般的には、岩倉が陣頭指揮を執って八十八人もの公家を結集させたかのように言われますが、このとき岩倉はただの使い走りに過ぎませんでした。前関白の鷹司政通が裏にいたから、これだけの公家が集まったんです。さらに「剝いて」いけば、これは日本の未来を憂えての行動、というより関白九条尚忠と前関白鷹司政通の権力争いです。岩倉は使い走りではあったけれども、八十八人もの公家を動かすことができた。政治の面白さを体に刻みつけたことでしょう。

伊藤　権威を利用して政治を動かす方法を学んだということでしょうか。

永井　そうですね。ですから、やはりこの事件は、岩倉の政界へのデビューと言えなくもないんです。

伊藤　これまで断片的にうかがっていた権威と権力の関係が、この本でさらに納得がいきました。

永井　平安時代から、日本では「権威」と「権力」はワンセットなんです。この構図を作ったのが、平安時代の藤原氏です。天皇は「権威」ですが、ただの飾りものではありません。ある種の力がある。

これを振りかざして藤原氏は摂政、関白となって政治を取り仕切り、権力をふるう。これに成功したのは藤原冬嗣です。あまり注目されない人ですが『王朝序曲』という作品で描いたことがあります。鎌倉時代だって同じです。将軍が権威であって、権力をめぐって北条氏、梶原氏、三浦氏が争って結果として北条氏が勝つ。でも北条氏は将軍にはなりませんね。権威と権力は別物だと認識していたからです。だから私は小説『炎環』の中で、北条氏が権威である源実朝を殺すはずはない、北条氏が実朝暗殺を謀ったとは思えない、と悲鳴に近い思いで描きました。

伊藤　実朝暗殺の犯人は北条氏、という定説に初めて疑問を呈したのが『炎環』でしたね。歴史学者の石井進先生が、「小説の枠組で書かれているが、これは注目すべき説だ」と評価されています。

永井　岩倉による孝明天皇毒殺説についても、同様の理由で私はありえない、と考えます。出世の大事な足がかり、頼みにしている「権威」の天皇を殺すはずがありません。

伊藤　なるほど。

永井　権威である天皇を担いで、権力を握るというやり方は基本的に室町時代、豊臣秀吉、徳川家康に引き継がれました。ただ、足利義満だけは、自分が権威になろうとして失敗しています。逆に、最も上手に利用したのが家康でしょう。

伊藤　お話をうかがっていますと、権力の中枢に踏みとどまることに腐心して、権謀術数の限りを尽くしてきた権力者の精神構造が浮き彫りになってきます。

永井　そう、どこの国の歴史を見ても、人間の権力志向が浮かび上がってくるものなんです。ところが、明治維新は「意義ある立派なことが成し遂げられた」という仮面をかぶったまま。言葉の皮を剝いていけば、明治維新だって、始めから権力争いですよ。意外なことに、そこをきちんと見抜いているのが、大久保利通の孫で、日本近現代史が専門の歴史家、大久保利謙さんです。維新の勲功者である大久保の孫でありながら、著書の『岩倉具視』の中で、極めて客観的に書いています。そういう見方ができる人は少数派ですね。

岩倉の大仕事

伊藤　幕府の消滅とともに「平安初期から始まった摂政・関白という制度も、ついでに吹飛ばされてしまった」と書かれていますね。そしてそれは、岩倉の大業として評価されるべきだとも指摘されています。

永井　皆さん案外気づいていなかったようですが、「摂関政治の撤廃」は岩倉の大仕事ですよ。形骸化しているとはいえ、天皇の意思を遮ったり、政治を左右する弊害が確かにありましたから。もし明治以後も摂関制度が続いていたら、日本の近代化のがんになっていたかもしれません。公家社会が武家に操られている、という固定観念にとらわれていたのでは、見えにくいところでしょうね。もちろん、摂関に苦しめられてきた岩倉の、怨念をはらしたいという個人的な思いもあったと思います。

伊藤　摂関政治の終焉というのは、いい面悪い面、表裏一体で、天皇に権力と権威が集中してしまう危険性も秘めていたと思われるのですが。

永井　岩倉は、初めはむしろ憲法が摂関制に替って天皇の意志を遮る壁となることを案じていました。憲法制定の任を負っていた伊藤博文とはそこをもっと話し合いたかったんじゃないですか。でも、伊藤がヨーロッパを視察して帰国する前に岩倉の命が尽きてしまいます。が、岩倉の予想に反して、天皇は憲法に君臨し、さらに軍国主義日本の絶対的なシンボルになっていくのです。

伊藤　先生は、岩倉具視という人物に興味を持たれたのか、明治維新という時代に惹かれていらしたのか、どちらでしょうか。

永井　どちらとも言えます。時代というのは、時代そのものがあるわけではなく、それぞれの人の中に生きているものであり、人間が歴史を表現するのだと思います。人間一人ひとりが、歴史の何かを受け持っている。岩倉もそうです。私は、岩倉具視という人物の中に生きている歴史、背負っていた部分が面白かった。そして、当時の公家や、徳川慶喜や山内容堂、島津久光など、彼の周囲にいた人たちの歴史、権力争いの構図も見えてきて、さらに面白くなってきたわけです。

伊藤　岩倉具視は貴族といっても、家の前を豆腐屋が黙って通るというくらい貧乏だったそうですね。買っても代金を払わないから（笑）。

永井　そうなんです。悔しいと思いながら、たびたび上にのしあがろうと、権力争いの中であがきにあがき、また滑稽なくらいたびたび失敗する、それが岩倉の実像です。以前に小説にしていたら、八十八人の公家を動かした「列参運動」あたりから書き始めていたかもしれません。でも、四〇年の間に、そうではないぞ、ということが分かりました。

伊藤　「最後の作品」とおっしゃるほどのお仕事で対談の機会を得たこと、とても光栄なことです。

対談回想

永井さんの菊池寛賞の贈呈式で、林健太郎氏は「歴史そのままと、歴史ばなれのその間を感じさせない。それは豊富な史料からくるものだ」と評した。先頃刊行された『岩倉具視』が版を重ねているのも歴史上の固定観念の「言葉の皮を剝く」作業を丹念にされ、新しい事実を探り出しているからである。永井さんは同書を最後の本とされるが、それはあまりにも残念なことだ。

里見弴先生の思い出

瀬戸内寂聴（作家）

せとうち・じゃくちょう
1922年（大正13）徳島生まれ。作家、僧侶。東京女子大学国文科卒。61年『田村俊子』で第1回田村俊子賞、92年『花に問え』で谷崎潤一郎賞を受賞。73年に天台宗で得度。おもな作品に『夏の終り』『かの子撩乱』『比叡』『現代語訳　源氏物語』など。京都嵯峨野に寂庵を結ぶ。2006年文化勲章受章。

文豪の気さくな素顔

――平成十五年（二〇〇三）対談

伊藤　里見弴先生に初めてお会いになったのは、いつでしたか。
瀬戸内　私がまだ三十代で、今は七十八になるからもう四〇年も前ね。
伊藤　里見先生の終の栖になった扇ヶ谷のお宅でしたね。
瀬戸内　そうでした。小田仁二郎と一緒に里見先生のお宅にうかがったんです。小田が書いた小説を里見先生がお読みくださって、褒めていただいたというので。
伊藤　小田さんは、先駆的な前衛文学を書いて鬼才と称された方でしたね。
瀬戸内　でも先生のお宅にうかがった頃は、まだまったく売れておりませんでしたから、お褒めにあずかったことに大変力を得て、お礼にうかがったんです。秘書のようなことをしていらした方がいて……何とおっしゃいましたっけ？
伊藤　松山忠さんですね。
瀬戸内　そうそう。確か小田が松山さんと仲良しで、それで間を取り持ってくださった。松山さんの奥さんが、確か直木三十五のお嬢さんではなかったかしら。
伊藤　里見先生は兄の有島生馬に頼まれて直木の面倒をみていたことがある、と聞いたことがあります。その縁ですかね。
瀬戸内　先生がお酒が好きだというので、手土産といっても、その頃私は貧乏でしたから、菊正宗の一升瓶を二本ほど提げてうかがったんです。

伊藤　里見先生は酒にこだわりがあって、菊正宗しか召し上がらなかったから、それはいい選択でした。

瀬戸内　先生はすぐに顔を出してくださいましてね。本当に偉ぶっていなくて、私ときたら歴史的文豪にお会いするというので、緊張してコチコチになっていたのですけれど、そんなこと意にも介さず、「お前さんは誰だ?」っていうふうな顔でご覧になって。お会いしてすぐに私どもの関係を察して、まるで十年の知己のように初対面から扱ってくださったんですよ。すぐお食事のお支度が始まって、お刺身など美味しいお料理がたくさん食卓に並びまして、私たち、図々しいといいますか、もう前から何度もご馳走になっているかのような気持ちで寛いでしまいました。いまから考えると、「まぁ、あつかましい」と思うのですけれど……。こちらに遠慮をさせない、非常に優しく包み込んでくださる感じの先生でしたね。

伊藤　特に年下の人間に対して優しかった。「あなたと私」ではなく、「きみと僕」の仲でいこう、とよく言っていました。

瀬戸内　そのとき、庭の木に虫がついて困るっていう話を先生がなさったんです。そうしたら、小田が「僕が取ります」って言って、いきなり庭下駄を履いて、木に登っていったんです。私は不器用な彼しか知りませんので、もうびっくりしましてね、落ちるんじゃないかと思ってもうハラハラ。それで、後で里見先生のお話によりますと、私が「早く下りなさい、下りなさい」って言って、木の周りをグルグルと回ったというんですね(笑)。

伊藤　そのエピソードはボクも何回か聞きました。ハラハラしながら走り回っているさまが、里見先生の言葉で言えば、「かわいらしくて、面白かった」って。

瀬戸内　そのとき庭に、雀がたくさん来てね。私の目の前でご飯の残りをパッとおやりになる。すると雀がパーッと寄ってくるんです。ちょうど、北原白秋の雀のお話みたいな感じでしてね。ああ、こういうことをして遊んでいらっしゃるんだなぁって思いましたよ。

伊藤　会われる前と後とで、イメージの隔たりはありましたか。

瀬戸内　何と言ったって歴史的な文豪ですからね、その頃はもう雑誌にも滅多にお書きにならなかったでしょう。里見先生がたまにお書きになられたら、それは大変なことでしたもの。そういう時代ですから、お会いするというだけでも緊張しているのに、偉い方という印象をちっとも与えませんでした。たまたまその日、何か字をお頼まれになっていて、さらさら、とたくさんお書きになりました。そのとき書き損じた「夢」という字がありましてね、「これは、失敗した」と横にのけられたんです。私が「捨てるのですか?」と聞くと、「失敗したからね」と、次をお書きになった。「じゃあ、これ私にください」といただいてきて、それを表装していまでも持っております。

伊藤　その後、常照皇寺でバッタリ会われたそうですね。

瀬戸内　あれは、まったくの偶然なんですよ。そのとき私は髪があったので、まだ出家する前、京都の御池通の近くに住んでいた頃だと思います。常照皇寺の桜は遅いものですから、市中の桜が全部終わった頃、行ったんです。そうしたら若い女の人を二人お供にした、こげ茶色の宗匠頭巾をかぶり、茶人か俳人のような小さな老人に、住職が声を荒げて「おいおい、こっちへ勝手に入ってきてはならん」って威張っているんです。私がすぐに気がついて「あっ!」と言ったら、先生も「おっ! よくこんなところで会ったね」と。常照皇寺のご住職が、里見先生のことをよく存じ上げてなかったんです。ですからその後、住職はお茶を出すやら、お菓子を出すやら、寺を開かれた光厳天皇の話をするやら、おおわらわ（笑）。その日は帰りに周山街道の「登喜和」で牛肉を買って帰り、常宿にされていた「佐々木」ですき焼にするのだということで、私も付いていってご馳走になりました。「佐々木」といえば、あなたたちのあの「風花」の素人劇は面白かったわね。

「風花」

伊藤　あれは朝飯時に、「押入れの奥でこんなものを見つけました」と女将の達子さんが古びた冊子を里見先生の前に置いたんです。三〇年前にＮＨＫで放送された里見先生の放送劇の脚本でした。

瀬戸内　それを私のために演ってくれたのよね。

伊藤　そうでした。その日の夜に、寂聴さんが宴席を張ってくださることになっていたので、里見先生が「お返しに、これを演ろうじゃないか」ということになったんです。

瀬戸内　里見先生がわざわざ「口上」まで書かれて演出されたんでしたね。あなたや、先生のご友人だった京都の田口俊夫さん、お茶屋「みのや」の娘、薫ちゃんが出たのね。

伊藤　でもしょせん素人芝居ですからドタバタで、真面目にやればやるほど笑いを誘いました（笑）。その中で薫さんの「風花どすえなァ。おお、さぶ」がピタッと決まった。

瀬戸内　あれはとてもお上手でしたよ。先生がすっかりお喜びになって、とても楽しかった。

伊藤　あのドラマは杉村春子、中村伸郎、宮口精二など、当時の名優が出演したんです。

瀬戸内　そういうとき先生は、それが舞台で演じられるように監督をなさるんですけれど、うるさいんですよね（笑）。いちいち「そこは違う」とか「そこはこうやれ」とか。でも、本当に楽しんでいらっしゃるんです。あれだけの大家でいらして、人から仰ぎ見られて畏れられているのに、あんなに無邪気にお喜びになる。ほかにはああいう方はいらっしゃらないと思いますよ。

伊藤　その後でしたか、スッポン料理屋の「大市《だいいち》」へ行ったときに寂聴さんが、すすっと仏壇の前に行って、お経をあげられたのは。

瀬戸内　いえいえ、違うんですよ。あれは、里見先生があげろっておっしゃったのよ。

伊藤　そうでしたか。

里見と信仰

瀬戸内　里見先生の最晩年に、変な言い方だけれども、いまのうちに先生にいろんなことを聞いておきましょうという「新潮」の企画がありましてね。私が鎌倉のお宅にうかがって、長い時間をかけていろんなことをおうかがいしたことがあるんです。里見先生に「あの世はあるとお思いですか？」とうかがいました。すると一言の下に「ない」って。「じゃぁ、信仰はおありじゃない？」と言うと「ない」とおっしゃったんです。「もしも亡くなったら、先立たれている、昔仲のよかった方や、愛しかった方にお会いになる楽しみはないのですね」と聞くと、「そんなものはない」と。「死ねば無だ」と三回くらいおっしゃった。

伊藤　でも彼岸にいかれた方への思いはいつも持っていらした。里見家のお茶の間は、鴨居にご両親や肉親、一緒に暮らしたお良さんの写真も掛かっていました。先生はよく「亡者の部屋だ」と言っていましたね。

瀬戸内　そうでしたね。でもあの頃、日本の小説家というのは信仰を持たない、と言われていましたから。それはそれで、私は納得したんです。先生の時代の方で、西洋の文化、文学の影響を受けていると、信仰なんか持たないんだなって思っていたんですよ。ところがその「大市」では、古いおかみさんが亡くなった直後だったんですね。店は玄関を上がって奥の間に行く、すぐのところにお仏壇があって、そのお仏壇を先生がチラッとご覧になり、「あ、そうそうおかみが死んだんだね。お前さんがチンしてやれよ」って、私におっしゃったんです。「それじゃあ、死んで何もない、無だ」とおっしゃっていたのはおかしいじゃないかと、私は内心面白く思いました。「無だ」と頭では思っていらっしゃるのだけれど、お仏壇を見たり、亡くなった人の写真を見ると、自分は照れくさいけれど、「おがんでやれ」とおっしゃるんですね。

伊藤　般若心経をあげられていましたね。里見先生が帰りの車の中で「寂聴さんは、いい尼さんになったね」とポツリと言ったのをよく覚えています。

瀬戸内　それから私に、「俺は死んでも、坊主との付き合いがあんまり多くて、鎌倉に偉い坊主がいっぱいいて、みんな来てお経をあげたがるだろうけれど、うるさいから、そういうことは一切させない。でも死んだらお前さんが来て、枕経くらい、あげな」とおっしゃったんですよ。それを私は覚えておりましたから、里見先生のお通夜のときに「枕経をあげさせていただけますか」とうかがいましたら、ご家族が「どうぞ」と。それで、阿弥陀経をあげさせていただいたんです。白い棺があって、その上に先生がいつも使っていらした九谷焼の徳利と盃があって、お酒が満たしてあるんですね。悲しくて涙が突き上げてくる感じで、うまくお経があげられない。泣きながら最後まであげましたら、その場にいた阿川弘之さんに「瀬戸内さん、坊主のくせに、下手なお経で、泣きながらお経をあげるなんて最低だよ」なんてからかわれたことがあります。先生は私に「死んだら無だ」っておっしゃいましたけれど、泣きながらあげているお経を、お棺の中で「下手だなぁ」と笑いながら聞いてくださっているんだなという実感が、私には伝わってきました。

伊藤 その話で思い出しました。永井路子さんとの対談でしたが、お良さんが亡くなったときに、東慶寺さんがいらして、お棺の脇でお経をあげた。そのうちにどうしたことか泣き出したと、里見先生が話をされたんです。

瀬戸内 あの井上禅定さんが。

伊藤 ええ。それで里見先生は「坊主が経をあげて泣いちゃしようがねェ」って。

瀬戸内 まっ。私と一緒だわ（笑）。

伊藤 この話には後日談があるんです。里見先生が亡くなった後にボクの編集で追悼号を出したのですが、その中で禅定老師が里見発言に反撃しているんです。あれは別の和尚だ、と。自分は「医者と坊主は頼まれなきゃ行かない」をモットーにしてるって（笑）。

瀬戸内 坊さんが泣いたって、悪いことないのに（笑）。

伊藤 ところでこちらのお部屋に置かれているこの像、高村光雲の観音像は、里見先生が那須の別荘に、非常に大事に飾られていた像ですね。

瀬戸内 分からないの。出家したときに「お前さんが出家して、何かあげたい。何もないのだけれど」とおっしゃってくださって。その後にいただいたのがこの観音様です。高村光太郎と聞いた覚えがあるけれど、高村光雲のものなのでしょうか。高村光太郎があんなに彫れるかしらと思っていたのですが。よく考えたら、高村光雲のものを、高村光太郎さんが先生に差し上げたのではないかしら。素晴らしい観音像なのですけれども、ひょいっと渡されてね、「俺が持っていても宝の持ち腐れだから、お持ち」なんておっしゃって。私もその場では開けませんでしたから「ありがとうございます」なんて言って。あんまりにも気軽にくださったものだから、いただいていいものだと思って頂戴したんです。お家に帰って開けたらびっくり仰天でね。お家の方に電話して「大丈夫なのかしら、酔っ払ってくださったんじゃないかしら」と聞きました。そうしたら、「あれはね、前から瀬戸内さんにあげたいって、話していた仏像ですからいいんですよ」って。それで頂戴したんです。

志賀直哉との相克

伊藤　作品についてはいかがでしょう。白樺派ということでも結構ですし……。

瀬戸内　私は、ぜひ言っておきたいことがひとつあるのですけれど、志賀さんとの関係ね。そのことについて、私はあまりよく存じ上げなかったのですけれど、先生と割合に親しくなってから、鎌倉のお宅でお話をうかがいました。「新潮」の対談の前に、ほかに誰もいない、先生と一対一のときに、「おまえさん、小説を書くなら、ただ誰も彼もいい、いいと思っちゃだめだよ。恥を受けたりした場合は、それを何年も恨みに思い続けなければいけないよ」とおっしゃったんです。なぜそんな話になったのか、覚えていないのですけれども、私はお人好しでオテンテンだったから、おっしゃったのかもしれません。続けて「僕が若いときに、志賀とけんかして、志賀から絶交状をもらったんだ」とおっしゃるんです。

伊藤　あれは、大正五年（一九一六）です。我孫子に住んでいた志賀直哉の所へ遊びに行く約束をしていたにもかかわらず、何の断りもなく約束を反古にしてしまった。そうしたら「汝けがらわしきもの」と書かれた差出人の署名のない葉書が届いた。それは志賀直哉からのものだったんですね。それで八年間絶交になったのでした。

瀬戸内　先生は「その葉書を自分の仕事机の前の壁に貼って、八年間貼ったまま、いつも仕事をする前にそれをじっと見て、志賀の絶交状を眺めながら、悔しい、負けるものかと思いながら書き続けた」とおっしゃいました。「これくらいの気持ちがないと、小説なんか書けないよ」と。

伊藤　里見先生の作品で、お好きなのは何でしょう。

瀬戸内　里見先生の小説は、変な言い方かもしれませんが、もっともっと見直されて、再評価されるべきだと思います。例えば、志賀さんは小説の神様のようにいわれていますけれど、私は志賀さんよりも里見先生の小説、ずっとお上手だと思うし、里見先生がお書きになったものが「小説」なのだと思います。先生は泉鏡花をとてもお好きで、いつも「鏡花先生」とおっしゃって、心から泉鏡花のことを尊敬なさっていました。日本の文学には二つの系統があって、ひとつは泉鏡花、里見弴、ずっと下ったら岡本かの子、さらにそれは三島由紀夫に続いているわけですけれども。そしてもうひとつが、志賀直哉さんの系統、つまり阿川弘之さんまでの系統ですね、この二つがあると思うんですよ。私は、泉鏡花、里見弴の系統のほうが好きなんです。先生の作品のなかでは自伝のような……。

伊藤　『安城家の兄弟』ですか？

瀬戸内　『安城家の兄弟』は、もう読み出したら面白くて止められませんでした。こういうところがお上手なんだなと思ったのは、震災の場面がありましたよね。震災のときに、ご自分は東京の色街の女のところに行って、居続けているんです。それで地震がきて、そこの女たちを連れて避難している。ご本宅は逗子にあって帰れないんですね。色街の女たちの面倒を見たことを散々書いている。それやこれやで帰ってきたら、夫人の様子がちょっとおかしくて、どうやら先生のいない留守中に手伝ってくれた若い人と何かあった、というくだりがあるんです。小説だから事実と違うと思うのですけれど、そのとき主人公が自分の妻を責めて責めて、あんまり責めるから、妻が苦しくなって吐くんです。すると一生懸命背中をなでて「苦しいだろう。もっと吐けば。もっと吐けばすっきりするよ」って言うんですよ。私はそこを読んでいて、吹き出してしまってね。そういう突如としてユーモラスなところが出てくるんですよ。まあ、自分は勝手なことしておきながら、自分の妻が間違いを犯したら、それを許さないで「吐け、吐け」って、〝ものを吐く〟のと、〝事実を吐く〟のとを一緒にして背中をなでているのが、本当におかしくてね。おかしいと思うのは私だけなのかもしれませんけれど、でもやっぱりおかしいですよね。そういうところは、ほんとにお上手です。それから、小説家というのはしゃべらない人と、よくしゃべる人といますけれども、先生は、日常の話術がそのまま小説でしたね。

伊藤　大正の中頃から「小説の小さん」と呼ばれたのがうなずけます。

※この対談は、平成十六年（二〇〇四）一月、有島武郎、有島生馬、里見弴、三兄弟の父祖の地、鹿児島県川内《せんだい》市（現・薩摩川内市）に「まごころ文学館」が開館した折、館内で放映するビデオ用に寂庵で収録したものである。

里見先生は晩年、あまり旅行されなかった。山荘のあった那須と京都は例外である。それは、京都に気楽に泊まれる宿（対談の中にも出てくる「佐々木」）と旨い物があるからだ。そして遠慮なしに語れる友がいるというのがもうひとつの理由だった。その友の一人が瀬戸内寂聴さんである。京都へ行くと寂聴さんや祇王寺の智照尼に声を掛けられて嵯峨野鳥居本の「平野屋」で鮎を愉しんだり「大市」の丸鍋をつっついた。

京都の行き帰りはボクの車だった。里見先生はいつも助手席に座られて通過する町にまつわる作家のエピソードを話してくださった。それはひとつの文壇史といってもよい。長丁場の運転に飽きさせまいという配慮からか、道中、先生は決して眠られることはなかった。

鎌倉文士万華鏡

石原慎太郎（作家・東京都知事）

いしはら・しんたろう
1932年(昭和7)兵庫生まれ。作家、東京都知事。一橋大学在学中に『太陽の季節』を書き、芥川賞を受賞。68年参議院全国区に出馬、当選。作家と政治家を両立させた。72年参議院から衆議院に転じ、環境庁長官、運輸大臣を歴任。99年から都知事。著書に『化石の森』『弟』『国家なる幻影』など。

個性むきだしの文士たち

――平成十七年（二〇〇五）「かまくら春秋」一月号掲載

伊藤　作家の永井龍男さんに「昭和の三大青春小説を選ぶとすればどのような作品になるでしょうか」とたずねたところ、田中英光の『オリンポスの果実』と三島由紀夫の『潮騒』、そして、石原さんの『太陽の季節』を挙げました。

石原　初めて聞きました。うれしいですね。個性派ぞろいの鎌倉文士の中にあって、なかなか気難しいところのあった永井さんだけに、なおのことね。

伊藤　この三つの作品に共通しているのは、舞台が海であることです。『太陽の季節』が昭和三〇年に「文學界」に発表されてから半世紀、時代も人も、そして、湘南の自然も町も大きく変化しました。

石原　引っ越してきたのは戦後すぐのことですから、湘南にはずいぶん長く住んだことになります。その間の変貌たるや驚くほどです。湘南中学（現湘南高校）に通っていた当時は、湘南といえば、葉山から逗子、鎌倉、藤沢、そして、大磯あたりまでをテリトリーとするイメージがあって、そこに暮らし、通学していることが誇らしくもあったのですが――。殊に、鎌倉から逗子に自動車専用道路ができた当時、ヨットから陸を眺めては、これで湘南は終わりだなと落胆したものです。

伊藤　海自体の変化はいかがですか。

石原　日本近海いずこも同じでしょうが、海の輝きは昔とずいぶん違ってしまったように思います。水は濁り、いまでは大島を過ぎて利島まで行かないと水はダメですね。昔は東京湾でも相模湾でも鯨がいました。鮫はいまでもいますが、水も濁って、海の輝きが昔とだいぶ違うような感じがしますね。

伊藤　かつての風光とは大きく違ってしまいましたが、それでも海はいまなお古都鎌倉の特色の一つであることに変わりありません。行政側に立って考えてみると、決して〝使い勝手〟のいい町とはいえないとは思いますが、三方を丘陵に囲まれ、一方が海に開かれた鎌倉は、母親の胎内で守られているような安心感を住民に与えてくれます。

石原　昔風にいえば、攻めるに難く、守るにやさしい町。車やバイクでやって来ると、峠はあるわ、道は狭いわで、その難攻不落ぶりは肌で感じられます（笑）。海ばかりでなく、古都として江戸よりはるかに歴史のある鎌倉には、見どころがたくさんあります。町並みにしても、例えば、由比ヶ浜通りの商店街などしっとりとして、とてもいい。いまは湘南といっても、私に言わせれば、どこもズタズタになってしまった。かろうじて鎌倉だけが、かつての面影をとどめているといった感じです。湘南の「核」にそのような古都があるということは素晴らしいことです。私がよく話すのは、帝国ホテルをつくるために東京にやってきたフランク・ロイド・ライトのことです。彼は、東京の街並みを「こんな美しい街は見たことない」と日記に書いている。寛永年間、イギリスの写真家が愛宕山から撮った江戸のパノラマ写真は息を呑むほど美しい。瓦屋根と白壁が並んで、しっとりしたモノトーンの街なんです。そんな街並みを目にしたライトは、コンクリートをやめ大谷岩を使うことにしたのです。そういった美しい街並みを部分的に残そうとしても、東京ですと結局つぶされてしまう。

伊藤　石原さんは単に文章の上での鎌倉びいきではなく、ご多忙なのに鎌倉に出没されて酒までお飲みになっている（笑）。

石原　非常にユニークで個性豊かな「かまくら春秋」もいつも愛読しています。あなたの編集方針から小渕（恵三）総理が唱えた「地方分権」のことを考えさせられますが、実際には中身がなくて分権とは程遠いのが現状です。田中角栄の列島改造論でやったのでは、同じような街ばかりできる。そうではなくて、それぞれのローカリティーを生かせばいいのに、なかなかそういう発想が出てこない。

伊藤　雑誌、とりわけタウン誌というのは自然の美しさ、文物の古さを強調するだけでは不十分です。大事なのはそこに生活する人間です。

石原　知事としても、東京から日帰りで行けるところとして、外国人には鎌倉を紹介しなさいと担当者に言っているのですが、実はそうしたインフォメーションにしても、外国人たちへの気配りが足りない。そのあたりがもどかしい。

伊藤　自分の街だけが大切という狭い郷土愛ではなく、地方の都市が連帯して互いに魅力を紹介しあうというのでなければいけないと思います。漫画界の大御所、横山隆一さんは「飲み屋は一軒だけポツンとあるのでは魅力がない。二、三軒あるから行こうという気になる。一軒だけあれば独占できると思いがちだが、そうではない」と話していました。

石原　今日の日本のメディアのあり方についてはどう思われますか。

伊藤　タウン誌論ということで言えば、隣の人、自分の身近な存在が、一番大事な読者であるということです。隣の人が満足しないようなタウン誌は魅力がない。決して高等な内容だけがいいのではありません。

石原　東京にも下町や、矢切の渡し、柴又の帝釈天周辺、谷中など〝江戸前の東京〟といった地域がありますので、そのようなタウン誌があっていいと思うのですが……。

伊藤　人の匂いが誌面にないものはだめだと思います。風景は人があって存在するとよく私は言っています。美しい風景だけだったら一度で十分かもしれません。そこへ二回、三回と行くのは、自然の美しさだけでなく、そこに住まう人の魅力があるからではないかと思います。鎌倉の魅力の一つには文学風土も挙げられます。その風土を培う上で大きな役割を果たしてきたのが、石原さんもよくご存知の鎌倉文士と呼ばれる作家たちでした。単に作家がたくさん住んでいたというだけではなく、例えば、鎌倉カーニバルの開催や古都保存法の制定に久米正雄や大佛次郎が率先して取り組んだように、鎌倉は文士なしに語れないところがあります。

石原　逗子に越してからは、東京からの帰りの横須賀線の車内で文士たちに会えるのが大いに楽しみでした。文壇にデビューしてから間もない頃でしたが、小林秀雄、永井龍男、高見順といった作家たちの輪に加えてもらって、あれこれと見聞きし影響を受けましたし、文士といった種族の恐ろしさのようなものも教えられたように思います。

伊藤　その恐ろしさは、私も骨身に沁みて体験した口ですからよく分かります（笑）。車中では、具体的にどのようなエピソードが記憶にありますか。

石原　例えば、高見さんと永井さんの火花を散らすような皮肉の応酬もその一つです。まだ怖いもの知らずだった私は永井さんに、「永井さんはどうも高見さんのことがお嫌いのようですが、なぜですか」とたずねました。永井さんは、ちょっと驚いたような、戸惑ったような表情を浮かべながら、「あいつの愚痴がイヤなんだ、物書きなんてものは誰でもどこかに弱いものを抱えているのに、あいつときたら自分一人がそうなんだと言わんばかりにぼやいてみせる。聞かされるほうは迷惑なんだよ」と答えました。

伊藤　文士たちの中でも、ことにその存在感が大きかったのは里見弴先生だったと思います。里見先生が存在しなかったら、小林さんも永井さんも、頻繁に同じテーブルで盃を重ねることはなかったかもしれません。

石原　包容力といったものがあったということですか。里見さんには何度かお目にかかったものの、行き来はありませんでした。

伊藤　小林さんにしても、結局のところ、里見先生の掌の上で遊ばれていたというか、甘えていたのだという気がします。永井さんにしても同じことがいえます。

石原　ある意味で小林さんはみんなに甘えていたし、それをみんなが許していたところはありましたよね。里見さんはきっと、たしなめるところはたしなめていたのでしょう。

伊藤　久米正雄さんが亡くなって四〇年のときに会を開くことになり、コーディネーター役をさせられたことがありました。発起人を小林さん、小島政二郎さんに引き受けていただき永井さんにもお願いにあがったら、小島がいるからヤダと駄々をこねたんです。永井龍男と小島政二郎は知る人ぞ知る犬猿の仲でしたからね。里見先生に事の顛末を説明すると、「私的な感情をこういう場に持ち込むな。そう永井君に伝えなさい」と厳しい表情を見せたことを思い出します。

石原　里見さんは親分肌だったんですね。

伊藤　公と私のケジメは厳しかったですね。永井さんには小林さん以上に気難しいところがありました。しかし、時に、「ストリップショーは脱ぐものだけど、税務ショーは脱がせるものだ」といった、うまいジョークを口にして周囲を和ませるような一面もありました。

石原　私も聞いたことがありますよ。女の子を後ろに乗せてかっこよくバイクを飛ばす若者の姿に、「昔は夜バイだったが、いまはオートバイだ」なんてね（笑）。それにしてもあの頃の文士たちは個性むき出しというか、本音でぶつかり合っていましたね。いまの時代は、自分の個性を隠して如才なく、といった印象で本当の付き合いにはなっていないような気がします。それは作品にも現れているのか、例えば、新人賞の銓衡《せんこう》委員をしていて、こいつにはいつか置いていかれるなあといった畏怖の念を覚えるような若手はいなくなりました。

伊藤　それは銓衡委員の顔ぶれにも畏怖を覚える存在がいないともいえませんか。

石原　そう言われてみると、そうかもしれませんね。実は私も銓衡委員の一人ですから（笑）。

小林秀雄の殺し文句

伊藤　銓衡会といえば、『太陽の季節』が芥川賞に選ばれるとき、佐藤春夫が、こんな作品を書くようでは「慎太郎」ではなく「不慎太郎」だと発言したことを思い出します。

石原　佐藤さんに対しては恨みも何も持ってはいません。彼の書いた小説や詩に好きなものもあります。ただ、けしからん小説だ、「不慎太郎」だと非難した佐藤さん自身、いい年になってから中年女性に惑い、えげつない表現で相手の女性の肉体的なことを『日照雨《そばえ》』という小説に書いて、たまげたことがありました。佐藤さんにはたくさんの弟子がいました。その一人、柴田錬三郎さんに「あの小説はいったい何ですか」と意見を求めたところ、「いや、あれには弟子たちも困っているんですよ」と困惑していました。好き嫌いは別にして、『太陽の季節』をむきになって貶《けな》してきた佐藤さんの存在は面白かった。貶すといえば、小林秀雄さんも「相手を貶して磨くんだ」と話していましたね。

伊藤　小林さんには、ボクもだいぶいじめられました。磨かれるほうは大変です（笑）。

石原　小林さんは水上勉さんの作品を「華がある」といって、ずいぶんと買っていました。ところがいつだったか、小林さんは水上さんを呼んで、みんなのいる前で、うちの女房が君の小説をこんなふうに評していたよといった言い方でいびり始めました。周りには、永井さんや今日出海さん、横山隆一さんらがいたのですが、知らん顔をしていました。私は、こんなやり方はないよなあと思いながらはじめは聞いていたんですが、そのうちに白けてきて、「批評の神様にだって知らないこともあるだろうし、もう止めましょう」と小林さんに突っかかったことを覚えています。

伊藤　そのような批評、対応の仕方は、好意的にとらえれば相手を「貶して磨く」ための手法だったのかもしれません。小林さんは永井龍男さんに対しても、いまの話と同じ手法で「最近のお前の小説はちっとも面白くない。俺は読んでないけど、女房がそう言っていた」と相手を挑発するようなものの言い方をしていたことがありましたから。

石原　それはずるいなあ。フェアじゃない。

伊藤　相手には最もこたえるやり方ですね。こういったときにも里見弴という存在は大きかった。永井さんは文化勲章を受けられた直後でした。永井さんから、里見先生のところに今日案内してくれないかという電話があり、お伴しました。里見先生のお宅で席に着いた途端に永井さんは、「小林が、作品が面白くないというのは許せます。しかし、その後が癪に障るじゃありませんか。俺は読んでないけどって言うんです。これが小林の殺し文句です」と盛んに愚痴っていました。里見先生は「それはネー、君が今度の受章で安心しては困るという小林君一流の激励だよ」となだめていましたが――。

石原　小林さんは、本当に変な人でした（笑）。ただ、強烈な自我と個性がありましたね。

伊藤　揺るぎない生き方のスタンスを持っていたと思います。小林さんに悔しい思いをさせられた永井さんだって、結婚の際、吉川英治さんに仲人をしようかともちかけられて、わたしはそっちの方向へは行きませんので――と断ったといいます。つまり、自分は中間小説を書くつもりはない、純文学の道を進むのだという矜持《きょうじ》をはっきりと示しておきたかったのでしょうね。鎌倉の文学的な風土は、文士たちが繰り広げた、そういった数々のドラマに培われてきたといえます。

石原　小学校のとき、逗子から鎌倉へ全校でハイキングに出かけたことがあります。そのとき、妙本寺に立ち寄りました。海棠の花が盛りだったのを覚えています。大人になってから、ハイキングの日と前後数日の違いもない晩春のある日、一人の女性を巡って対立関係にあった小林さんと中原中也がやはり海棠の花を眺めていたことを知って、鎌倉にはそういったエピソードがあちらこちらにあるんだと、あらためて感心したものです。

伊藤　小林さんという人には不思議な魅力がありましたね。例えば、人の死さえ〝文学〟にしてしまうような雰囲気を持っていたように思います。昭和十二年（一九三七）十月、中也が亡くなったとき、小林さんは中也の枕元で懐手をして立っていました。終戦の翌々日に島木健作が死んだときも同じように立っていました。もちろん実際に目にしたわけではありませんが、小林さんには、そこにいるだけで、その状況を絵にしてしまうようなところがありました。

石原　川端康成、林房雄ら、今日は言及するチャンスがなかったけれど、鎌倉にはほかにもある種のひねくれた、面白い文士たちがたくさんいましたね。人間には、肉体的にも精神的にも拠って立つ確固とした地域、言葉を変えれば、「帰ることのできる場所」といったものが必要です。文士たちにとって、鎌倉はそのような条件を満たしていたのだろうと思います。

伊藤　「かまくら春秋」に連載している三木卓さんはじめ、井上ひさしさん、若手の藤沢周さんなど、鎌倉には現在もたくさんの作家たちが暮らし、執筆しています。

石原　時代というのは流れていくもので、変化を容認できなかった人は生きていけない。しかし、いい変化と悪い変化があります。若い人が創る新しい風俗にも、なかなかいいものがあります。

伊藤　もちろん。すべて昔がいいというわけではありません。常に時代というものが新しい何かを生み出してきたことによって現在があるわけですから。

※この対談は東京ＭＸテレビ放映「東京の窓から」の一部を再構成したものです。

対談回想

この対談はテレビの番組で行われたものだ。この番組を大学の授業の中で何回か学生に見せたことがある。そのたびに学生たちの「エッ、石原さんて小説も書けるの」とヒソヒソ話が聞こえる。

同時に、普段テレビで見るのとはまったく違う石原さんの穏やかな表情にびっくりする。少年のように生き生きしているという。確かにそうだ。編集者としては早く政治家をやめて小説一本の生活に戻っていただきたい。

朗読は魂を抱擁する

白石かずこ（詩人）

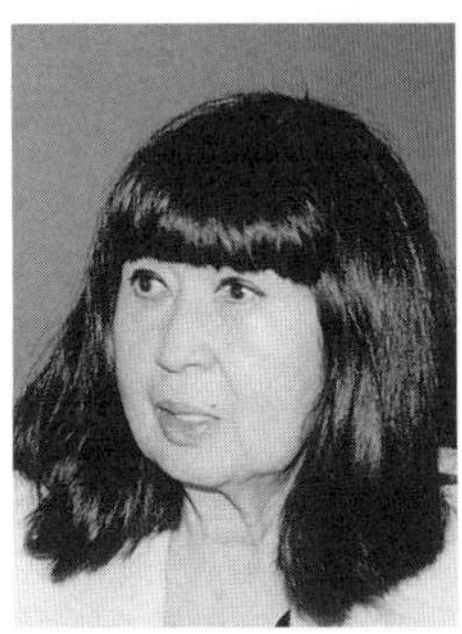

しらいし・かずこ
1931年（昭和6）カナダ生まれ。詩人、作家。早稲田大学文学部卒。ビート詩人、ジャズなどの影響を受け、日本的抒情を排したグローバルな“白石ワールド”を創り上げている。おもな詩集に『聖なる淫者の季節』『現れるものたちをして』など。09年、『詩の風景・詩人の肖像』で読売文学賞受賞。

詩を朗読するということ

――平成十七年（二〇〇五）「かまくら春秋」八月号掲載

伊藤　六月十七日に鎌倉芸術館で開催した「女性による詩と名作朗読の会」は、おかげさまで大勢の方にお集まりいただきました。若い詩人の中に交じった白石さんの朗読を聞いていて、堀口大學さんがふともらした「年が口をきくものだ」という言葉を思い出しました。第一次世界大戦をはさんで七年ぶりに再会したマリー・ローランサンのことをそう評したんです。

白石　まあ、皆さんより年を重ねているのは間違いありませんね（笑）。あの舞台では、まず軽いおしゃべりから始めたんです。私の詩そのものは難解なので、少し雰囲気をやわらかくしておこうかと思って。そうしたら客席から笑い声が聞こえたので、ちょっとほっとしました。

伊藤　今回白石さんが朗読されたのは、『動物詩集』『新動物詩集』からの数篇と、『聖なる淫者の季節』からの抜粋でしたね。

白石　割と年配の人もいらしたので、あまり毒気の強くないのを読もうと思ったんですけど、若いときに作った詩だから結構ワイルドでした（笑）。

伊藤　ジャズの演奏と一緒に長い詩を読むことが多いという話に続けて、「十年かけて書かれる小説があるのだから、十年かけて書かれる詩があってもいい」という前置きで『聖なる淫者の季節』の朗読に入られましたね。

白石　あの詩はいま読むにはもう古くてリアリティーがないんじゃないかと言われたりもしたんで

す。でも私自身が、「おまえの悪魔の魅惑と同じくらいおまえの天使のそっけなさを愛するであろう」というあたりのフレーズがすごく好きなものですから。

伊藤　日本では、現代詩の朗読はなかなか馴染みにくいという風潮がありましたが。

白石　私が朗読を始めたのは、一九六〇年代の半ばです。その少し前、五〇年代の中頃に、アメリカで詩人のアレン・ギンズバーグたちがジャズ演奏と朗読のコラボレーションを始めていたんです。

伊藤　アレン・ギンズバーグといえば「ビート」、つまりビート族と呼ばれ五〇年代カウンターカルチャーの最先端をいった若者たちの文化を牽引した人物ですね。そこから詩の朗読が生まれたんですか。

白石　ニューヨークでギンズバーグが最初に詩を朗読したときに、彼はものすごい攻撃を受けました。なぜなら彼は、アメリカ白人社会の中に潜んでいる、貧困・黒人問題・麻薬・同性愛とかそういうところに目を向けて、そこで喘ぎながら生きている人たちがいるというすごいダイナミックな詩を書いたからです。そのとき、彼の本質を見抜いて、自分の住むサンフランシスコに招いたのが、ケネス・レックスロスでした。

伊藤　レックスロスは、白石さんが「アメリカ詩のゴッドファザーみたいな」という詩人ですね。

白石　彼はギンズバーグの詩を読んで、「昔の聖人というのは社会をよくするように導く人だった。彼はそのような詩人だ」と言って、非難を浴びているギンズバーグや彼の仲間たちがサンフランシスコで朗読できる場を提供したんですね。レックスロス自身、ジャズが好きで、ベーシストのチャーリー・ミンガスの演奏と一緒に朗読したレコードもあるぐらいなんです。そうこうするうち、やがて一つのムーブメントが生まれ、間もなくギンズバーグの本も出る、ビートの作家ジャック・ケルアックの『路上』なども出て、そういうものがいち早く日本で翻訳されもしたんです。

伊藤　その流れを日本で敏感にキャッチしたのが、白石さんだったわけですね。日本で詩の朗読を始めたとき、周りの理解というか、風当たりはどうだったんでしょうか。ボクの周囲の詩人でも、どちらかといえば詩の朗読に「反対」が多かったですね。

白石　猛攻撃を受けました。私を理解してくれていると思っていた先輩ですら批判的でしたね。「現代詩というのは黙読するものであって、声に出すものではない」って言われましたから。

伊藤　白石さんにもご協力いただいて、JTのバックアップで詩のコンテスト、十年やりましたよね。白石さんとねじめ正一さんが例外で、はじめの頃は荒川洋治さん、田村隆一さんなど、コンテストがスタートした頃、朗読はあまり乗り気ではありませんでしたね。

白石　私はジャズもブルースも大好きだったし、そうした音楽と詩の朗読をドッキングさせてもう一つの世界を作っていくということが、まるで音楽の上を泳いでいくみたいですごく楽しかったんです。あるときは穏やかだったり逆に波をかぶっていくようだったり、ここのところはフォルテで行こうとか、もっとビートを早くしたくて「タッタッタッタッタッ」という読み方にしたり……というふうに。

伊藤　詩のBGMとして音楽があるのではないんですよね。

白石　もちろんそうです。詩と音楽と両方が闘いあって、メイクラブして結婚して喧嘩して……と、お互いがクリエイトするんですよ。あとは、詩によってはただふつうに読むよりも、音楽と一緒になることによって、耳から快い別の風景が現れてくるものもあります。『メモリー・オブ・ジョー』という古い詩があって、「ジョー、ビリーはスコッチを飲んでいる……」なんてギターか何かで奏でられるブルースと一緒にやると、涙が出るほどぴったりなんです。

伊藤　想像しただけでも雰囲気が伝わってきます。

白石　なかには闘争的だとか、力強いものだとか詩にもいろいろあって、リズムも違うし、ときには祈りのような詩さえある。そうすると、詩と音楽、その二つのものによって平面が立体になったり、風景が出てきたり、リズムが生まれたり、紙の中に寝ていた言葉が起き上がって歩き出す、あるいは踊り出すような感覚が起きるんです。

伊藤　詩を書いたときとはまた違った味わいがあるということなんでしょうか。

白石　詩作はひとりきりの作業でしょう。私は朗読をしないでいると鬱々《うつうつ》としてくるんです。朗読は、内側にこもっているものが声になって開放されるし、聴衆とコミュニケートもできる。長い詩を朗読したりすると、体操した後みたいに心も体もすっきりして、気持ちがいいんです。

「神」と出会う

伊藤　海外で朗読を始められたきっかけは何だったんですか。

白石　フリージャズのトランペッター、沖至さんと本格的に組んで朗読を始めたのが一九六〇年代の終わりでした。その後、七五年のロッテルダム国際詩祭に招かれて二人で公演しましたところ、大変な称賛を浴びたんです。日本国内では否定され続けていたのにね。それがきっかけで、朗読と演奏の依頼がいろいろな国から来るようになりました。そうこうしていた七七年頃、知り合いのアメリカ人の親戚でレコード会社をやっている人から、ニューヨークで第一級のミュージシャンを探してあげるからレコードを作ろうと、とんでもなく幸運な話が舞い込んできたんです。

伊藤　それで、サックス奏者、サム・リバースとの共作がレコーディングされたんですね。

白石　彼とならうまくいくかもしれないと伝えて次にニューヨークに行ったら、英訳した私の詩が渡してあって。ベース、ドラム、チェロを加えたカルテットがスタジオで待ち構えていて、いきなり録音が始まったんです。日本語が分からない人たちですから緊張したんですけど、とてもうまくいきました。中に『マイ・トーキョー』という詩があって、終わりのところで「神が落雷する」というくだりがあるんです。そこでは絶対にフォルテが欲しいと思ったとき、ドラムの人がそれまで一度も使っていないシンバルをバアーンと叩いたんです。震えてしまいましたね。なぜ分かるのかと思いました。

伊藤　ぶっつけ本番のリハーサルなしですよね。

白石　そうなんです。お互いに瞑想状態だったのかもしれないですね。極度に緊張して、必死に相手を感じて……。そのあとカリフォルニアで盲目のピアニストと一緒にやったことがあるんですが、その人には前もって詩を読んでもらう時間も何もなかったんですよ。そのときはインドの町の詩で、毎日神様がやってきて歌って踊ってという内容なんですけど、途中でちょっと寂しいところ、処刑された霊魂が悲しんで歌を歌っているという場面があるんです。そこにさしかかった途端、マーチみたいに楽しそうに弾いていた彼が、急にあの世から聞こえてくるような悲しいピアノ、私が震えるほど切ない旋律を弾き始めて……、詩とぴったり合いました。終わってから、「どうして分かったのか」と聞いたら、「僕にはＥＳＰ（テレパシー）があるから」って言ったんですよ。

伊藤　少し恐いような話ですね。

白石　うまくいく場合には、たまにそういうことが起こります。極度に緊張しているときには相手が次にどの音を出すかというのが私にも分かるし、私のほうもミュージシャンに近くなるのかもしれないですね。

伊藤　ボクはいま「聲明《しょうみょう》」の世界にすごく惹かれているのですが、聲明には倍音《ばいおん》といって音符に書けない音があるんです。十数人の声が重なった中から女性のような高音の歌声が聞こえてきたり、楽譜にないような音が本当に天上から降ってくるようなことがまれにあります。

白石　人間の存在を超えたもう一つの力が働いているという感じですね。

伊藤　すぐれた芸術作品には、人ではなくて神の手、神が為せるわざ、人間の能力を超えたものがそういう作品には内在するんだと。やはり芸術というのはそうなのかもしれないですね。

白石　そうですね。だから頭で考えていることとは別の特別なものが、ある瞬間には働くんでしょうね。私としても、「なぜ」と聞かれると困ることがあるくらいなんですよ。

伊藤　白石さんは前に、「詩を書くことは神と出会うこと」だとおっしゃっていましたが。

白石　「詩人は神に出会う者」、これは、私の友達であるアーチストが言ったんです。確かに「神」に出会うと詩は書けます。出会えなければ書けません。この場合の「神」は、インスピレーションと言葉を代えてもいいでしょう。

伊藤　なるほど。先ほどの朗読での奇跡的な体験も、「神」との出会いかもしれませんね。

白石　ロンドンにウエスト・ミンスター寺院というイギリス王室の人たちが結婚式を挙げる場所があります。そこでも一度、ロシアの詩人、アンドレイ・ボズネセンスキーらと一緒に詩の朗読をしたことがあるんですが、自分の声が塔の一番上のほうまで上がっていって降りてきたという体験をしたのです。何か詩と魂が気迫とともに塔の上まで奇蹟のハイジャンプをしたというか、その経験も、生涯忘れられないでしょう。

朗読は魂を抱擁する

伊藤　これは以前からうかがいたいと思っていたことなんですが、なぜたびたび世界へ出て行かれるんでしょう。日本は狭いですか。

白石　私はカナダ生まれなので、もともと異邦人なんです。出発点が旅人だったから、異邦へと出かけていくのは、ある意味、自然なことともいえるでしょうね。世界中に詩を通して友達がいるので、兄弟や妹に会いにいく気分といったらいいかしら。それに、ロッテルダムの世界詩祭に招かれてセンセーションを巻き起こして以来、いろいろな国からラブコールをいただくんですよ。

伊藤　すると、またそこで新たな出会いがあって、詩が生まれていくと。

白石　詩を書くということは自分の魂の内側みたいなものを書いていくことで、朗読というのはそれを読んでいくことですから。詩の朗読をするということは、私にとって、見知らぬ人と抱き合って泣いたり笑ったり感動したりできる、そういうコミュニケーションができる唯一の方法なんです。

伊藤　言葉が通じなくてもですか。

白石　国に戻れない男のことを書いた『今日のユリシーズ』という詩をスペインで読んだとき、キューバから来た作家が「もうスペイン語の翻訳なんかいらない！　君の詩はあの朗読だけでいいんだ！」って言ってました。彼も国に帰れない人だったんですけど、朗読を通して何かが伝わったのだと思います。違う言語を使う、違う人種の人たちと、朗読で魂と魂の抱擁ができたんですよね。

伊藤　魂と魂の抱擁、ですか。

白石　パリのユネスコで「WAR ON WAR」、つまりこの世の戦いをなくす戦いという主旨で集まってやったときも、朗読し終わったパーティー会場で中近東の女の人が五、六人ぞろぞろっとやってきて、「Your poetry is just like my country's poetry.」って言うんです。あら、その国の言葉と日本語ってリズムでも似ているのかしらと思ったら、その人の目から涙がぱらぱらぱらってこぼれて、「私はパレスチナから来たの」って言う。つまり、国にいられなくて逃れてパリまで来ていた、そういう人の心に私の言葉が届いたんですよ。そのとき、本当に詩を書いていてよかったと思いました。彼女の心にプレゼントできたと思って。

伊藤　それは本当に素晴らしいことですね。いろいろとひるんだりすることがあっても、きっとそういうことが詩を書き、そして朗読し続ける原動力になっているのでしょうね。

対談回想

賞に値する仕事をしているにもかかわらず、白石さんはある時まで文学賞に遠い作家だった。盟友矢川澄子に贈った「男根」という詩があまりにも強烈だったからだ。五〇年近い昔のことだ。いまであれば、どうということのないことなのに。先年、瀬戸内寂聴さんの京都の寂庵で白石さんとトークショーをやったことがある。瀬戸内さんは出演者ではなかったが顔を出してくださって、「私はかつて『子宮作家』といわれた」と発言して、会場を沸かせた。

〝生きる大切さ〟を伝えたい

やなせたかし（漫画家・童話画家）

やなせ・たかし
1919年（大正8）高知生まれ。漫画家、童話画家、詩人、作家。旧東京高等工芸（現千葉大学）図案科卒。代表作に、絵本『あんぱんまん』シリーズ。作詞に『手のひらを太陽に』、著書に『アンパンマンの遺書』など多数。近刊に小社刊の詩画集『たそがれ詩集』。現在、季刊誌『詩とファンタジー』（小社刊）を責任編集。

真のヒーロー、アンパンマン

――平成十七年（二〇〇五）「かまくら春秋」十一月号掲載

伊藤　建長寺で毎週土曜日の朝に行っている「親と子の朗読会」が、皆さんのご協力を得て三〇回を超え、連続記録を更新中です。百回を目標にしていますので、およそ三分の一以上が過ぎたことになります。その大きな節目に、やなせたかしさんをお迎えし、絵本『あんぱんまん』のシリーズから二冊を選んで、女優の牧三千子さんに朗読してもらいました。お聞きになっていて、ご感想は。

やなせ　牧さんは太鼓を叩きながら、アンパンマンの動きをうまく表現していましたね。なかなかいいなあと感心しました。今度、私も朗読するときに、使わせてもらおう（笑）。

伊藤　朗読の後、やなせさんにお話をしていただいたのですが、ほとんど歌っておられましたね（笑）。アニメの「アンパンマン」の主題歌や、登場するキャラクターのテーマソング、作詞作曲された「ノスタル爺さん」とか……。

やなせ　全国、いろいろなところから呼んでいただいて出かけていくんですが、僕は歌うために行くんです。歌わせてくれないなら、行きません（笑）。

伊藤　出来たての「鎌倉」の歌もありましたね。

やなせ　呼ばれた先では、ご当地の歌を作るようにしているんです。夕べ、鎌倉に泊まったので、七里ヶ浜のこととか、建長寺さんとか、歌詞に入れました。

伊藤　パワフルな歌いっぷりには脱帽です。すばらしいエンターテイナーでもいらっしゃる。

やなせ　朗読会で幼稚園や保育園にはよく出かけるんだけれど、今回のようにお寺というのは、初めてでした（笑）。親子連れがほとんどなので、子どもだけじゃなく親も喜ばせなきゃならないでしょう。ああしようか、こうしようかといろいろ悩みましたが、楽しんでもらえたならうれしいな。

伊藤　今日は、建長寺さんが用意してくださった龍王殿の広い方丈に、二百人近い方々が集まりました。子どもが熱心なのは分かるとして、親のほうも眼が輝いていましたよ。

やなせ　絵本『あんぱんまん』が、最初に出たのは、昭和四十八年（一九七三）です。五〇刷ほど版を重ねているのですが、あの本を夢中になって読んで育った子どもが、ちょうどいま、親になっている頃。親子でアンパンマンのファンという家族も増えてるんです。

伊藤　タイトルは最初、平仮名だったんですね。

やなせ　当時、幼児絵本のタイトルは平仮名と決まっていたので仕方なくそうなりました。だけど、僕は「あんぱん」は片仮名じゃないとピンとこなかった。それで後になって「アンパンマン」に変えたんです。

伊藤　アンパンマンが、飢えて困っている人に、自分の顔を食べさせるというシーンが強烈で、印象に残ったという話をよく聞きますけれども。

やなせ　とても面白いと言われる一方、評判が悪かったのもその場面でした。幼稚園の先生から「顔を食べさせるなんて残酷な話はやめてください」と、手紙をもらったくらい（笑）。でも、僕はこの絵本で、世界が本当に困っていること、つまり、ひもじくて苦しんでいるたくさんの人たちを救うような、そういう「真のヒーロー」を描きたかったんです。顔を食べさせる行為は大人には残酷と思えても、子どもには受け入れられた。たぶん彼らには、歌詞にこめたもっと深いところの意味が伝わっていたんじゃないでしょうか。

子どもだましの甘さは嫌い

伊藤　漫画と並行して、テレビやラジオ番組の構成・脚本、舞台美術まで、手がけてこられていますね。アンパンマンは、どんなきっかけで誕生したんですか。

やなせ　僕が書いたラジオドラマの中に、『やさしいライオン』という作品があって、これを絵本にしたところ好評だったんです。それで、次もと頼まれて描いたのが『あんぱんまん』でした。でも、最初はあんまり売れなかった。そうして五年ぐらいたった頃、近所の写真屋さんに、「あれはやなせさんの本ですか？　うちの坊主が好きでねえ、毎晩読んでとせがまれるんだけど、一冊しかないし、シリーズでもっとたくさん描いてください」と言われて、へえ、と思っていたら、その後、急に幼稚園や保育園へ人気が広がっていったんです。

伊藤　アニメーション化されたのも、その頃ですか。

やなせ　ええ。それも、すんなりとはいきませんでした。日本テレビのプロデューサーが三年間かけて、熱心に企画を上げてくれて、ようやくテレビ放映が決まったんです。その方の子どもが通ってる幼稚園では、『あんぱんまん』がぼろぼろになるほど読まれていて、そういうことを局の幹部の人たちは知りませんからね。月曜日、午後五時という、ふつうなら再放送しか流れない時間帯からスタートしました。何をやっても視聴率が二パーセントいかないといわれる枠です。しかも平成に年号が変わる前年で、昭和天皇のご病状も悪く、世の中全体が自粛ムード。番組を始めるときは、企画会議なんて、まさにお通夜ですよ。ところが、ふたを開けてみるとのっけから七パーセント。ときには一〇パーセントを越えたんです。

伊藤　どんなに時間帯が悪くても、面白ければ人気が出るということですね。

やなせ　最初、関東四局だけだったのが、間もなく全国放送されるようになりました。それでも、土曜、日曜の朝五時台に放送している地方もあって、条件としては劣悪な中、成功したのは奇跡に近いと思ってます。

伊藤　先ほど、歌を聴いていて、アンパンマンのテーマソングは子ども向けの番組にしては、歌詞の内容がとても奥深いなと感じました。作詞もやなせさんでしたね。

やなせ　ええ。ある哲学者の方のお話で、幼い孫が「なんのために生まれて　なにをして生きるのかわからないまま終る　そんなのは　いやだ！」と歌っているのを聞いて、「哲学の永遠の命題が歌われている」ってびっくりしたそうですよ（笑）。この歌はアンパンマンのテーマであり、僕の人生のテーマソングでもあります。僕は子どもの歌をつくるとき、決して幼児語を使いません。「かわいいウサちゃん」みたいな、子どもだましの甘さは嫌いなんです。

伊藤　そのほかのキャラクターの歌詞もやなせさんですか。

やなせ　全部、僕の作詞です。最近のアニメの主題歌は、売ろうという気があるので、番組内容と歌詞が全然関係なかったり、流行のリズムを使ったりしているけれど、アンパンマンの歌は、内容に即した、誰でも歌えるものにしたいと思っているんです。朗読会でも歌いましたが、カレーパンマンの歌はいい曲でね、落ち込んだときに歌うと、元気が出てくるんですよ（笑）。

伊藤　日本の愛唱歌といってもいい「手のひらを太陽に」はやなせさんが作詞されました。あの歌も、くちずさんでいるとだんだん心が明るくなるような、力が湧いてくるような気がします。

やなせ 「生きる」大切さを歌いたいと、いつも思っているんです。最近は、自殺する人が年に三万人もいるそうですね。せっかく生まれてきたんだから、生きている間は一生懸命やらなくちゃね。一日一日を大切に生きていかなくては。そういう思いをこめて作詞しています。

人を楽しませたい

伊藤 やなせさんは「詩とメルヘン」という雑誌の編集長を長い間続けてこられましたが、あの雑誌はどういう発想から始めたんですか。

やなせ 例えば、中原中也とか立原道造とか、彼らのような比較的内容が分かりやすい抒情詩を集めた本を作りたいと思って、サンリオの社長に相談したのがきっかけです。創刊号は、同人誌から詩を選んで転載させてもらって、表紙画をはじめ中面の絵もレイアウトもみんな僕一人でやりました。「編集前記」にも書いたんですが、「非常に個人的な偏見と趣味に偏して」作った本です。売れないだろうなあと思って一万五千部しか刷らなかったら、売り切れて五刷までいきました。季刊誌だったのがすぐに月刊になって、てんてこまいに忙しかったですね。創刊が『あんぱんまん』の絵本を最初に出したのと同じ昭和四十八年で、思えばその年が、僕にとって大きな転機でした。

伊藤 あの時代にカラーをふんだんに使った大判の本って、ほかになかったですよね。

やなせ そう、出た頃はなかったです。だけど、あの本が相当売れたものだから、他の会社でも追随してだいぶ出ましたね。けれども、あらかたすぐに消えてしまった。まあ、「詩とメルヘン」は僕がほとんど無償に近い形で関わってきたから続いたようなものです。でも、その編集を手がけたおかげで、僕はいろんな人に会うことができました。

伊藤　ご苦労も多かったと思いますが、回り回って、自分にいい形で戻ってきたということでしょうか。

やなせ　中原中也の元の恋人――小林秀雄が中也から奪っていった人ですけれど、彼女にも会いました。それに読者もユニークな人が多くてね。テレビのディレクターとか、歌手とか。お金の利益というよりは、こうした「人との出会い」で自分にプラスになるものがたくさんありました。それに、漠然とした自分の仕事の中に、一つの「やなせたかし」という表札ができたように感じましたね。いろんな意味で、手がけてよかったと思います。

伊藤　どのくらい続きましたか。

やなせ　三〇年目を迎えると同時に休刊になりました。五年も続けばいいかと思っていたんですが。でも、雑誌から平岡淳子さんはじめ、いま活躍している何人かの詩人が生まれました。イラストレーターも、人気者がたくさん出ましたよ。二百人くらいはいるかな。イラストレーターを育てるつもりはなかったけれど、ぼくが絵描きなもんだから、結果としてそうなったんです。

伊藤　しかし、毎日大変にお忙しそうですね。

やなせ　雑誌が終わっても、ちっとも暇にならないんですよ（笑）。だいぶ暇になるかと思ったのに、ほかの仕事がきちゃうから。

伊藤　やなせさんは、故郷、高知県にもさまざまな形で貢献されていますね。出身地の香北町《かほくちょう》（＊現在の香美市《かみ》香北町）には「アンパンマンミュージアム」が建って、大きなニュースになりましたが、全国から大勢の親子連れが訪れて賑わっていると聞いています。

やなせ　香北町は過疎が進んで、ほとんど秘境のような草深い町なんですが、いわば自分の墓の代わりにミュージアムを故郷に建てる、それを人生の最終目標にしようと思ったんです。その前に永遠の同志だった妻に先立たれて、しばらくの間、茫然自失の日々を送っていたのが、「ミュージアムを建てよう」と決意してからは、うそのように活力が湧いてきましてね。平成八年（一九九六）七月にオープンすることができました。子どもでも大人でも、誰でも気軽に遊びにくることができる、楽しめる、そういう美術館にしたかった。僕が一番うれしいのは他人を喜ばせることですから。

伊藤　さらに、高知市の東隣、南国市・後免《ごめん》駅から奈半利《なはり》駅までを結ぶ土佐くろしお鉄道の「ごめん・なはり線」は、二〇の駅ごとにキャラクターを描き、しかも電車のデザイン画まで手がけられているとか。

やなせ　最近、キャラクターデザインの注文が多くて、ちょっと困ってるくらいなんですけれどもね（笑）。アニメに登場するアンパンマンのキャラクターも、いまでは二千二百以上を数えます。絵本も全部合わせると三千万部を超えて、私も八十六歳になりました。美術館を最終目標にしようと思っていたら、実はそれがまた新しい人生の出発点で、ミュージカルを自作自演したりコンサートを開いたりと、ますます忙しくなってしまって。いまは一瞬一瞬を楽しく過ごしたい、そう思っているんですよ。

伊藤　本当に、そのパワーには圧倒されます。六十歳がシルバー世代だなんて、とんでもない。やなせさんの言葉を借りれば、「まだまだ思春期」なんですね。よく分かりました（笑）。

対談回想

この対談の後、「いまの殺伐とした世の中で必要なのは抒情の復活である」というやなせさんの考えに共鳴して、季刊誌「詩とファンタジー」を発刊した。

やなせさんの責任編集。その方針は誰でも理解できる詩。誰でも分かる絵。馬を描けば馬に見える絵。だからボクでも発行人が務まる。

聲明《しょうみょう》に魅せられて

齊川文泰（僧侶・聲明家）

さいかわ・ぶんたい
1953年（昭和28）兵庫生まれ。吉祥山實相寺住職、延暦寺学園叡山学院教授。ポルトガル、ロシア、フィンランドなどで聲明公演を行う。近年は「魚山流天台聲明研究會」を率い、チェコのプラハ・グレゴリオ聖歌隊とのコラボレーション公演をヨーロッパ各国で催行。ＣＤ「遙聲」がある。

聲明とは

——平成十七年（二〇〇五）「かまくら春秋」十二月号掲載

伊藤 齊川さんのグループ聲明を、ポルトガルやロシアなど海外も含め、もう五回ほど演出しました。あの音はその時々によって聞こえ方が違うというか、こちらの受ける感じが変わってくる。聲明というのは実に不思議な魅力を持っていますね。

齊川 聲明は、インドを起源とする仏教の儀式音楽で、諸仏を讃え、その教えに耳を傾け、己を懺悔するための音楽なんです。英語では「Buddhist Chant」といいます。

伊藤 日本に伝えられたのはやはり、五、六世紀の仏教伝来のときですか。

齊川 そうですね。浄瑠璃、浪曲、御詠歌、民謡の音頭、盆踊り歌など、日本の歌謡には聲明を母体にしているものが多い。ですから、日本音楽の原点ともいえるわけです。

伊藤 聲明でも、宗派によっていろいろとあるようですが、その中で、齊川さんが演奏されている天台聲明というのはどのようなものなんでしょうか。

齊川 天台聲明は、九世紀に唐に渡った天台宗の開祖伝教大師最澄によって伝えられましたが、これを体系的に確立させたのは慈覚大師円仁だといわれています。その後、聖応大師良忍によって京都大原に聲明の道場である「魚山《ぎょざん》」が開かれ、ここを中心に伝承されてきたんです。

伊藤 聲明というのは本来、法要や儀式のときにうたわれてきたものなんですか。

齊川 経文や真言に旋律、抑揚をつけて唱える、仏教の声楽曲です。平安時代には聲明と雅楽・舞楽の合奏曲が作られて、浄土信仰とも重なって盛んに演奏されたようです。いまでも、天台宗の法要ではたいてい聲明がうたわれていますよ。

伊藤　西洋音楽のような音階もあるんですか。

齊川　聲明にも、呼び名は違いますが十二音あるんです。一つの曲で使うのは、その中の五つ。これを漢字から、簡単な記号に置き換えたものを「五音」といいます。音の長さ、どれだけ延ばすか、演奏者自身の解釈です。でも、そこまで考えてうたっている方はほとんどいらっしゃらないでしょうね。

伊藤　ここで息継ぎをする、というような決まりもあるんですか。何だか質問ばかりで（笑）。

齊川　決まってます。でも、個人差もあるし、年齢がいくと息が続かなくなる場合も多いですしね。

伊藤　ここに、聲明の楽譜があるのですが、いわゆる西洋音楽の五線譜に相当するものなんですね。

齊川　本当に五線譜に写したものもありますが、私には、あまり意味をもちません。それより、この聲明独特の楽譜を読めるようになったとき、私は本当にうれしくなりましたね。

伊藤　素人からみると何が何やらさっぱり分からないのですが、少し解説していただけますか。

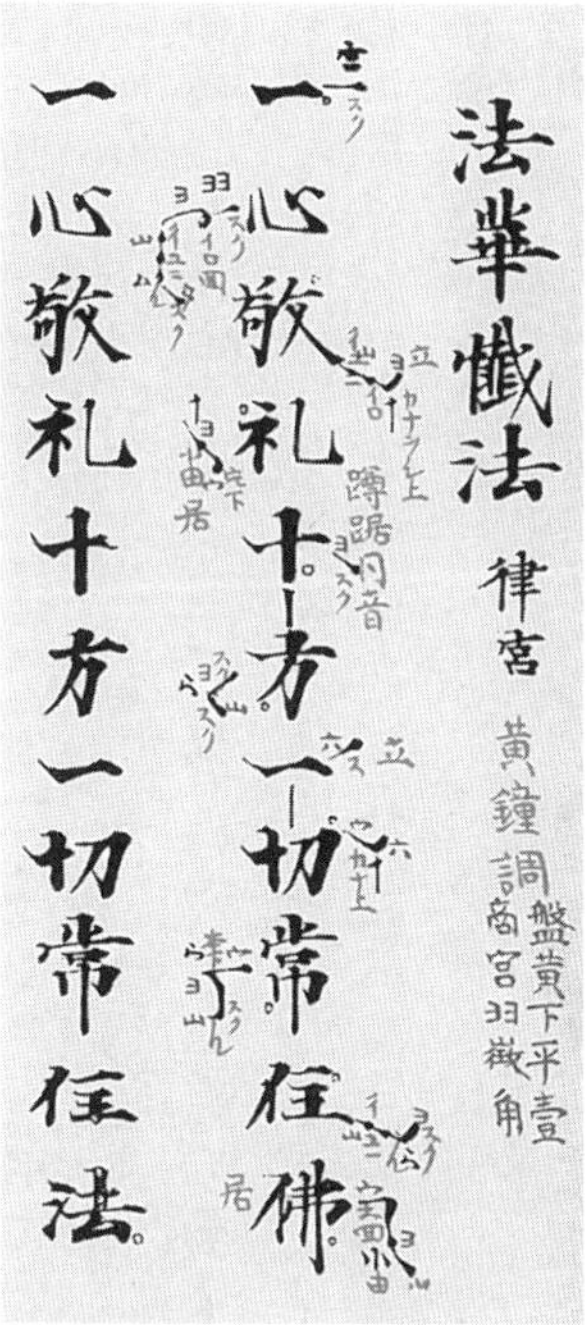

聲明「法華懺法」の楽譜（部分）

齊川　まず、一行目の頭のところに「法《ほっ》華《け》懺法《せんぼう》」と曲目が書いてあります。その下の「黄鐘《おうしき》調」というのが、この曲の調子です。

伊藤　西洋音楽でいう「ト長調」「ヘ短調」といったものですね。

齊川　それで、その下に書いてある「盤《ばん》」

は「盤渉《ばんしき》」、「黄《おう》」は「黄鐘《おうしき》」、「下《しも》」は「下無《しもむ》」、「平《へい》」は「平調《ひょうじょう》」、「壹《いち》」は「壹越《いちこつ》」でこれが音の名前。その左の「商《しょう》」「宮《きゅう》」「羽《う》」「嶶《ち》」「角《かく》」が音階です。音は全部で十二あり、それを十二律といいます。

伊藤　この、本文中の文字に付されている記号はどのように読めばいいんですか。

齊川　「商、宮、羽、嶶、角」がそれぞれ略されて、「六、ウ、ヨ、山、タ」になるんです。文字の左右に書かれていますでしょう、これが音の高さを表します。

伊藤　ああ、なるほど。

齊川　先ほどお話しした「五音」が何の音になるかは、曲調子によって違ってきます。あとは、この五音のうち、一番頻繁に使う音がどれかというのが表記で分かります。この場合だったら、真ん中に書かれている「宮、羽、嶶」の三音をよく使うと。

伊藤　これは、知れば知るほど面白いですね。

齊川　詳しくは申しませんが、文字の周りを二十二の方向に分けて考えるんです。そして、どの方向に記号が書いてあるかで、出る音が分かるんですよ。

伊藤　あとは、小さな「○」が付いている字がありますが。

齊川　「○」一つが清音なんです。濁らない音。そして、「○」二つが濁る音。……これが読めたら本当に楽しくなりますよ。

本来は口伝

伊藤　いま、楽譜の解説をしていただきましたが、聲明は本来、口伝が基本だとか。

齊川　ええ。

伊藤　口伝の良さというのは、聲明そのものが「おたまじゃくし」の中に収まりきれない、表現し得ない部分を持っていて、それが大事ということなんですよね。

齊川　そうです、そうです。

伊藤　だから、おたまじゃくしより口伝で伝えていくほうが、ある意味で正確というか、聲明の本質を伝えられるということでしょうか。

齊川　そうなんです。一つの決まったものじゃないってことですよ。

伊藤　そうすると、楽譜は一応のうたい方を示してはいるけれども、うたう人によって解釈が変わってくるということになりますね。

齊川　ここは強くしようとか、別に決まってないですし、何べんもうたっていると、ここはこういうふうに表現したらいいんじゃないかなとか。

伊藤　齊川さんは、西洋音楽の素養もおありになる。

齊川　ええ、ピアノを七年間習っていました。だから、聲明を習ってある程度のレベルまで達したときに、突如、譜面の読み方が分かったんです。「あっ、こういうことだったのか」と。それはやっぱり、西洋音楽がベースにあったからかもしれないですね。

伊藤　天台宗では、お坊さんは誰でも聲明を唱えることができるんですか。

齊川　天台宗では必須科目です。でも、誰もが譜を完全に読めるわけではないですね。ほとんどの場合、ごく簡単なものしか習いませんから。

伊藤　なぜ聲明の道を進まれたんですか。

齊川　いま、講師を務めている「延暦寺学園叡山学院」の卒業生なんですよ、私は。それで学生のときに聲明を習ったんですけれど、もともと音楽は嫌いではなかったですし、練習するたびにうまくなっていくのを自分でも感じて、のめりこんでいったんです。分からないなりにうたっていたら、声が出だしたんですよね。そこらでやると「うるさい」と言われるから、比叡山の山の中へ行って思いっきり声を出したりして。でも、譜が読めるようになったのは、さっきも言いましたとおり、ある日突然なんです。

伊藤　しかし、譜が読めても、書いてある通りにうたえばいいということではないわけですよね。

齊川　音は出せるけれども、何か足りない。そこを補うには、人に習う、習うというより人がうたっているのを聴いて、「ああ、そういうふうにうたうのかな」と学ばなければいけないんです。

伊藤　それは雅楽とか、伝統芸能と同じですね。

齊川　先ほどの楽譜の記号も、もともとは何も入っていないのです。習いながら、自分で書き入れていく。柄の短い独特な姿をした小筆でね。

伊藤　やはり、口伝なのですね。ボクは以前、京都の真如堂《しんにょどう》、齋藤眞成《しんじょう》貫主《かんす》の絵の展覧会をポルトガルでプロデュースすることになり、作家の永井路子さんにその話をしましたら「せっかく天台宗とお付き合いをするんだったら、聲明を一度はきちんと聴くように」とアドバイスをいただいたのが聲明と出会ったきっかけでした。

齊川　そうでしたか。

伊藤　各宗派の聲明を聴くうちに、最近、「真言宗は確かに華麗。浄土宗はやや地味。天台宗のものが二つの間にあって重厚で荘重だ」ということに気づきました。当たっているかどうか分かりませんが

（笑）。いずれにしても、歴史を継いできたということはすごいことです。

齊川 この譜面は千年以上にわたって、先人たちが集積した工夫の成果なんですよ。貴重な文化遺産なんです。難解だからといって、いま、私らの時代に消してしまうわけにはいきません。

伊藤 いろいろと分かれている宗派ごとの聲明というのも、元は一つだったんでしょうか。

齊川 例えば、東大寺の大仏開眼供養のときに、八百人以上もの聲明師が出仕したと記録が残っています。国家を挙げての大行事ですよ。そのときにそれだけの人数でコーラスしたんですから、当時は一つだったんでしょうね。

聲明が目指すところ

伊藤 グレゴリオ聖歌と似ているところを感じて、ポルトガルで聲明とのコラボレーションをプロデュースしたわけですが、ものの見事に美しいハーモニーになりましたね。

齊川 彼らも目指すところが一緒という意味のことを言いますしね。ただちょっと違うのかなと思うのは、彼らは「いま、この場所に自分たちはいるんだよということを、天上の神に向かって伝える」歌だという。つまり、感覚としては見上げている感じですね。それに対して、我々、少なくとも私の場合はうたっているときに、何かこう、自分が上から見下ろしてる感覚なんですよね。

伊藤 うたっている自分を上から見ているということですか。それはつまり、大博識が言う「複眼」みたいなものでしょうか。窓に映る自分の姿を見ている自分。世阿弥の「離見の見」とも同じですね。

齊川 どうなんでしょうか。自分でも不思議に思いますが。

伊藤　聲明といえば、「うたう場」についてもお尋ねしたいんです。つまり、本来はお寺で唱えられたものですよね。それが劇場で演奏するようになって、いま、一種のブームで、中にはそれが邪道だという声もなくはない。その点についてはどう思われますか。

齊川　私自身は、邪道とは思いません。海外、ヨーロッパで公演すると、よく教会の方々が若い人が教会に来なくなったと嘆きます。そういう悩みは仏教でも共通なんですね。だから、コンサートのような形でも、ともかく教会やお寺に足を向けようかというきっかけになれば、それでいいと私は考えています。

伊藤　お寺でやるのだけが聲明ではないと。

齊川　お寺や宗教は自分とまったく関係ない世界だと思っていた人が、ホールで聴いて、「あっ、お経ってこんなにいいものなの」と思う。そして、それをきっかけに、お寺に聴きにきてもらえれば、私はもう目的は達したと思ってますけれど。ただそこで、そういうふうに思わせるだけの技量というのは必要ですよね。

伊藤　そうした布教活動という側面を、もちろん宗派として持たなくてはいけないのでしょうが、ボクはむしろ音楽として聴いています。

齊川　それでもちっとも構いません。それでその発信元である寺をのぞきにいこうという人がいれば、ありがたいことです。

伊藤　聲明を聴いてあるとき突然、女性がうたっているような声が重なって聴こえたんですよ。

齊川　「倍音《ばいおん》」でしょうか。

伊藤　倍音というのは聲明の用語ですか。

齊川　いいえ、西洋音楽の用語です。

伊藤　何か、天から降ってくるような、何ともいえない声が響いてくるんです。

齊川　音の周波数に関わる現象なんですが、何か別の音が聴こえるようですね。うたっている本人たちは、まったく意識してないいんですけど。

伊藤　やはり、聲明を聴いていて倍音も聴こえてくると、何かこう、すごく幻想的な気分になるというか、聴いているほうとしてはそういう感銘を受けることもあります。そもそも、聲明が生まれたのは何でなんでしょうね。お経に節をつけてうたうという、自然発生的にそうなったんでしょうか。

齊川　これはあくまで私の想像にすぎませんが、恐らく、昔の坊さんがお経を読んでいて、中に書いてある内容に感激したあまり、その一節を何べんも読んでる間にメロディーがついたんじゃないかと、私はそう思っているんです。

伊藤　齊川さんにとっては、例えば般若心経みたいにお経を読むのと聲明を唱えるのとでは、何か違いがあるんですか。

齊川　難しいなあ。そりゃあ、楽しいのは聲明のほうが楽しい（笑）。うたっているときが楽しい。

伊藤　それは音楽を味わう楽しみと同じような感じ、感覚なんでしょうか。

齊川　そうですね。うたってるときって、お経の本文を見てるんですよね。そうすると、ふつうに般若心経をダーッと読むんじゃなくて、字をゆっくり見られるというか、うたいながら読めるでしょう。そうすると、本当によく噛んで読みくだしているというか、そういう感じがするんですよ。

伊藤　経文に向かいながらうたう齊川さんらの感動が、聴いている我々にも響いてきて、心が安らいでいくんでしょうね。

◆ 対談回想 ◆

聲明は癒しの音楽である。ポルトガル公演の会場はリスボンのアジューダ宮殿。ロシアはサンクトペテルブルクのユスーポフ宮殿だった。この種の会場は入場者へのガードが固い。子どもに対しては特にそうだ。主催者側の〝うるさくされては困る〟という配慮もある。齊川さんは、「大丈夫です。そのうちに静かになりますよ」と担当者を説得した。演奏が始まると、ものの五分もしないうちに子どもたちは寝息をたてた。

スープはいのちを癒す

辰巳芳子（料理家・随筆家）

たつみ・よしこ
1924年（大正13）東京生まれ。料理家・随筆家。聖心女子学院卒。食の安全を守ろうと、「大豆100粒運動」「良い食材を伝える会」「確かな味を造る会」の会長を務める。著書に『味覚日乗』（小社刊）『いのちを養う四季のスープ』『慎みを食卓に』ほか多数。母は料理研究家の草分け、辰巳浜子。鎌倉市在住。

―平成十八年（二〇〇六）「かまくら春秋」五月号掲載

母乳に等しいスープ

伊藤　辰巳さんが「ＮＨＫきょうの料理」に出演して、紹介した一連のスープづくりが『いのちを養う四季のスープ』として、出版されました。大変な反響を呼んでいますね。

辰巳　今回、この本にスープづくりの基礎をしっかり押さえた解説ＤＶＤをつけたんです。実は、自宅でスープ教室を開いているのですけれど、いつも定員いっぱいで、お入りになれない方が全国に大勢いらっしゃいましてね。その方々にも喜んでいただくことができて、ほっとしているんです。

伊藤　スープに対する意識の変化を感じますね。ひと昔前は、前菜にサラダか、スープか、というチョイスの品だったように思うのですが。

辰巳　私ね、皆さんがスープをつくりたい、習いたいと熱心におっしゃるのが、何だか、動物が水場を求めて走っているような、そんな感じがしましてね。

伊藤　といいますのは。

辰巳　それはなぜかなって思ったの。想像するに、人類が初めて鍋を得て、そこに具材を入れて、水を注ぎ、クツクツ煮てね、その具材から炊き出された汁を飲んだときの感激といったらもう、なかったろうと思うんですよ。どれほどの喜びであったことか。

伊藤　なるほど。身にしみいるような味わいだったでしょうね。根菜類や穀類を入れて煮込んだ「おじや」の原型みたいなものとか。体への吸収もよかったでしょうし。

辰巳　そうですね。スープというのは、人間が意識する前に、細胞そのものが求めている食のあり方だと思うんですよ。「滋養が溶け込んだ水分」というのは、母乳に通じている。スープっていうのは母乳に等しいんです。

伊藤　確かに、おいしい吸い物を飲んだとき、心も体もやすらぐというか、ほっとするようなことって、ありますね。

辰巳　そうでしょう。それは自分が意識するより先に、私たちの体の細胞そのものが待ち受けているからだと思うんです。

伊藤　人類が初めて汁気のものを食べたときの感激というのは、もしかしたら人間の進化の過程の中で、火を使って肉を初めて焼いたときの感激に次ぐ、食のルネッサンスだったのかもしれないですね。

辰巳　皆さんがスープ、スープっておっしゃるのも、根本にそういう経験の記憶があるからかもしれません。

伊藤　だから、ほかの料理と違うんでしょうね。

辰巳　以前、対談でお会いした、フレンチレストラン「タイユヴァン」の経営者、ブリナーさんもおっしゃっていました。フランスには、「スープチュリーン」っていうスープ用の器があって、テーブルでお母さんがその蓋を開けて、スープの香りがぱあっと広がったときの食卓の喜びといったら、それはもう忘れられないそうです。家族の心が一つになるような、大切な団欒の時間だったのでしょうね。でも残念なことに、この頃はフランスでもそういうことが減ってきたんですって。

伊藤　日本なら、例えば鍋もの。蓋をあけて湯気が立って……。あれも家族の心を一つにする料理でしょう。友達同士「鍋をつつこう」っていえば、仲間なんだっていう連帯感が生まれますしね。作家の里見弴先生は、食卓の作法にうるさい人でしたが、鍋のときだけは「仲間なんだから、返し箸をしなくていいよ」とおっしゃっていました。

辰巳　家庭の味というのかしら、そういう形、表現を通して家族団欒の時間、仲間との一体感を取り戻すことができたらいいなあと思います。

時間と練習量

伊藤　スープの効用は、病人や高齢者などへの食事に適した面を持つことだと、ご自身のお父様の介護経験を通して、説いておられますね。

辰巳　そう、流動食しか食べられない状況になったとき、滋養をたっぷり含んだスープがどれほど病人を助け、また看護する側を助けるか、身をもって学びましたから。固形物が食べられない高齢者も、スープなら楽に飲み下せる。それに、作り手が一人でも三〇人分ぐらいの量を用意できますでしょう。

伊藤　聖路加国際病院に難病で入院中の子どもたちにも、スープのサービスをなさっているそうですね。

辰巳　数ヵ月に一回、お節句とかお花見などの折に、楽しみごとの一つとしてね。小児科部長の細谷亮太先生のご理解を得て始めることができました。

伊藤　本の前書きで、「時間と人の手、人の口を経ることが、安定したレシピをつくり上げる一種の濾過器になった」といったことをおっしゃっていますね。あれは料理だけじゃなくて、すべてのことに通じる言葉だと思って読みました。

辰巳　ありがとうございます。そうなんですね。私は、一つの文明にしろ、文化にしろ、形態として伝えていく場合、生み出されるまでに時間と、膨大な練習量がないものはあてにはならないと思っているんです。逆に、一見、取るに足らないようなことでも、時間と練習量がつぎこまれているものは、すべて大切にしなくてはならないなと思うの。

伊藤　「手塩にかける」というのはそういうことなんでしょうね。

辰巳　ええ。そして、練習量があるところには、ひらめきが生まれるんですね。繰り返し、繰り返し心をこめて打ち込むうちに、本当に楽しくなってくる。それこそが人生の味だと思いますけれど。

伊藤　辰巳さんには、以前、道元禅師が料理をつくる心構えとして書き残した「典座教訓《てんぞきょうくん》」についてお話をうかがいました。『道元を語る』（小社刊）で詳しく紹介していますが、そのとき「食べるというのは、自分の生命の手ごたえを感じるための行為、生きるという実存のための根源にある行為だ」とおっしゃられたのが、深く記憶に残っています。

辰巳　どうやら「食べる」ということは、機械に油をさすような、疲れた細胞を元気づけるというものではないらしいのね。食べることによって、細胞は新旧交替していくんですって。

伊藤　だから、どうしても人間は生きるために食べ続けなければならないわけですね。ただ、食事といっても、いまは出来合いのものを買ってきて、簡単に食べて済ませてしまうこともできます。インスタントの食品がありますから。お湯を入れれば出来上がり、といったような。

辰巳　そうですね。でも、細胞の入れ替わり作業が行われてしまうとなれば、これはやっぱり放っておけませんよ。「いのちを養う」という視点で「食べる」ってことをとらえると、一回、一回大切に支度しなければならないのがよく分かります。そしてスープという、体にやさしい、吸収されやすい状態でいただくと、なおさら入れ替わり作業が楽なのではないかしら。体がほっとすると私たちが感じるのも、納得がいきますね。

「方法」に行き着く

伊藤　道元禅師が「典座教訓」を書くきっかけとなったといわれる有名なエピソードがあります。修行中の道元が、「典座」と呼ばれる料理係の老僧に、なぜそんな益もない仕事を続けているのかとたずねて、「あなたは修行のなんたるかを知らない」と、大笑いされてしまう。禅の修行においては雑務に見える食事の支度も、坐禅を組み公案するのと同じだと諭しているんですね。

辰巳　台所仕事もそうですが、家事という、一見、日常茶飯に見える雑務の繰り返しを受け入れるのは、誰にとっても、そう簡単なことではないはずです。私も「この時間で本を読めば」「勉強できれば」と、葛藤を覚えた時期がありました。でも、そんな折、「典座教訓」に書かれた道元禅師のさまざまな言葉に出会って救われたんですね。健康も、経済も、愛も、それを育むのは家事。そして良い家事のないところに良い文化は生まれない、そう確信できましたから。

伊藤　「典座教訓」の中で、道元は「料理は心をこめてつくりなさい」とも説いています。

辰巳　心をこめるってことは、もちろん精神的な意味もあるけど、同時に「方法」を見つけなくてはならないんです。母（＊料理研究家・辰巳浜子）は、心を働かせれば、必ず方法に行き着くと信じていました。方法が、精神の働きをも助けて、両方がもちつもたれつ、車の両輪のように回ってはじめて、心のこもった仕事ができるのだと思います。

伊藤　辰巳さんのお料理は、味はもちろんのこと、「食べ心地」まで配慮されていますね。スプーンに乗せたときのこととか、口に入れるのに適した大きさとか、そこまで考えて下ごしらえをなさっている。それは「方法」に行き着いた、心のこめ方の表れでもあるんですね。

辰巳　行き着く先が見えていると、段取りや手順もおのずから明らかになってきます。でもいまは、行き着くところが見えない人が多いようね。全体のイメージを描くことができないから、段取りが立てられない。ものごとのイメージを描くって、大切ですよ。

伊藤　それは、料理に限らず、人生全般にいえることかもしれません。便利になりすぎて、想像力が失われてしまったのかな。

辰巳　昔の人は、何かと見れば自分たちの生活に取り入れることに気づいたものですけれど、いまはまったく「気づき」がありませんね。ちょっと怖いことのようにも思います。

子どもから変えたい

伊藤　「食の安全」がさまざま議論される中、辰巳さんが提唱された「大豆１００粒運動」に、大きな関心が寄せられていますね。

辰巳　小学生が両手いっぱいに大豆をのせると、だいたい百粒くらいになる。その百粒の豆をまいて、育てて、収穫して、みんなで食べてくださいっていうのがこの活動です。いま、全国でだいたい七千人の子どもが取り組んでいるんですよ。

伊藤　それはすごいな。

辰巳　収穫した豆で、ずんだもちをつくったり、納豆をつくったり、お味噌をつくったり。でも、先生方には「つくって食べるだけでなく、子どもたちに豆の生育の様子を観察、記録させるようにしてください。それによって、何かきっと触発されるものがあるに違いないから」と、お願いしたんです。ずっと観察していると、子どもたちって大豆の身になって考えるようになるのね。やがて詩が生まれ、歌が生まれ、踊りをつけてオペレッタにしたりして。すごく、うまくいっています。

伊藤　子どもたちの情操にも、豊かな実りをもたらしたといえますね。そもそも、この運動を始められたきっかけはなんだったのですか。

辰巳　いまの「食」を取り巻く環境が、あまりにも心もとなさすぎるでしょう。日本の食糧自給率はわずか四〇パーセントで、残りの六〇パーセントは輸入に頼っている状況です。輸入してきた食糧といえば、収穫後に農薬を散布するポストハーベストや、遺伝子組み換えの問題を抱えている。このような食べ物で次の世代を担う子どもを養い、育ててしまっていいものかと危機感をずっと抱いてきたんです。

伊藤　体だけでなく、精神面への悪影響も懸念されていますね。

辰巳　そう。それで、まず「良い食材を伝える会」を一〇年ほど前に立ち上げたんですが、一向に体制は変わらない。ビクともしないんですね。それで、ああ、これはもう子どもの手を借りるより仕方がないなあって思ったの。子どもが、自分たちがつくったものを食べていきたいと言ったら、これを大人社会が阻害することはできませんよ。そう思って、始めたことなんです。

伊藤　子どもから先に変えていこうという考えには、まったく同感です。ボクもいま、各国との間で子どものための小百科事典をつくっているんですよ。偉そうにいえば、世界平和を達成するには、大人同士ではいつまでたっても埒が明かない。子どもがまず手を結べるように、お互いの国を理解するためのガイドブックをつくろうと。それもやはり同じような発想ですね。

辰巳　それと、自分の食事を作る技量を少しずつ身につけていけるようにしたいわね。小学一年生から、二年、三年と、このくらいのことはできるだろうという目安を決めて、教えていくんです。

伊藤　なるほど。そういうことがきちっとできると、母親が社会に出て働くバックアップにもつながるわけですしね。

辰巳　ええ。さらには、お父さんも、こういうことができるっていうところまで広げて、家族みんなが台所に立って、料理がつくれるようになればいいわね。

伊藤　やはり、男子も厨房に入らないといけませんかね――。

対談回想

最近、家事において面倒くさがり屋の女性が増えている。辰巳さんは、それは長い間、日本の社会、家庭の、女性の務めに対する感謝の念が希薄だったことに起因しているという。そういえば、子どもは母親が、夫であれば妻が三度の食事を用意してくれるのはごく当たり前のことで、意識すらしないことがある。そのツケが回ってきたのかもしれない。

男子厨房に入るべし！

医者として住職として

与芝真彰（医師・僧侶）

よしば・しんしょう
1943年（昭和18）東京生まれ。医師、浄土宗松光寺住職。東京大学医学部卒。東大医学部附属病院、三井記念病院などを経て、2004年昭和大学藤が丘病院院長、09年せんぽ東京高輪病院院長。1992年「ウイルス性劇症肝炎の病態の解明と治療法の確立」で昭和大学より上篠賞受賞。著書に『一目でわかる肝臓病学』『肝臓病を悟る』『医師と僧侶の狭間を生きる』など。

——平成十八年（二〇〇六）「かまくら春秋」九月〜十月号掲載

「仏飯を食ん」で医師になる

伊藤　いつも白衣の医者である先生とお目にかかっていますが、今日、初めて袈裟を着たお姿を拝見しました。でも、どちらもよくお似合いで、まったく違和感がありません（笑）。

与芝　私が得度したのは七歳の頃ですが、修行に入ったのは遅くて、大学生になってからなんです。

伊藤　とはいっても、育った環境はお寺ですし、一般の医学生とは何か違っていたのではないですか。

与芝　「仏飯《ぶっぱん》を食《は》む」という言葉がありまして、「お寺に生まれ育つ」ことの別の言い方です。そういう生活を基盤に医学生となったわけですから、自ずと「仏飯を食む」ものの見方、考え方が身についていたのでしょうね。仏教についてまったく知らない人と比べると、患者さんに対する接し方などは、若い頃から周囲と多少違っていたかもしれません。

伊藤　お父様も、医者とご住職を兼ねておられたそうですが、二代同じ形で続くのは珍しいですよね。

与芝　ええ。先々代は専業でしたが、檀家が少なくてずいぶん貧乏したものですから、先代は医者になって家族を支えたんです。ただ、私の場合は、生まれたときから親父が医者にしようと思っていたようで、親父は寺の子が医者になり、私は医者の子が寺をやっているという、力点の置き方は違いますが、同じような運命です。

伊藤　ドクターと住職の切り替えは難しくはないですか。

与芝　平日は医者で土日は住職という生活ですけれど、いまではすっかり慣れました。実は、四十歳頃までは医師専業だったのですが、父親が事故で突然亡くなりましてね。父のお葬式を出して間もなく、葬儀の依頼がきたんです。いきなり住職の仕事をしなければならなくなって、このときは弱りました。意識が切り替わらないんです。お経を読んでいる最中に、なぜ自分がこんなことをやっているんだろうと思った瞬間、声が出なくなったりして。心臓がドキドキして口の中がカラカラになるし……(笑)。

伊藤　僧侶然としたいまの先生からは想像もつかない話ですけれど……(笑)。住職をなさっていることが、医者の仕事にどう影響を与えていると思われますか。

与芝　仏飯を食んで医者になった私に、ほかの医者と違いがあるとすれば、患者さんとのトラブルがあんまりないことでしょうか。医者と患者の関係というのは、治すという契約です。けれど、一生懸命やっても治らない場合はいくらでもあるわけです。いわば契約不履行、契約違反ですよね。

伊藤　訴訟になる場合だってありますね。

与芝　私は、そういうトラブルはほとんどなかった。それは、患者と同じ立場に立てるからだと思います。すぐ仲良くなってしまう。いってみれば、患者やその家族と親戚のおじさんみたいな感じで付き合えるんです。「いい腕だな」と言われるより「いい人だな」と言われるほうが大事なんじゃないかと思っているんですよ。

「惻隠の情」を持つ

伊藤　長く鎌倉で開業していらした故養老静江さん、解剖学者の養老孟司さんのお母様ですが、医事紛争の頻発に驚いて「私が津久井(＊現在の神奈川県相模原市津久井町)の山奥で診療していた頃は、医者に診てもらったというだけで感謝され、恨まれることはなかった」と話されていたことを思い出します。このところ安楽死の問題をめぐって、医者が起訴されることが相次いでいます。

与芝　例えば手遅れのがんであれば、誰が診ても同じ経過で死ぬことはあります。経過は同じでも「いい先生に診てもらってよかった」と感謝される場合と、恨まれて訴訟を起こされる場合と、どうして差が出るのだろうということですが、それはやっぱり、医者の人間性だろうと思うんです。一番大事なことは、患者さんは不安を持って診察を受け、場合によって絶望感に陥るわけですね。そこのところを察することができるかどうか。

伊藤　なるほど。

与芝　自分は健康で何の不安もない医者が、明日をも知れない病人を診ているという、どうしようもない落差があるわけです。この溝に気がついているかどうかです。病者である患者が、ちょっとした医者のひとことや看護師の口のききかたが気に障ったりするのは、仕方がないことです。それを察するだけの憐憫、惻隠《そくいん》の情がないと、溝は埋められません。医者が人間としてそのような度量を持てるか、そこにかかっていると思いますね。

伊藤　この間、養老孟司さんにある雑誌でインタビューしたときに、医者が弱くなった、というニュアンスの言い方をしていましたけれども、医者と患者の関係が変わってきているんでしょうか。

与芝　不幸な時代だと思うんですね。訴えるほうも訴えられるほうも不幸ですよ。以前は医療は一種の社会福祉としてとらえられていて、医療費はとても安かった。

伊藤　老人はほとんどただ同然でしたね。

与芝　ええ。そして、ただならば粗悪でもいいだろうと、安かろう悪かろうの医療が大手を振って歩いていた。経済の高度成長が終わってバブルもはじけて、次第に個人の責任において、自分で相当の医療費を払って医療を受けるようになり、自己負担の額がどんどん増えているでしょう。患者の側は今度はお金を取られるようになって、当然「質」も求める、そういうところに医療訴訟が多発してきている原因の一つがあるような気がします。

「医療のアメリカ化」への懸念

伊藤　ある年輩の医師は、「きのうきょう現場に出た医者と、何十年も聴診器をとっている医者が同じ保険点数で、同じコストというのはおかしい」と言っておられましたが。

与芝　「質」を問わなかったということだと思います。質を問うなら当然、経験のある先生と新米の医師と同一料金はおかしいですよ。日本の医療費は、先進国ではイギリスの次に低いんです（＊その後イギリスが増額したため、二〇〇九年現在、日本が最も医療費の低い国となった）。さっきも話したように戦後医療は、社会福祉の一環だから、質については不問に付してきました。いま、だんだん自己負担が増えてきて、個人の責任において、自分で相当の医療費を払って医療を受けるという「医療のアメリカ化」が始まっていると思います。

伊藤　アメリカの医療というのは、完全なビジネスのようですね。お金持ちは理想的な医療を受けられる、といった。

与芝　その代わり、料金は目の玉が飛び出るほど高い。日本は、アメリカ並みの高いレベルの医療を、イギリス並みの低い費用で導入しようとしているんですよ。

伊藤　おそらく、いまの日本人の考えだと、高くてもいいから、いい医療を受けたいとか、きれいな病室に入りたいという流れになるでしょうね。

与芝　基本的にはアメリカは差別によって成立している国です。そのシステムを「格差」と日本では言っているようですが、そこで一番惨めになるのが金銭的に余裕のない老人だとしたら問題は深刻ですよ。高齢者に冷たい社会になっていくことは間違いありません。

伊藤　状況は切迫していることがよく分かりました。医療や介護という、暮らしの重要な基盤が変わりつつあるということですね。

与芝　結局、大量の介護難民が出ますね。病院にいられなくなった高齢者を家庭で介護しなさいといっても、核家族化が進んで、介護できるような家庭環境が破壊されているいま、現実的にはできない。じゃあ、ケアハウスなどに預けるとなると、今度は大変な額を自己負担しなければならなくなる。

伊藤　年金額や交付年齢の引き上げが問題になっているような現状ですよね。収入が少ないのに、家族が入院する事態が起きたらどうしたらよいのか、不安がふくらむでしょう。

与芝　医療訴訟の増大が招いた弊害としては、いのちに関わるような分野、例えば外科系や産婦人科に携わる医師がどんどん減っていることが、もう一つ挙げられます。このままだと、夜間急病で担ぎ込まれたら、大学病院なのに「手術できる先生がいません」という状況が、冗談ではなく起こり得る。日本の医療の基盤が壊れていく、そこが一番心配ですね。

知識と知慧で悟る

伊藤　確かに産婦人科医や外科医の不足も心配ですが、粗製濫造はもっと困りますし、どういう医師に診てもらうかというリスクも大きくなりそうです。ところで、先生は『肝臓病を悟る』という著書をお持ちですが、このタイトルは、一般の医者の発想では出てこないものでしょう。これはやっぱり、住職という立場が言わせた言葉ですか。

与芝　そうですね。なぜあの本を書いたかというと、自分が三〇年ほど医者をやって、どこまで分かったのかということを一般の方に伝えたかったからです。それぞれの臓器は、特有の自然界の運行原理にのっとって動いていて、それに気がつけば、つまり悟ることができれば、より早く病気が治るだろうということなんですよ。肝臓が悟りやすかったのは、非常に再生力のいい臓器だったからです。その再生力をどう伸ばせばいいかを考えれば、肝臓の病気はだいたいが治るのではないか、と考えました。

伊藤　それは頼もしい話です。

与芝　医者は先端的な知識を吸収しようと学会に行きますが、日本の学会は、知識をみんなで共有しあって安心しているだけ。知識を増やすのも大事ですが、病気が治せなくては意味がありません。病気を治すには、案外そんなに知識がなくてもいいのではないかと私は思っているんですね。

伊藤　単に物知り博士ではだめだってことですね。

与芝　ええ。それよりも病気の本質を見抜くことのほうが大切です。確かに、坐禅を組んで深山幽谷と向かい合っても知識は増えません。でも、知慧はつく。知慧を磨いて、病気の本質を見極める力をつけたほうが病気は治せると思います。

伊藤　肝臓病を「知る」とか、「理解する」ではなく、「悟る」としたところにあの本への興味を覚えました。そういう含みがあったんですね。

与芝　医者仲間からは、悟ったってことについて「たいしたこと書いてないな」って言われますけれどね。ただ、肝臓の再生力を育てる、という言い方をすると、そういう因子を与えればいい、という変な発想が出てくる。肝臓はすでに天賦の再生力があるんだから、それを伸ばすには、破壊をくい止めればいいのだという簡単なことを理解しないで、いくら増殖因子を入れても肝細胞は増えていかない。実際に、「壊れた肝臓を元に戻すために、再生因子を与えましょう」という治療法の研究が国内で行われているんですが、私ははっきり言って、その発想では治らないと思っています。

伊藤　どうしてでしょう。

与芝　何が欠けているかというと、破壊を止めさえすれば自然に再生する力が肝臓にはあるんだということへの気づきですね。再生因子を外から与えて治そうなんて、例えばパン種を膨らませるためにイースト菌を使うように、再生因子を与えれば肝臓が膨らんで元に戻るんじゃないかっていう発想と同じですよ。私はそういうことではないと思っているんです。それは私が、一般の肝臓病医では見られなかったことを見てきたからでしょうね。多くの肝臓医が診るのは、C型肝炎・B型肝炎、また、肝硬変・肝がんという、わりと穏やかに進行する病気ですが、私の専門は、劇症肝炎という瞬間に肝臓が壊れていく病気です。慢性肝炎でも肝細胞は壊れますが、再生速度が追いつく程度に進行は遅いんですね。劇症肝炎は肝細胞の再生力を上回る速さで肝細胞が壊れていく。何かが違うからそうなる。じゃ何が違うのか、というところを考えることができたのは、劇症肝炎を専門にしたからです。

伊藤　劇症肝炎といえば、以前はほとんど助かる見込みのない病気でした。先生は、その難病治療の最前線に立って、着実に治癒率を高めてこられた。

与芝　もし劇症肝炎を選んでいなければ、肝臓病について悟れなかったかもしれない。私ではなくても、この病気に真剣に取り組む人がいれば、もっと早くに悟れていたはずです。でも、いま、専門医の間で導き出されている答えは「移殖」ですよ。だけど、再生力の高い臓器の治療に、他人の臓器の助けを借りるっておかしなことです。その矛盾に気がついていない。悟っていない。いわゆる欧米主義的考え方にのっとった肝移殖医療は、悟れない人が進めていると思います。私は、たまたま肝臓という、放っておけばそのまま再生する臓器を、どう助けるかということだけ考えてやってきたのがよかったようです。偉そうに聞こえると嫌だけど、ただ一点に集中して、患者の立場で一生懸命考えれば到達すると思いますよ。まあ、運もよかったといえるでしょうが。

伊藤　「悟る」という意味が、理由がよく分かりました。悟ることで、それに基づいた治療を広め、一人でも多くの患者を救い、それを自らの救いにする、その言葉に患者は励まされ、心打たれると思います。

臓器移植をどう考えるか

伊藤　与芝先生は宗教家として、また先端の医学を勉強されているドクターとして、臓器移植については、どうお考えになりますか。移植にあたっては「脳死」という問題を乗り越えなければならないわけですが、これはどうとらえればよいのでしょうか。

与芝　難しい問題ですが、私はいまいわれている「脳死」とは、臓器移植のためにつくられた概念だと思います。以前は「脈が止まり、心臓が止まって、瞳孔が散大する」という三主兆が、確かな死の判定基準でした。それでも念には念を、の考え方で、病死の場合は二十四時間過ぎるまでは遺体を焼かないんです。慎重を期します。だけど移植の観点から見ると、そうやって死を確認していては絶対遅くなるわけです。取り出すときに臓器が生きていないと移植できませんからね。つまり、心臓が動いているうちに、人の「死」として判定するための基準としたのが脳死です。ですから、どうしても受け入れにくいという人がいるのも当然でしょうね。

伊藤　人為的な、つくられた死であるということですね。

与芝　そうですね。つまり、移植ということさえなければ、以前の三主兆でよかったわけで、どこでも誰でも判定できる。しかし脳だけ死んでいることを確認する作業は大病院でしか判定はできない。

伊藤　しかし移植しか助かる道はない、となると、それを求める気持ちも分かります。移植のためにつくられた人為的な死を、人の死として認めろというのはとうてい無理な話です。

与芝　なぜ日本でも移植、移植といわれるようになったのかというと、理由は簡単です。日本がお手本としているアメリカで、これが標準的な治療になっているからです。アメリカでは、臓器を提供してくれる人とお金さえあれば、日本のように厳密な脳死判定をしなくても移植ができる。事故などで助かる見込みがないと判断されるような瀕死の人を運ぶ救急車の中で、移植のため家族と交渉が始まるといいますが、それは最近は臓器不足が深刻だからということです。

伊藤　社会全体も、そういうことを納得しているのでしょうね。銃殺された人や、銃殺刑に処された人からの移植も多いと聞きます。倫理面での問題も根深いように思えますね。

与芝　私は、医者は臓器移植という最終地点に至る前に、何とか手を打つことこそ最善の治療法だと信じているんですよ。肝臓病の場合は、そこまで患者を追い込まないうちに肝臓を治す。恐らくあと一〇年くらい経てば、少なくとも肝臓ではこうした考え方が主流になっていくと思うのです。いまは流行のように移植が行われているけれども。

伊藤　移植が唯一の治療法だと信じている患者がたくさんいますね。

与芝　あまり良い解決法ではないですね。移植の中でも、特に生体肝移植は極めて問題があると思います。生体肝移植は、まずドナー（＊提供者）が臓器を切り取る大手術を受けなければなりません。それだけでも大きな犠牲を払います。それと親子や親戚間でドナーとなるかならないかといった人間関係のトラブルに発展する例も多く見受けられます。こうした面での倫理的な問題もかなり孕《はら》んでいますので、最終的には肝臓移植するところまで患者さんを追い込まないのが、本来の医者の務めだと思っています。

劇症肝炎と向き合う

伊藤　臓器移植という事態になる前に、何とかして治すという信念、先生の臨床医としての姿勢に勇気づけられる患者さんは多いと思います。

与芝　いかに患者を追い詰めないか、助けられる患者が目の前にいるのであれば、自分の智慧を磨く。自分の臨床医としての力を、人を救う方向で発揮する努力をするのは重要だと思います。大変な勉強をしなくてはならないし、常に臨床を診て鍛えた洞察力を働かして、病気のいろいろな瞬間の姿を解析しながら、どうやったら、その病気を根本的に解決できるかを考えていなくてはならない。業績主義に走らず、分野をある程度決めて集中し、その分野について先端的な治療技術を持つようにするとかね。

伊藤　ボクは毎週土曜日の朝、建長寺で「親と子の朗読会」を開いているのですが、そこでは必ず坐禅を組み、般若心経を唱えてから作品解説、朗読に入ります。先生はご著書の中で、般若心経の「色即是空」を例にとって、診療への心構えを書いておられましたが。

与芝　医者は慢心しないで、こだわりや先入観を捨て、事実は事実として受け入れていく態度が大事です。誤診の大半は、目の前の事実を詳細に観察せず、自分の浅はかな知識や経験に固執することから始まるんですね。「色即是空」とうろこを落として曇りのない目で事実を受け入れていかなくては。また、現代は情報には事欠かない時代ですから、その情報を自分なりに整理して、臨床に役立つ方向に応用していく必要があります。つまり臨床とは、隅田川で川面から川底を見抜いて、秩父の源流で何が起こっているかを見抜く力なのです。

伊藤 なるほど。

与芝 だから、変幻万化していく臨床の病気の中で、本質を見抜く力をつけるのが重要なんです。劇症肝炎を私は二三〇例ほど診ましたが、ただ診るだけなら、本質は見抜けなかったと思います。常に私が考えていたのは、何が一番重要で、どこを押えればいいのか、どこを治せば全体に影響が出るかという、そこに集中していたような気がするんですね。

伊藤 それは知識量ではなく、経験の積み重ねによって見えてくるものなんでしょうね。いくら知識が豊富でも、患者を助けられないなら、患者にとっては何の意味もありませんもの。二三〇例といわれましたが、どのくらいの治癒率ですか。

与芝 だいたい七〇パーセントでしょうかね。

伊藤 それはとても高い数値ですね。以前はほとんど助からなかったと聞いていました。知り合いで亡くなった方もいます。

与芝 普通は七〇パーセントが亡くなります。まだ、解明が足りない部分はあるんですけど、ただ、残り三〇パーセントについて治癒率を上げていくのは、もう私個人の力では無理です。なぜかというと、肝臓は再生力が強い臓器ですけど、がん細胞じゃないから、一個残ればそのまま順調に増えるというわけにはいかないのです。再生限界といいますが、それを超えて悪化した人の場合は難しいですね。残念なことに、残り三〇パーセントというのはこういった症状の患者です。劇症肝炎は、昏睡が出て初めて診断されるんですけど、昏睡の前に、気がついて治療を受けた人はだいたい助かります。早く気がつけば、割と簡単に治せるんですよ。劇症肝炎の初期は急性肝炎ですからね。急性肝炎のうちに気がつけば助かるんです。ちゃんとデータを見ていれば分かる。その予知と阻止能力が極めて大切です。

伊藤　そうした治療に当たって、曇りない目で事実を見つめるという態度は患者の側にも大切なことですね。

与芝　前にもお話しした「惻隠の情」というのはもともと武家の文化であり、患者に余計な心配をかけまいという配慮でもありましたが、米国輸入の「インフォームド・コンセント」が重要視されるようになってからは、従来の方法では説明が足りないと言われてしまいます。説明の際も心無いひとことが問題です。経過がよければ、言葉や感情のしこりは残っても、患者は黙って退院していきます。うまくいかないと、その言葉がひっかかって、トゲが刺さったまま疼《うず》き出して、不満や苦情になって噴出するのではないかと思いますね。相手の気持ちを察することのできない、「人体の修理工」みたいな感じの若い医師が増えてきている。知識はあっても、原点である医師の心構えのようなものを見失ってしまっているんですね。これは国民にとっても決して幸せなことではないと思います。

医療は菩薩行

伊藤　先生は医師であり僧侶であることで、そういった気持ちの行き違いが生じないよう心を砕いて、患者さんと程よい関係を保ってこられたわけですが、何かコツがありますか。

与芝　患者さんには自分が住職であることはあまり言いません。言ってもそれほど救いにはならないような気がして。ただ、相手に合わせて話をします。私は初診で患者さんと向き合うときに家庭環境を聞くんですね。例えば住所を見て「遠くから大変ですね」とか、単身赴任の人には、「ご飯は自分でつくっているんですか」とか聞いて話の端緒をつくるんです。嫁さんがおばあちゃんについてくる場合は、必ず嫁さんを褒めるんですよ。「おばあちゃん、いいお嫁さんでいいね」って。

伊藤　通り一遍に診るのではなく、相手の置かれている立場を思いやって話をされる。日常生活の中でもそれは必要なことですが、まして病人に対してはなおのことですね。

与芝　つまり、いつの時代でもどんな世の中になっても患者や家族が一番欲しいのは、信頼できる医者なんです。その人の人生全体を理解した上で練った治療方針が必要だし、大きな意味での包容力と洞察力がないと、本当の臨床医にはなれません。

伊藤　医者とのいい関係が患者の自然治癒力を上げる可能性があるということですね。

与芝　よく笑うといいっていいますよね。笑うと自然に治る力が出てくるとか。プラス思考で病気を受け入れていくというのは、正しいと思います。医者もその点をお手伝いするものではないでしょうか。時にはきついことを言うこともあります。例えばショックでわあわあ泣くC型肝炎の若い女性患者でも、「女学生じゃないんだから、そんなに泣くんじゃない」って怒ったり、肝生検は痛いから嫌と言う患者に「事実を直視しなさい」と叱責したり……。

伊藤　優しく接するばかりではないんですね。

与芝　病人であることを覚悟して、それでも希望を持って生きるよう励ましますよ。医者というのは、安定剤みたいなところがあるし、頼る気持ちは分かります。悪いのは、患者を不安にする医者です。医療事故も含めて、むしろ患者に害をなしている医者もずいぶんいると思いますよ。C型肝炎の患者に「そのうち、がんになりますよ」って言う医者がいるんですから。確かにC型肝炎だったら二十五パーセントは発がんします。でも私はその場合「あなたは二十五パーセントの確率で発がんする可能性はあります。しかしそうならないように、私は全力であなたをお守りします」って言います。

伊藤　皇太子殿下が雅子様にプロポーズしたときの言葉と同じですね（笑）。

与芝　そうです。これでだいたいほとんどの患者さんは、ついてきます（笑）。無責任なうそはいけないけれど、いままでの自分の知識と経験から、「この人は発がんまでは行かない」と読める人たちには、「絶対がんになりません。大丈夫ですよ」という言い方もあるし、多少不安がある場合は、「私が一生かけてお守りしますから」って言うんです。ちょっと気障っぽいけれど。

伊藤　そうやって、精神面で患者さんの不安を引き受けるというのは、僧侶としての先生なのですか。

与芝　まあ、そうですね。患者に患者であることを覚悟していただきますが、ただ必ず救いをあげないとね。医者は、患者の人生を考えて、最も適切な治療をしなければならない。ただ、なかには「注射を打つ看護師と薬を作って届けてくる薬屋がいれば、C型は治療できる」って言うような肝臓専門の先生もいますが。

伊藤　それじゃあロボットが治療するのと変わらないじゃないですか。

与芝　患者は、言葉で治る部分もあるし、注射や薬がなくても治る場合もあるわけですよ。問題は、まったく病気知らずの健康な人が、死を見つめている人に、どう対応するのかということですね。前にもお話ししたように、健康な医者と重い病に苦しむ患者、この残酷な運命の対比から生まれる溝を埋めるのは、つまり愛と慈悲の気持ちだと思うのですが。

伊藤　医者の患者への深い思いやりですね。

与芝　浄土宗系の寺院に行くと阿弥陀三尊像がありますね。中央に阿弥陀仏があり、向かって右に観音菩薩、左に勢至菩薩が立っています。菩薩というのは、自分とともに他人の救済をも目指す大乗仏教において悟りを求めて修行する修行者のことですが、観音菩薩は慈悲を、勢至菩薩は智慧を表しているのですよ。難しいですが、医療現場を道場に見立てて、患者の生命を守り、病気とそれに伴う苦しみを癒すという心構え、「菩薩行」の精神を実行すること、それが医者の本来の人生といえるのではないかとも思っています。

伊藤　なるほど。ありがとうございました。

対談回想

医学書をよく読む。医師会の広報の手伝いをしているせいもある。肝臓が悪いわけではないが、タイトルに引かれて手にしたのが『肝臓病を悟る』である。

「死病にとりつかれた患者さんと健康な医者。この残酷な運命の対比から生れる溝、それを少しでも埋めるのは医師の患者さんへの愛情、つまり慈悲の気持ちだと思います」

このくだりを読んで、ぜひとも、と対談をお願いした。

鼎談 ことばの「力」を探る

尾崎左永子（歌人・作家）／谷村新司（音楽家）

おざき・さえこ
1927年（昭和2）東京生まれ。歌人・作家。東京女子大学国語科卒。『夕霧峠』で迢空賞、『源氏の恋文』で日本エッセイスト・クラブ賞を受賞。歌集に『さるびあ街』、著作に『新訳源氏物語』（全4巻）など多数。美しい日本語を次の世代に伝えようと創刊した雑誌「星座」（小社刊）の主筆を務める。

たにむら・しんじ
1948年（昭和23）大阪生まれ。音楽家、上海音楽学院教授。71年にバンド「アリス」を結成、81年解散。年間平均250回というステージをこなす。おもな作詞作曲作品に「チャンピオン」「帰らざる日々」「いい日旅立ち」「昴」など多数。現在、中国を中心としたアジアにおける交流活動に尽力している。

「日本を知りたい」

――平成十八年（二〇〇六）「星座」三十四号掲載

伊藤　数々の名曲の作詩・作曲もされている谷村新司さんに、私が編集長を務める雑誌「星座」での鼎談をお引き受けいただいたとき、これはぜひ私が教えている関東学院大学の学生に聞いてもらいたいと思ったのです。というのも、谷村さんご自身、二年前から中国・上海音楽学院で教鞭を執られていて、これまでなおざりにされてきた「感じたことを表現し、人に伝えること」を教えていらっしゃると聞いたからなんです。今日は、大学の協力を得て、二コマを連続して通した「日本語の魅力、ことばの『力』」という講座を開くことができました。

谷村　いまこうして学生の皆さんの顔を拝見して、日本にもこういう目の輝きを持った人たちがたくさんいるんだなあと思って、すごくうれしいんです。また、今日は、ことばの大先輩である尾崎さんに、いろいろとうかがえるのも楽しみです。

尾崎　こちらこそ、谷村さんがお書きになった歌詞のことばについてや、中国でのお話などお聞きしたいです。

伊藤　そもそも、なぜ中国の音楽学校で教えられるようになったのですか。

谷村　昭和五十六年（一九八一）に、アリスとして初めて北京でライブを開いたのがそもそものきっかけです。日本人が中国でライブを開催するということがまだ珍しい時代で、いろいろと苦労もあったのですが何とか成功させて、その後、アジアを視野に入れた活動を本格化させました。

伊藤　平成十四年（二〇〇二）の、日中国交正常化記念コンサートもプロデュースされていますね。

谷村　日本からは浜崎あゆみさんらに参加してもらって、四万五千人も集まったのです。翌年、中国で最も歴史のある上海音楽学院から現代音楽の学部を創設するに当たり、教授就任の打診がきました。

伊藤　なぜ受けられようと思われたのですか。

谷村　それまで、中国の音楽教育では、理論や技術の水準は高くても、感じたことを表現したり、それを人に伝える能力を育てるという発想に欠けていたんです。自分自身が中国でコンサートをしたとき、たとえことばが通じなくても、「音楽」を通して感じてもらえることを実感していましたから、「心に残り、ことばも国境も超えて歌い続けられる音楽を中国から発信してほしい」という思いで引き受け、いまも毎月一週間ほど上海に行っています。

尾崎　音楽は国境を超える、とよくいいますよね。でも実際に、ことばは壁になりませんか。

谷村　いや、実際はよくことばの壁にぶつかります（笑）。でも、コンサートではある時点から、もう関係なくなりますね。僕は、コンサートの最初には一応その国の言葉で挨拶するんですけど、日本語の歌は全部日本語で歌います。しかも、盛り上がってくると大阪弁になっていたりするんです（笑）。それでも「分かるかーっ？」と叫ぶと何千人もの人が「イェーッ！」と応えてくれるんですよ。

伊藤　学生たちとのコミュニケーションはいかがですか。

谷村　もちろん完全ではありませんが、一緒にご飯を食べたりいろいろなことをして過ごす中で、「心」は伝わっているかなと思います。

尾崎　ことば以外にも、中国の学生に教える難しさはありますか。

谷村　実は、中国の学生たちに「日本ってどういう国ですか」と聞かれたらどう答えようかと準備していたのですが、どうしても答えが見つからなかったんです。それで、二年前から「日本」について勉強し始めました。

伊藤　具体的にはどんなことですか。

谷村　いわゆる、「学校では教わらないこと」です。例えば、なぜ日本では岡山や広島のある一帯を中国地方と呼ぶのか。日本の真ん中という意味だったら、もっと東、富士山のあたりぐらいじゃないですか。でも、中国地方にはそう呼ばれるきちんとしたわけがあるらしいんです。

尾崎　そうなんですよ。平安時代の律令の延喜式による「遠国」「中国」「近国」の区分で、「中国」は当時の都、京都からの距離が遠からず近からずだったのが由来なんですよね。

谷村　あとは、なぜそこに桃太郎やかぐや姫の伝説があるのかとか、かぐや姫はなぜ竹に入っていたのかとか、子どもに返って「なぜ？　どうして？」と答えを求めて勉強しているんですよ。

伊藤　なるほど。中国へ行かれるようになって、「日本を知りたい」という思いが高じられたんですね。

日本語の曖昧さ

谷村　「グローバルスタンダード」というじゃないですか。僕は、日本に生まれ育って、日本のことを何よりもよく理解しているということこそ、スタンダードでインターナショナルだと思うんです。日本にいると、外国のことをよく知っているのがインターナショナルだと思ってしまいますけど、外国に行くと日本のことをよく聞かれるでしょう。そこで答えられなくて、「日本のことを何も知らない……」と気づかされるじゃないですか。

尾崎　同感です。

谷村　あと、これまでの世の流れであったＹｅｓ、Ｎｏの二元的な価値観、世界観が、絶え間なく戦争があったり、環境問題が山積みにされたりする中で、その考え方は行き詰まってきていると、恐らくアメリカの人もヨーロッパの人も気づいていると思うんですね。そこで、日本的な考え方、三元的というか、白と黒の間に灰色があるというある種の曖昧さが、大事になってくるのではないかなと思っているんです。

伊藤　はっきり答えを出さない日本人の性格や日本語の曖昧さというのは、世界の中でこれまでどちらかというとマイナスにとられてきましたけど、熱いか冷たいかだけではなく、その間に「ぬるい」という選択肢があるということは、大事なことだと感じます。ボクはゼミの学生に「このゼミはぬるま湯でいこう」と言ってます。

谷村　多分、伊藤先生のゼミはすごく広い世界を伝えようとしているんでしょう。ぬるいというと中途半端だと判断されるけれども、一番熱いものと冷たいものがものすごいエネルギーでぶつかった結果、できたのが「ぬるい」という世界。これは、「中庸」ということなんですよね。

伊藤　「ぬるま湯」というのは言葉の綾で、熱湯のようでは風呂は楽しめない。水風呂も長くはつかれないというような……。

尾崎　バランスがとれているということですよ。

谷村　「日本人はファジーだ」とも称されますけど、いい加減という意味ではないんですよね。車のハンドルでいう「あそび」だと僕は思う。

尾崎　いいことをおっしゃいます。平安時代の文学には「うつろい」という意識があるんですけど、まさにそれですね。ここに確かにあるものというのではなく、いつかは変わる、流れて行く、消えて行く……中世になると「無常」ということばも出てきますけれども、その「うつろいの美学」というのが日本にはあるんですよね。例えば「露」ということば。朝露とか歌にもたくさん出てきますけれども、すぐに消えてしまうものなのにそこに美しさをこめるということを、日本人はしてきたんです。

谷村　本当に、日本のことばは素晴らしいって思います。僕自身、日本について勉強する中で、日本語って特別だなあと思いました。だから、日本のこと、日本のことばの美しさを、若い人たちにもどんどん学んで欲しいんですよね。

ことばと音、察するということ

伊藤　谷村さんの曲は、「昴」「サライ」など、言葉の拾い方が独特で素晴らしいなと思うのですが、歌詞を書かれるときに、何か意識されていることはあるんですか。

谷村　僕の歌詞というのは、メロディーがあって初めて動き出してくるものだと思っているんです。だから、詞だけ取り出して考えてみるのは難しいですね。

尾崎　それ分かります。短歌もそうなんです。ことばって、音とリズムなんですよ。

谷村　尾崎さんの歌集『炎環』のあとがきに、章立てに「時雨の譜」「春雪の譜」といった「譜」という言葉を使ったわけに「短歌とは律調をもった現代詩であり、音楽性を失っては成り立たない」とありますよね。章の名をそういうふうに表現されているのって素晴らしいなあと感激したんです。ことばって、音ですよね。

尾崎　ええ、そう思います。

谷村　ことばというのは本当にいろいろな感情を想起させるものがあって、さらさらと流れていくものもあれば、ひっかかるものもあるし……。先ほども話しました僕の歌詞のように、メロディーと一緒になって初めて生きてくることばもあるんじゃないかと思うんです。

伊藤　イメージを想起させるというのは、日本語というより日本文化そのものの中にありますよね。例えば、松尾芭蕉に有名な「古池や蛙飛びこむ水の音」の句がありますけれども、ポルトガルの大学でこの句を紹介したときに、「蛙は何匹飛びこんだのですか」と聞かれて驚きました。日本には察する文化といいますか、単に表記された以外のことを想像する文化があるんです。

谷村　そうなんです。我々はふつうに「虫の声」というでしょう。海外では通用しないんですよね。彼らは、虫の音を一種のノイズとしてとらえていて、日本人のように虫に人格を重ねて感じることはしないのです。これは日本独特の世界。

尾崎　「蛙飛びこむ」という語で、水の音だけではなく、その外の静寂、音の広がり……そんな共通意識を抱きますものね。日本語というのは、非常に感性的な言語だと私は思います。英語は「はじめにロゴスありき」で積み上げていく論理的な言語なんですけど、日本語は「ことのは」つまり「事の端」なんです。

谷村　「ことのは」ですか。

尾崎　つまり、事の端っこをちょんと突っつくと、全体を受け取ることができる。非常に感性の強い言語なんです。

谷村　いま「ことのは」と聞いて、僕は音楽をやっていますから、「琴の波」かと思いました（笑）。というのも、古代ギリシアでは医者、天文学者、哲学者、科学者……みんなお琴、つまりハープを弾いたんですよ。音楽ができないと、人に物を教えられないということでね。音というのは波動ですから、それが「ことば」になったのかなと思いまして。

尾崎　なるほど、それは素敵な解釈ですね。やはり、ことばは音なんですよね。ことばの持っている力というのは、本当に強いものがあって、短いことばがずばっと入ってくるときってありますよね。

谷村　特に恋愛中のときはことばの力を感じます。相手の一言で一気にさめてしまったりということは、誰にも経験あると思いますし。

伊藤　そのあたり、尾崎さんのご専門の『源氏物語』などではどうだったのですか。携帯電話もない時代でどうやって恋を表現していたか。

尾崎　まさに歌、和歌だったんですよ。当時は男が女に求婚するわけですけど、いきなり会ったりはしません。まず、手紙を出すんです。和歌という短歌形式でやりとりをして、その中で意思を表したのです。

伊藤　女性のほうに受けるか拒むかの選択権があったのですよね。

尾崎　そうなんです。まず男性がアプローチの手紙をよこして、それに女性がこたえる。断るにしても、拒《ことわ》り歌という和歌を返すんです。

谷村　本当に歌なんですね。

尾崎　それに、とても時間がかかるんですよ。いまみたいに携帯やメールですぐに答えが返ってくるわけではありません。何度もやりとりして、ようやく会える段になっても、すぐには会えない（笑）。

「垣間見《かいまみ》」という言葉があるじゃないですか。垣根の間から、のぞき見るんですよ。

谷村　なるほど。返事が来るのを待つドキドキした感じって、いまはなくなっていますよね。

尾崎　だから、当時の人たちは、相手の気持ちをどうやったら惹くことができるかということに長けていたと思います。

伊藤　すぐに叶わないからこその想像力ですね。現代では、ことばの後ろにあるものを読むという想像力が衰えてしまっていると感じます。恐らく、テレビなどの弊害だと思うんですけれど。

ことばの力

谷村　アメリカではMTVというTV番組が出てきてから、つまり音楽に映像をつけたものが出てきてから、音楽そのものが下火になってしまったんです。音だけ聴いているときは、自分の好きな映像をイメージできたのですが、それがなくなってしまった。確かに目の前に映像があったら、別のものをイメージするのは難しいですよね。

伊藤　確かにそうです。そういう意味では、映像というのは想像力を奪ってしまう部分があるんですよね。

谷村　小説が映画化されて自分のイメージと違っていたりなんてことも含めて、イマジネーションが減っていく方向に世の中が動いていると感じています。昔、親が風呂上がりに電話口で「すいません裸で」なんて言っているのを聞いて、わざわざ言わなければ分からないのに、「裸で」と言った瞬間に想像してしまうじゃないですか。でも、実はその想像する世界観ってとても大事だったんじゃないかなと思うんですよね。

尾崎　あと、日本語にはことばの音そのものが持つイメージというのもあります。例えば、「あいうえお」だけ見ても、「あ」は開放音、「い」は鋭くて冷たい音、「う」は内包的というか、中に包み込むような音、「お」は荘厳ですし、「え」はちょっと平板で乾いている。カ行は硬いしサ行は擦過音で涼しい……。そういうふうに、一つ一つの音自体が音感を持っているんですよね。

谷村　なるほど。それはあらためて考えてみたことがなかったですけど、その通りですね。実は、僕は歌詞を書くときにはことばを探さないんです。直感……自分ではひらめきと言っていますが、周りの人には「思いつき」だと言われます（笑）。でも、そうとしか言えない、突然ことばが降りてくる瞬間があるんですよ。

伊藤　それを詩人の白石かずこさんは、「自分は神を通じてことばと出会う」とよくおっしゃっています。

尾崎　神懸かりと思われるかもしれませんが、私もそう思います。ことばというのは、授かるものなんですね。

谷村　僕もまさにその通りだと思います。もちろん、誰にでもことばは降りてくるわけではないのかもしれませんが、少なくとも、降りてくる可能性はすべての人にあると思います。あとはどの扉をノックするか。もしかすると、どの扉に向かって歩いていくか、ということが、勉強するということなのかもしれないですね。

尾崎　私も学生時代、先生に言われた「大学は知りたいことの道の扉のありかを教えるところ。物事を教えるところではないんだ」ということばがいまでも心に残っています。

伊藤　アイヌのことわざに「ことばは鏃《やじり》よりも毒よりも強い」とあります。いまの世の人々は無感動だとよくいわれますが、それは言葉が単に自分の意志を伝える記号としてだけの存在にとどまり、感動を伝えるとか悲しみを分かってもらうなどの記号以上のものが欠けているせいなのではと感じます。ことばは「心」を伝える力である一方、人を傷つけることもある両刃の剣です。今日のお二人のお話から、「ことばの力って凄い。言葉を大事にしていこう」という気持ちが学生にも伝わったと思います。ありがとうございました。

学生たちからの質問

質問　自分の思っていることをひとに伝えるときに、不自由さやもどかしさを感じるんです。「好き」といったら「ＬＯＶＥ」なのか「ＬＩＫＥ」なのか――といったように。

谷村　その通りです。ことばって不自由でもどかしいんです。伝えたいことの一端しか伝えられないんです。でも大事なのは自分はもどかしいのだということを、相手に感じてもらうこと。僕はもどかしい思いって詞を書く人の一番大切な感情、エネルギーだと思っています。

質問　女ことばを使いなさいとか男ことばを使うなとよく親に言われますが、男女同権の世の中でどうしてそういう差があるのですか。

尾崎　歴史的にみると、男ことばと女ことばの違いは、ずーっと続いてきているんですよね。『敬語スタディー実技篇』（小社刊）という本にも書きましたが、まだ男女同権とは言い難いいまの社会の中で、社会に出て社長の前で男ことばが使えるかしら――。いまからそのための練習で使い慣れておいて損はないでしょう。注意してくださる方が周囲にいるって、幸せなことだと思いますよ。それとことばって一方的なものではなく、相手があって意味が成り立つもの。自分だけの気持ちでは会話は成り立たないから、相手を大切に思う気持ちが大きくなれば、自然にことばは柔らかくきれいになるのがふつうなのではと私は思います。

対談回想

谷村新司さんは、昔から日本語を大切にされている。国際文化交流の仕事にも力を入れている。外務省や在京大使館のパーティーでときどきお目に掛かる。そんな縁だけなのに、横浜のボクの教えているキャンパスへ足を運んでくださった。尾崎左永子さんとは、尾崎さんが主筆を務める、美しい日本語を伝える雑誌「星座」の編集長として、その謦咳に接している。少し日本語が分かってきたのはそのおかげである。

日本の学生だけではなく、中国からの留学生からも次々と質問が出て、久しぶりに活気のある授業となった。

年明けは四方山話から

阿川弘之（作家）

あがわ・ひろゆき
1920年（大正9）広島生まれ。作家。東京帝国大学国文科卒。海軍大尉として復員後、志賀直哉に師事。53年『春の城』で読売文学賞、94年『志賀直哉』で野間文芸賞受賞。おもな作品に海軍提督三部作『山本五十六』『米内光政』『井上成美』、エッセイ集『食味風々録』。99年文化勲章受章。2007年『阿川弘之全集』全20巻刊行。

——平成十九年（二〇〇七）「かまくら春秋」一月号掲載

シーボルトの植物図

伊藤　白樺で作ったカップを持参しました。これはサーメという北極圏に住んでいる先住民族がつくったものです。材料が白樺というのが気に入って、ヘルシンキで買いました。その後、ヘルシンキと目と鼻の先にある、ロシアのサンクトペテルブルクで先日、「カスピ海の黒ダイヤ」を二十五グラム食べてきましたよ。

阿川　ベルーガのキャビアですね。高いでしょ。去年の九月でしたか、ヨーロッパから帰るときに、パリにちょっと寄って、吉井画廊の吉井長三さんに頼んで、キャビア専門の店で少し買ったんですけど、相当高かったですよ。

伊藤　ロシアも決して安くありませんが、日本で食べるよりは安いですね。確か、銀座の鮨屋でベルーガに尻尾を巻いて引き下がった話を書いておられますね。

阿川　銀座の久兵衛ですよ。昔、谷川徹三先生がキャビアをよく握らせたって聞いていたので、親父さんにいまでも握るかと聞いたんですよ。

伊藤　そしたら親父が「近所に良いキャビアを置いている食料品屋があるから、取り寄せましょうか」ということになった――。

阿川　そうそう。で「いい、いい」。いくら取られるか分からないもの（笑）。ロシアだったらウオッカとよく合うでしょう。

伊藤　ええ。でもアレは強すぎます。おまけにストレートで一気に飲み干さなくてはいけないそうです。ＮＨＫモスクワ支局長だった小林和男さんに言わせると、オン・ザ・ロックや水割りにしたら打ち首ですって（笑）。

阿川　あなたがポルトガルの大学へ始終行かれるのは知っていましたが、最近はロシアですか。

伊藤　ええ。サンクトペテルブルクに国立科学アカデミーの研究所がありまして、そこにシーボルトが日本の絵師に描かせて持ち帰った植物画のほとんど、約千二百点があるんです。オランダのライデンやドイツにも若干あるようですが――。それを良い状態のうちに出版しようというプロジェクトに取り組んでいます。

阿川　ほほう、それは珍しいものを。なぜロシアにあるのか不思議な話ですね。色はついているんですか。

伊藤　ええ。絵の作者も分かっていて、川原慶賀など当時の一流の絵師の仕事なんです。

阿川　そりゃ出版が楽しみですね。

伊藤　出版といえば、『阿川弘之全集』全二〇巻も間もなく出揃いますね。

阿川　この三月に完結します。本の売れないいまの時代に、新潮社がよくぞ出してくれたし、担当者が実に熱心にやってくれて。その編集者は私の全集の刊行を終えて、定年退職なんです。まだ若い人だと思ってたのにね。

伊藤　先日、ある雑誌を読んでいましたら小林秀雄さんのお孫さんが原稿を書いているんですよ。あの小林さんが、「将棋が強いんだ」とよく自慢していた、あのお孫さんかと。本当に時が経つのは速いとつくづく思いましたね。

阿川　小林さんといえば、鎌倉の華正楼で里見弴先生の出版記念会がありましたね。

伊藤　昭和五十四年（一九七九）の六月でした。ボクは一番年下でしたから、使い走りをやりました。

阿川　あのときね、少し遅れて参上したこともあって、小林秀雄さんの隣りの席へ座らされたんです。そしたら小林さんが「君は僕なんかよりひと廻り下かね」と話しかけてこられた。それで僕が「いえ大方、二十歳下だと思います」と答えたら「なんだい、それじゃまだ育ちざかりじゃないか」（笑）。

伊藤　阿川さんは、もうすぐ還暦という歳でしたよね。あのとき、立原正秋さんに伝言を托して遅れて来られましたね。当時、立原さんのことを好意的に書かれている文章を読んでちょっと意外な気がしました。

阿川　ええ、ええ。彼には先輩に対し礼儀正しいという印象が強かったですね。鎌倉文士の草野球があって、試合が終わって里見先生が一足先に帰りかけたら、スタンドですっと立ち上がって目礼を送った者がいる。いまどきいやに礼儀正しいのがいるなと思ったら、それが立原君だったという話を聞いて、それからですね。

伊藤　その前後に書かれた文章だと思いますが、倉本聰さんにはかなり厳しい。

阿川　いやいや、あちらは親しくてからかい甲斐があるからなんです（笑）。

伊藤　確か倉本さんのほうから対談を申し込んできたのに、自分の都合しか考えない、挙句の果てに売れっ子ぶりを口走ったことに腹を立てた、というような内容でしたね。

阿川　いや。そう取られたとしたら少し違う。からかってるんだから。いまや、彼はその道でたいしたものですよ。

『蝕まれた友情』

伊藤　同じ腹の立て方でも志賀直哉の『蝕まれた友情』、あの作品はちょっと凄味がありますね。文章よりも、四〇年の時を経た後に、一時あれだけ畏敬の念と親愛の情を持った有島生馬のことを、かつて若い時代のいさかいを含めて指弾するという執念にちょっと背筋が寒くなります。あの頃はもう志賀先生は六十を過ぎていらっしゃる。

阿川　六十三歳です。それがむきになって。

伊藤　ああいうものは書くほうも結構つらいのでしょうね。

阿川　つらいと思いますよ。最晩年は、「こっちが少し気難しすぎるかもしれないけどね」っていうこと、しきりに言っておられましたよ。それであれはもう、本に入れないことにしたいっていう意向を示して……。全集には結局、入れましたけれど。だが、率直に言うと、あれは志賀先生の全作品の中では、そういいほうではないんです。先生にしては珍しく長いものですがね。むしろ、戦後の作品で『山鳩』とかね、『自転車』『末っ子』とか、短いものでいいのがあるんです。

伊藤　志賀先生が重篤の状態になられたとき、里見先生が見舞いに病院に足を運ばれました。

阿川　里見さんがね、「生馬がショックを受けてね、連れていってくれと言うんだが、志賀君のほうもショックだと困るから『まあまあ、後で』ということにして一緒に来なかった」。僕にね「それでいいだろう」とおっしゃる。そんなことをお答えする立場じゃないと思ったけれど、「よろしいかと存じます」と言ったのが、臨終の前の日でした。

伊藤　結局、息があるうちにお二人が会うことはなかったんでしたね。

阿川　ええ。生馬さんとは会っていません。里見さんは二日続けて来られて、二度、対面しました。志賀先生は里見さんであることを分かったかどうか。白樺派の人でほかに臨終に立ち会った人は誰もいません。

伊藤　ボクにはその話は里見先生がよく口にされた「二人の件は実に運命的で傍でどうしようといってもどうにもならない」という、両者にとって師である尾崎紅葉の死のことで対立した、泉鏡花と徳田秋声の関係を想い起こさせます。

差別と誰が決める?

伊藤　里見先生の全集が完結したときの会、小林秀雄さん、堀口大學さん、そのほかに白洲正子、宇野千代、中里恒子さん、そして阿川さんが同じテーブルでした。あの席順を決めるのに、小林さんに言われて手伝ったんですが、何しろあのパワフルな女性が三人でしょ。小林さんをもってしても決めかねるところがあって、「だから女流作家は面倒で嫌いなんだよ」って、しまいにカンシャクを起こされた（笑）。

阿川　あのとき、僕はどうしてもはずせない用事があって、茅ヶ崎かどこか寄ってから行かなくてはならなかったんです。立原正秋に遅れて行くから端っこのほうの席を用意しておいてくれと言ったつもりだったところが、メインテーブルにつかされちゃって、まいったなあ。

伊藤　その後、中里さんと対談する機会があって、その話をしたんです。そしたら中里さんが「女なんですから、勝手に世間さまがそういうのは構いませんが、仕事の上では男も女もありません」。「女流作家」という言い方は失礼だと怒られて、立往生したことがあるんです。あのときはそういう言い方を中里さんはされなかったけど、「女流」という表現がいま、差別用語扱いなんですって。

阿川 そうですかねえ。

伊藤 いまは女流作家とか女流棋士なんていう使い方はまずいんだそうです。

阿川 道理で、中央公論の「女流文学賞」なんかも名称が変わって、対象が女性だけじゃなくなったんでしょうね。

伊藤 この間、ある県の医師会の会長の対談があったんですが、ついついそのお医者さんは「看護婦」と口走るんです。言ってから、これは後で看護師に訂正しておいてと言うんです。

阿川 なぜ看護師と言わなきゃいけないんだろう。僕はいやだから、仕方なしにナースと言ってますよ、病院では。

伊藤 で、患者さんを「患者様」というでしょ。

阿川 ただ「患者」で結構じゃないですかね。

伊藤 あれは、どこでそういう言葉を決めているんでしょうか。

阿川 ほんと、誰が決めるのかね。

伊藤 確かに、明らかに他人を見下したり不快を与える表現はいけませんが、言葉に対して過剰に神経質になりすぎている気がしますね。

阿川 看護師より、看護婦のほうがよっぽど美しいと思う。今朝の新聞にも「ニュースな言葉」なんて書いてありました。ばかな……(笑)。「ニュース」は名詞ですよ。

伊藤　新聞やテレビで、間違った言葉の使い方にいらいらされたりするのはよく分かります。小林秀雄さんは古今亭志ん生の落語と天気予報しか見ないと、よく怒ってましたよ。

阿川　ええ、僕も新聞やテレビ、ろくに見ないんです。これを「遮断」と称してるんですが（笑）。女房は寂しがってテレビを見るけど、すぐに「消せ」ってやめさせてしまう。だから世の中のこと、何にも知らなくて。この間の冬のオリンピックのときも、「トリノオリンピック？　鳥にいったい何をさせるんだ」と言って、みんなに笑われました（笑）。新聞見ないから、分からないんですよ。ロバっていうマラソン選手が活躍していた頃も、「どこに驢馬《ろば》がいるんだ」と言って笑われたしね。

伊藤　お嬢さんの阿川佐和子さんのエッセイを読まれて、文章の語尾が「だった」「だった」が多くてみっともない、使うなと叱ってから、自分の全集のゲラを読み直していたら――という、あの新聞記事の話は面白かったですね。

阿川　そうでした。「だった」という言葉を立て続けに使うな。だった、だった、だった、と安物の機関銃じゃあるまいし（笑）。これは福原麟太郎さんが厳しく言っておられますね。福原さんは当時の東京高等師範学校で、岡倉由三郎に英語を習ったんです。

伊藤　岡倉由三郎さんは岡倉天心の弟ですね。

阿川　英語に厳しく、日本語にも非常に厳しかった。「だった」という言葉は使うな、「であった」とちゃんと言えと、常に言われたそうです。学生が涙を浮かべるぐらい厳しかったそうで、それを福原麟太郎さんが書いていらっしゃる。調べたわけではないけれど、森鷗外も「だった」という文末を一つも使っていないという話を聞いています。娘がものを書くようになってから、大分いろいろ言いましたが、全集を編む際に、自分が若い頃書いた作品を読んでみると、「だった」を結構使っていたんですよ（笑）。

伊藤　やはり、子どもは親の背中を見て育つ、ですかね（笑）。

阿川　それより、この前ファックスでお知らせした秋山素男のことをお話ししておきましょうか。志賀先生が奈良に住んでいた頃、書生に来ていた青井岩雄という人がいて、後に警察官になって、岡山県備前署の署長を務めるんですが、岡山の中学でストライキがあったときに、左翼の学生が扇動しているに違いないということで、青井さんが首謀者とおぼしき中学生の家に踏み込んでみたら、マルクスやエンゲルスの本など全然なくて、志賀直哉の本がずらりと並んでいた。それで、捕まえた中学生と意気投合しちゃうんです。

伊藤　その中学生が秋山さんですね。

阿川　ええ。彼は文学青年で、その頃から非常な読書家でした。戦後、熱海の志賀山荘の近くへ引っ越してきて、小説家になる勉強をするつもりだったんだけど、結局はそうはいかずに、文学の道を捨てて、株のほうで活躍するんです。歳は私と同じぐらいだから八十半ばですが、いまも大した読書家でして、読書レポートと株式レポートというものをつくって人に配っているんです。

伊藤　それをボクに送ってくださったんですね。

阿川　ええ、そうなんです。あるとき、ふっと読んでみたら、伊藤さんの書かれた『末座の幸福』のことをたいへんほめているんで、これはこれはと思ってお知らせしたんですよ。

伊藤　わざわざファックスまでいただいて、恐縮しております。また今日は、阿川先生自らハンドルを握って送ってくださるそうで、これは恐縮と恐怖ですが、ありがとうございました。

お話は阿川さんのお宅でうかがった。前日、念のために道順をお聞きすると、最寄り駅に出迎えますと言われる。滅相もないことでタクシーを拾います、と丁重にお断りした。阿川さんはご自分の運転で駅へ来てくださるつもりだったのだ。帰りはお言葉に甘えた。阿川さんの名誉のためにも付け加えれば、ハンドルさばきは確かなものだった。いつかベルーガの二十五グラムを持参しなくてはいけない。

歌舞伎と文化交流

河竹登志夫（演劇研究家）

かわたけ・としお
1924年（大正13）東京生まれ。演劇研究家、早稲田大学名誉教授、日本演劇協会名誉会長。河竹黙阿弥の曾孫で歌舞伎研究の第一人者。著書に『比較演劇学』三巻『歌舞伎』『作者の家』『黙阿弥』、エッセイ集に『酒は道づれ』『包丁のある書斎』『人生に食あり』、対談集『日本の古典芸能　名人に聞く究極の芸』（小社刊）など多数。文化功労者。

歌舞伎と国際文化交流

――平成十九年（二〇〇七）「かまくら春秋」四月号掲載

伊藤　河竹先生が長年関わってこられた、歌舞伎の雑誌「演劇界」が、その母体となった「演藝画報」の創刊から数えて今年、百年を迎えたそうですね。

河竹　戦争末期の数ヵ月を除いて続いていますからね。何といっても、この雑誌のよさは、写真が豊富で、歌舞伎の上演記録がきちんと残されていることです。これが、結果として歌舞伎の伝統や本質を後世に伝えていくことにつながっていくんですね。

伊藤　実はいま、シーボルトに関わるプロジェクトを、私の勤務する大学が協力して、ロシアで進めています。シーボルトが日本を離れる際、川原慶賀をはじめとする一流のお抱え絵師たちに描かせた日本の植物の精密画、千四百点をドイツへ持ち帰ったんです。

河竹　シーボルトは日本ですと医者として知られていますが、ヨーロッパでは植物学者としてのほうが、有名だとか。

伊藤　そういう面もあるようです。ところが、そのうちの千二百点がなんと、サンクトペテルブルクの国立科学アカデミーの研究所にありましてね。そのままにしておいては、状態が悪くなるばかりなので、原本を撮影して出版することになったんです。

河竹　それは、素晴らしい仕事ですね。

伊藤　意義ある仕事という点では、研究所とも合意したんですが、各論になると意思を疎通するのになかなか骨が折れました。国際交流というと、言葉はいいけれど、難しい面もあると実感した次第です。

河竹　なるほど。ロシアといえば、劇作家で演出家の小山内薫の推挙によって、昭和三年（一九二八）に二代目市川左團次《さだんじ》が一座を連れて、当時はソ連でしたが、歌舞伎の公演を行いましてね。これが、歌舞伎が海を渡った初めての公演なんです。小山内薫は『どん底』の演出の研究などのため、ソ連へ以前に行っていましたから、仲介を引き受けて、俳句仲間で新劇運動の同志だった市川左團次に声をかけて、一座を連れて行かせたんです。

伊藤　演目は何でしたか。

河竹　「忠臣蔵」「娘道成寺」「修禅寺物語」など、いろいろ披露したらしいけれど、あなたの話じゃないが、とにかく旅ひとつにも大変な苦労があったようですよ。そのときのことが『市川左團次歌舞伎紀行』という本にまとめられています。

伊藤　観客の感想や反応はどうだったんでしょう。

河竹　これが、賛否両論、評価が二つに割れているんです。革命から一〇年ほどたった当時のソ連では、リアリズムと反リアリズムの力が拮抗していたため、それがそのまま素直に劇評に表れたのではないでしょうか。例えば、演出家のスタニスラフスキー派は否定しています。一方、映画「戦艦ポチョムキン」の監督、エイゼンシュテインは「自分たちの新しい表現主義的なものが、すでに三百年前の日本にあった」と評価した。非常におもしろいですね。

伊藤　それだけインパクトの強いものだったのでしょうね。その後も、歌舞伎の海外公演は続きましたか。

河竹　戦争をはさんで、再開したのが昭和三〇年（一九五五）でした。まず中国へ行き、三十五年にアメリカで初演しています。その翌年がソ連で、その後、ヨーロッパ、オーストラリア、韓国そのほか各国へ行っています。私はアメリカ初演から、こうした節目のものにはすべて準備段階から関わって、公演にも同行しましたが、振り返ると、戦後、再開してからの五年間で世界に歌舞伎の種がまかれたと思っています。

伊藤　確かに、一国の歴史と文化が受け入れられるには時間が必要ですが、五年間の実績があったからこそ、最近の、パリやニューヨークでの公演の成功につながっていくのでしょうね。

河竹　ええ。平成十六年（二〇〇四）の「市川海老蔵襲名披露フランス公演」では、私は行きませんでしたが、團十郎も、海老蔵も、尾上菊之助もフランス語で襲名口上をやって、かなり受けたそうですよ。菊之助が一番うまかったらしい。

伊藤　行くほうも招くほうも慣れてきたのでしょうね。演目では、概して何が人気でしょう。

河竹　「俊寛」「忠臣蔵」「曽根崎心中」、そして国内ではマイナーとされる作品ですが、「壺坂霊験記《つぼさかれいげんき》」や狂言舞踊の「身替座禅《みがわりざぜん》」などですね。「壺坂霊験記」は夫婦愛の話で、観音様のご利益によって目の病気が治る話ですが、欧米にも奇跡劇があるから不自然さは感じないようです。不倫がテーマの「身替座禅」も、韓国は道徳を重んじる儒教の国なので大丈夫かなという心配をよそに、大変な人気でした。もちろん、外国人に分かりやすくするための演出は一切しません。本物を見せます。

伊藤　ボクはいま、聲明《しょうみょう》の海外公演をプロデュースしていますが、聲明は音楽だから外国の人にも分かりやすいということは頷けるところでしょうが、日本語の文学作品の朗読とコラボレーションも照明などの工夫で、外国の人たちもよく理解できるといってくれます。

河竹　それは素晴らしい。ついでに能のことも、お話をしますとね、もうお亡くなりになりましたが、天才的名人といわれた観世寿夫さん——彼も海外公演の経験が多いから、海外でお能がどう受け止められたか、聞いてみたことがあるんですよ。観世さんは「公演中テキストばかり読んでいる日本人より、むしろ外国人のほうが、素直に、美として、音楽として、また舞踊として鑑賞してくれる」とおっしゃっていました。聲明もそうかもしれませんね。

伊藤　聲明の海外公演を企画しながら、一体こういう活動にどういった意味があるのか、考えてみたんです。結局、聴いた人が「やすらぎを覚えた」とか、「ミラクルだ」と言ってくれるこの反応に意味があると思うようになりました。こうした小さな個々人の交歓が積み重なり、広がっていくことが、国境を超えた文化交流の原点になるのではないでしょうか。

河竹　そうですね、例えば聲明を聴いて、人種や国を超えた人間の普遍性を確かめ合うということもできるでしょうし、同時に異文化に触れてみて自分の属している文化への思いや興味が一層深まる場合もあるでしょう。音楽や演劇、芸術、そうした文化が、人間同士の理解を深める手助けをしてくれているのは、確かだと思います。

歌舞伎今昔

伊藤　テレビカメラの性能がよくなったうえに、舞台照明も光量が豊富になったことで、例えば女形の年齢が中継番組などでは露わになってしまうといった弊害も出てきたという話を耳にします。これからは、時代と共にキャスティングのシステムも変わるのではないかという気がしますが。

河竹　確かに、大きな問題ですね。明治二〇年（一八八七）に当時の外務大臣、井上馨の屋敷内で明治天皇が初めて歌舞伎をご覧になりました。九代目市川團十郎が主演で「勧進帳」などを演じたのですが、このとき、電気による照明も初めて使われました。ところが白熱電球に照らされて、役者のあばた面がさらされた、と新聞に報道されてしまったんです。歌舞伎の歴史上、メイクアップが変わるポイントとなった一幕ですね。それと、役者の体格が大きくなったことも、時代による変化でしょう。腰をかがめないと大道具の間尺に合わなかったり、舞台も広くなって歩数が変わり、鳴り物や合の手を変えなければならないというようなこともでてきています。

伊藤　逆に、時代を超えていまも生きている要素もあります。「匿名性」はその代表かと思いますが。つまり、題材は江戸のことなのに、鎌倉や湘南をあえて舞台にしたり、人物の名前を変えてみたり。

河竹　そういうものはたくさんありますね。「仮名手本忠臣蔵」、河竹黙阿弥の「弁天小僧」……。「義経千本桜」や「勧進帳」などは、ずっと昔の話だから実名のままなんですが。

伊藤　なぜそうなったのですか。

河竹　リアルな内容であればあるほど、幕府の取り締まりの目が厳しかったから、江戸での出来事、特に大名のお家騒動を書くときなどに、それを曖昧にする工夫として鎌倉を使ったのでしょうね。鎌倉は江戸からも近いし、庶民の行楽地で知名度も高かったから、隅田川を稲瀬川と書いても、想像がつきますし、小町や長谷、極楽寺の山門は全国の人に知られていましたからね。

伊藤　誰の知恵なんでしょうね。

河竹　さあ、はっきりしたことは分かりませんが、寛延元年（一七四八）に「仮名手本忠臣蔵」が初めて上演された折には、序幕が鶴岡八幡宮になっていましたからね。ずいぶん昔からあることなのでしょう。登場人物の名前にしても、大石内蔵之助は家老クラスだから少し変えて、大星由良之助。しかし、浅野内匠頭は大名なので、塩冶判官《えんやはんがん》というまったく違う名前にしたのです。庶民や下級武士はいいので、全部替えるというわけではありません。

伊藤　観客は皆、誰なのか、分かっていますからね。

坪内逍遙の思い出

河竹　ところで、あなたが大学で坪内逍遙の講義をされていると聞いていたものですから、今日は珍しいものをお目にかけようと思いましてね。明治四十四年（一九一一）の七月に大阪の角座《かどざ》というところで上演した逍遙訳の「ハムレット」の演出台本です。初版本で、これは私の父の親友で、このときの舞台監督だった吉田幸三郎さんが使っていたものです。見返しのところに松井須磨子ほかの役者やスタッフのサインがあって、逍遙も書いているんですよ。

伊藤　これはすごい。当時の劇場の賑わいが伝わってくるようです。坪内逍遙との関係でいえば、河竹先生の父上、つまり河竹黙阿弥の家に養子に入られた繁俊先生が、坪内逍遙の弟子だったわけですね。

河竹　はい。早大の英文科で直々の教え子でした。

伊藤　先生ご自身も、逍遙に会われたとか。

河竹　四歳のときに一回だけ。昭和四年（一九二九）十月二十一日のことです。そのころ住んでいた渋谷の松濤の家に、四畳半の書斎がありましてね。これは父が本所にあった黙阿弥の書斎を真似てつくった書斎ですが、そこへ坪内さんがおみえになりました。親父はいつも優しい人なのに、そのとき

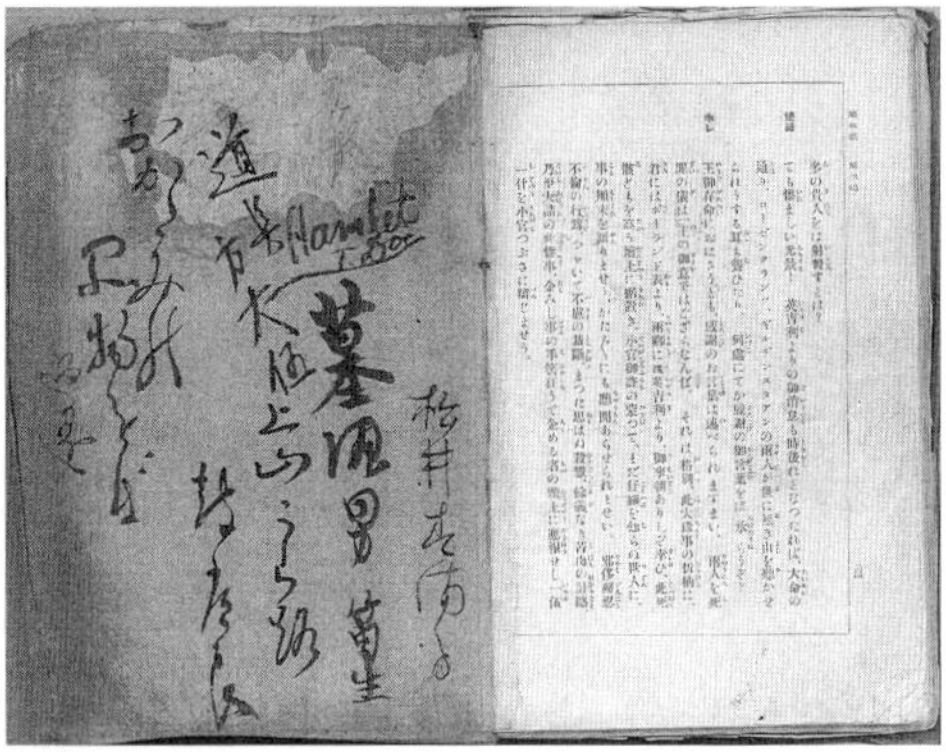
坪内逍遙訳「ハムレット」の演出台本。見返し左端に逍遥のサイン が残る

は怖い顔をして、私に「偉くなるように頭をなでていただけ」と言うんです。そうしたら坪内さんが私の頭にのばした手をのせたことを覚えています。それから「わっはっは」と非常に響きのあるいい声で笑った。

伊藤　あのカイゼル髭《ひげ》の風貌からすると、ちょっと想像しにくいですね。

河竹　私は「坪ンのおじさん」と言いながら、写真を見て、坪内さんの似顔絵をよく描いていました。それを親父が「先生に描いてお見せしろ」と言うんです。描いたら「ひげが小さすぎる」というので、描き直すと「これでは大きすぎる」とおこられた。その様子を坪内さんはニコニコして見ておられました。

それから一週間もたたないうちに、神楽坂にいまもある有名な老舗の相馬屋という文房具屋から、立派な画帳と二十四色のガリバーテンペラ絵の具と絵筆を坪内さんが贈ってくださった。もったいなくて使えませんでした。

伊藤　繁俊先生にとって、逍遙は特別な存在だったのでしょうね。

河竹　父に黙阿弥の家へ養子に入るよう勧めたのは坪内さんですからね。坪内さんは、黙阿弥家の恩人なんですよ。また、黙阿弥が晩年、欧化主義者から迫害されたとき坪内さんが『読売新聞』に四回にわたって反論を寄せて「黙阿弥翁よ、世間の好尚に媚びることなかれ」と擁護したんです。

伊藤　黙阿弥はずいぶん感動したでしょうね。

河竹　こんなこともありました。黙阿弥は朗読がうまかったそうなんです。昔はコピーがなかったから、作品を書き下ろした作者は「本読み」といって、役者が揃う最初の顔寄せのとき、始めから終わりまで、一人で台本を読むんですね。そのとき役者が自分の役はこういう役だ、こういう調子なんだ、と役柄を捉えられるように読まなくてはならない。難しいんですが、黙阿弥はこれがうまかった。

伊藤　黙阿弥の作品のあのリズムのよさは、自らが体現することによって出来上がったのでしょうかね。

河竹　それはあるかもしれません。それであるとき、坪内さんや、饗庭篁村《あえばこうそん》といった方々の前で朗読をすることになりましてね。総入れ歯だったものですから「息がもれて下手な朗読をお聞かせしては申し訳ない」と、わざわざ入れ歯を新調しているんですよ。黙阿弥が亡くなる前の年のことです。

伊藤　幸田露伴の『五重塔』に登場する、完璧主義者の「のっそり十兵衛」と一緒にしてはいけませんかね（笑）。坪内逍遙は晩年胸を悪くして、熱海の双柿舎《そうししゃ》という別荘で養生されていましたね。

河竹　ほとんど寝たきりの状態でしたし、もともと厳しい人だったから、特に晩年は怖くて人が近寄らなかったようです。そこへ親父はときどき行って看病をしていました。坪内さんは泣いて喜んだそうです。晩年の逍遙は孤独な人だったんですね。感謝のしるしにと、親父のために歌を色紙に書いてくれた。「今たゞに死ぬをいとはぬをのこわれ人の誠におもほえず泣く」「うれしみて涙ぐめるを病苦ゆゑと死をいとふゆゑとおぼほすな君」。

伊藤　今日、あまり見られない師弟愛で、うらやましい話ですね。

対談回想

国際間の文化交流は、手間隙がかかる。国境よりも国情の壁を越えるのが一苦労だ。そして、その前に越えなければいけないのが日本の役所の壁。前例のないことは難色を示す。そのハードルを次々にクリアーしてきた、国際文化交流のパイオニアともいえる河竹さんの手腕をいまにして思う。

ポエジーの周辺

辻井　喬（詩人・作家）

つじい・たかし
1927年（昭和2）東京生まれ。詩人、作家。日中文化交流協会会長。93年詩集『群青、わが黙示』で高見順賞、94年小説『虹の岬』で谷崎潤一郎賞、2004年小説『父の肖像』で野間文芸賞、09年詩集『自伝詩のためのエスキース』で現代詩人賞を受賞。おもな作品に小説『いつもと同じ春』『遠い花火』、短編集『書庫の母』、回顧録『叙情と闘争』など多数。経営者・堤清二としてセゾン・グループを率いた。

ポエジーと小説

——平成二〇年（二〇〇八）「かまくら春秋」一月号掲載

伊藤　この度は日本芸術院の新会員になられ、おめでとうございます。これまでのご活躍が高く評価されてのことと思います。

辻井　光栄なことです。もっとも、以前「親鸞賞」という親鸞を記念した文学賞をいただいた折り、選考委員だった作家の加賀乙彦さん、黒井千次さん、瀬戸内寂聴さんらとお話をしていて、「どうして皆、芸術院会員になりたがるのかな。なったからといって、どういうことはないんじゃない」なんて発言してしまったことがありましてね。そうしたら加賀さんと黒井さんが妙な表情をされていて。実は、お二人とも会員になったばかりだったんです（笑）。しまったと思いましたよ。そうしたら同席していた方が「私はぜったいに会員になる」とおっしゃってね（笑）。ちょっと驚いたりもしました。

伊藤　それだけ名誉で、重みのあるもの、という認識をもたれているのでしょう。ですが、どうも芸術院は評論の分野に対しては評価が辛いように感じられるのですが。ボクが知るかぎりでは、小林秀雄さんだけですね。

辻井　そうですね。どうしてでしょう。有資格者は大勢いると思うのですが。全体的には、伝統芸能の分野の方が多いような気がしますね。

伊藤　辻井さんのように詩を書き、小説も書かれる方にはいつもうかがうのですが、ご自分の中で、詩と小説をどのように分けておられるのでしょうか。

辻井　あまり意識はしていませんが、やはりテーマや材料によって分けているのでしょうね。ただ小説には短編と長編があって、テーマに対してどちらが適しているのか、判断ができずに失敗したこともありました。発表しないままになったものもあります。

伊藤　新刊の『書庫の母』は短編集ですね。一気に拝読しました。

辻井　ありがとうございます。この本におさめた作品の材料は、どれも長編にできるものですが、あえて短編にしました。というのも、短編を書くことで自分自身を訓練しているんです。それをしないと長編もいまひとつ決まらない、というところがあって、遅ればせながら自らにトレーニングを課しているんですよ。しかし、不思議なもので散文ばかり書いていると、詩が書きたくなってきますね。

伊藤　小説と詩では、表現方法がまったく違うからでしょうか。

辻井　詩はね、妙なものです。ものごとを叙す、書き表すということを詩の場合は考えません。けれども「ポエジー」は、詩にも小説にも、どちらにも必要です。どんなに華麗なストーリーを展開していてもポエジーがなければ文芸作品とはいえないでしょう。逆に、推理小説と分類されていても、ポエジーのあるものは文芸作品だと思います。新聞の書評欄では、表向きの題材で、これは推理小説、恋愛小説、企業小説とジャンル分けするけれども、ジャーナリズムがいかに文学を理解していないか、ということをさらけだしてしまっていますね。

伊藤　辻井さんがおっしゃる、その「ポエジー」とは、もう一歩進めるとどういうものでしょうか。

辻井　難しいんですがね。作家の井上靖さんは詩も書かれましたが、非常に謙虚な方で「僕は詩そのものに到達していない。しかし『そこに詩があるなあ』という周辺までには行っていて、『ここに詩があるなあ』ということは分かる」というようなことを書いておられます。

伊藤　なるほど。

辻井　詩というものは、きれいなものでも、ロマンチックなものでも夢みたいなものでもなんでもない。もっといやなものでね。恐ろしいもの、けれども無視できないものなのです。ところが、逆説的な話になりますが、小説で大衆的な評判を得るには「本当の詩」になってはだめなんですね。詩の周辺までは行くけれど、本当の詩になっていないところで、読者は安心して読むわけですから。最後の国民作家といわれる司馬遼太郎さんは、その頃合いをよく心得ていた人です。

伊藤　何となく分かりますね。鎌倉文士の一人だった作家の永井龍男さんが結婚の際、吉川英治さんから「仲人をしようか」というお話があったそうです。ですが、永井さんは「せっかくのお言葉ですが、私はそっちの方向へ行こうと思いませんので」と言って、断ったのだそうです。吉川さんは、それこそ国民作家でしたが……。

辻井　世俗的な意味での幸せを求めるのだったら、詩そのものに突き刺さらないほうがいいですね。「詩」めいたものを書いたほうが売れます。でも、これはタイプの問題だから、どちらがいいとか悪いとか一概には言えません。

川田順について

伊藤　辻井さんの代表作『虹の岬』は実在の人物である歌人川田順と、弟子であった人妻・祥子との恋愛を描いた小説ですが、二十七歳という年齢差を超えた恋愛そのものに、ポエジーを感じられたのでしょうか。

辻井　どうでしょうか。川田順さんとはお会いしたことはないのですが、常々不思議な方だと思っていました。住友総本社のナンバー・ツーだった人が、昭和十二年に理由もなく突然会社を辞めてしまったのですからね。それが不思議で、僕は当たれる限りの資料を当たりましたが、第三者が聞いて納得できるような具体的な理由が、何ひとつ出てこないのです。

伊藤　当時の住友総本社のナンバー・ツーといえば、現代の大企業のナンバー・ツーとは比較にならないほどの高い地位ですよね。

辻井　ええ。絶大な権威をもったポジションですよ。その位置にいた本人は「僕のようなわがままものがトップになったりしたら、御本家様に迷惑をかけるから辞めた」と説明していますが、説得力はないですよね。私は、同年に起きた二・二六事件と関係があるのではないかと推測しています。それまでの川田さんの思想や行動から推量すると、彼は決起した青年将校にシンパシーを感じていたのは間違いない。事件の処理に非常に不満を覚えていたし、青年将校を裏切った人物と付き合わなければならないような会社のポジションには、いたくなかったんでしょう。ポエジーという点では、川田さんという人物そのものに、ポエジーがあったのではないでしょうか。

伊藤　辻井さんには、二・二六事件についての記憶がおありですか。

辻井　小学生の頃でした。その日は烈しく雪が降っていましてね、学校へ行ったら、いつまでたっても授業が始まらない。子ども心にもなんだか変だと思っていたら、先生が現れて「大変なことが起こりました。皆さん、すぐに家に帰って、外へ出ないでください」と泣きながら言われたわけです。三日くらいそういう状態が続きましたね。そのうちに香椎浩平という戒厳司令官が「兵に告ぐ」という勧告を行い、それをラジオで毎日毎日何十回と放送していました。学校に戻ったとき、先生からは「事件を起こした人も、お国のためを思ってのこと。それだけは覚えておいてほしい」というようなことを聞かされました。そのシーンは強く印象に残っています。

伊藤　心に刻まれた歴史だったのですね。ところで、川田順さんはビジネスマンでありながら、芸術院会員にもなられたんですよね。

辻井　「吉野朝の悲歌三部作」をはじめ、とてもスケールの大きい歌を詠んだ方です。住友を辞めた後は、新聞の短歌の選者をしたり、東宮・皇太子殿下の御歌指導などをされていましたね。

詩は経験である

伊藤　結局、川田さんは小説にもあるように、森祥子のモデルとなった、京大教授の妻、鈴鹿俊子さんとの「老いらくの恋」を成就させました。二人は藤沢市の辻堂で暮らしていましたし、川田さんのお墓は北鎌倉の東慶寺にあって、湘南にもゆかりのある方だといえます。詩人の堀口大學はよく「年が口をきくものだ」と話しましたが、『虹の岬』についても、『書庫の母』におさめられた表題作や『落葉』についても、時代を経てきてある程度、客観的にものが見えるようになって書かれた小説かなと思うのですが。

辻井　詩にも小説にも年を経て書けるものと、年など経る必要もなく書けるものがあります。ただ、リルケはある人への手紙の中で「詩は、霊感・インスピレーションがなければ書けないというが、これは間違いである。詩は経験である」と綴っています。本当の深い意味で、リルケの説は正しいでしょうね。子ども時代の経験である場合もあれば、老人の経験である場合もありますが、自分自身の中に取り込んだものでないと、絶対に詩や小説にならない。それに加えて、私は、詩には「思想」、「哲学」といってもいいかと思いますが、そうしたものがないと、人を感動させることはできないのではないかと考えています。

伊藤　小説も同じですね。

辻井　そうですね。最近は自分の中に取り込まずに書くケースが多いようです。「反戦詩」がいい例かと思うんですが、「戦争反対・憲法を守れ・原爆反対」というようなスローガン的な言葉を一切使わないで書いてごらんなさいとアドバイスしても、なかなかできないんですね。知識だけで体験したような気になっていては書けませんよ。でも戦争を知らない十五歳の少年だって、想像力を体験の中に取り込めれば、反戦詩は書けるはずです。

伊藤　里見弴先生は「創作者は造物者である。自分を突きはなして見る目が必要だ」と言っていました。それを「複眼」とも言っていました。

辻井　なるほどね。だけど、最近、戦後生まれの青来有一《せいらいゆういち》さんという芥川賞作家が『爆心』という作品を書いて伊藤整文学賞や、谷崎潤一郎賞を受賞しています。彼自身は戦争を体験していなくても、おじいさんが体験している、それで十分なんです。祖父の体験が孫の世代にどういう影響を及ぼしているのかが描ける。彼に、なぜ想像力が働いたかといえば、思想の一貫性みたいなものがあるからですよね。

伊藤　この時代の中で思想をどうとらえて表現していくのか、一個人だけでなく日本人としてもどう考えていくか問題なんですね。

辻井　いまの時代は思想を持たずして、詩や小説が書ける時代ではありません。ややこしい時代です。

ただ、思想については誤解がありますね。有名な詩人でも「日本語は思想の表現に向かない」なんてでたらめを平気で言う人がいます。これは違います。「和歌は、人の心を種として、万《よろず》の言の葉とぞなれりける」で始まる、紀貫之が書いた『古今和歌集』の序文「仮名序《かなじょ》」は思想ではないのか。あの時代にあれだけの思想的な文学論を書けた民族は日本人くらいなものでしょう。なのになぜ、日本語は思想を表現するのに向かないと言えるのかな。

伊藤　そういえば、小林秀雄さんが、我々が鎌倉に文学館を設立しようという運動をしたときに、「鎌倉は源実朝以来、文学の本物がいないから、作ってはいけない」と言っていましたが（笑）。

辻井　実は私は小林秀雄さんとは縁続きなんですよ。血はつながっていませんが、遠縁だって亡くなった後に分かりました。

政治と文学

伊藤　『書庫の母』、いい作品ですね。中でもお母さまが残した書物を整理していくうちに、柳原白蓮《やなぎはらびゃくれん》の作品集があるはずなのにない。これは何を物語っているのかと背景を探ってストーリーは展開します。あれは辻井さんが何か白蓮にこだわりがあるのかなという印象を受けましたが、いかがですか。

辻井　白蓮にこだわったというよりも、私の母親の状況が白蓮に似ていたのです。母親の夫、つまり私の父は、立身出世、お金儲けや蓄財が第一で、およそ、詩や文学についてはとんちんかんもいいところの男でしたから、ちょうど白蓮さんが嫁ぎ、「炭鉱王」と称された伊藤伝右衛門と状況が似通っていたところがありました。だから、あるべき白蓮の歌集がないという、その本があることで伝わってくることと、ないことで伝わってくることがあるんですね。ないことで伝わってくることまで聞かないと全部聞いたことにならないという感じが僕の中にはあります。

伊藤　そういう環境が筆をすすませたということでしょうが、本にこだわってあのように書くのはやはり詩人だなあ。散文出身の人はあのように書けないと思いました。

辻井　そうでしょうかねえ。先ほども言いましたが、短編の修行中なので。

伊藤　もう一つ、かつて学生運動をしていた主人公のその後の生き方と、同志だった佐和子という女性の生き方を描いた作品『落葉』に通じる話ですが、例えば、北村透谷が政治活動に絶望して文学に深く入っていったわけですが、あの心境は、政治に対して距離を置いたということですか。学生運動と文学との関わりはどのようにお考えですか。

辻井　学生運動には政治的な運動もあれば、文学や芸術についての運動もありますが、敗戦直後の学生運動は政治的なものですよね。私自身は政治的学生運動に絶望していたのではなく、自分に絶望しただけですから。「ああ、俺っていうのはだめだ。どうしようもない男だな」という、それだけのことですね。私が所属していたのは共産党が分裂した折に孤立してしまったグループですから、気の毒な同志もいましたよ。主流派に鞍替えして山村工作隊に加わり有罪になったり、そうかと思うと『落葉』の主人公のように、企業で働きながらも背負った過去から逃れられなかったり。

伊藤　官僚になった佐和子が、自分の立身出世のために過去を偽るような発言をしますね。ボクはあの場面が一番印象に残りました。人間とはそういうものなのだと……。

辻井　いじましいものではありますけれど、一般的な姿でもありますね。「あいつは堕落した」とみんな怒るけれど、それで生きて行くんだから、尊敬する気にはなれませんが怒っても仕方ないというような感じですよね。

伊藤　許しがたいというより、人間臭くてホッとする気持ちもありました。

対談回想

『虹の岬』のヒロインの森祥子のモデルになった鈴鹿俊子さんの実家は、京都・真如堂の塔頭東陽院である。現在の住職、齋藤真成老師は画家としても高名な方である。ボクは師の、ポルトガルのリスボン、スペインのバルセロナなどでの海外展覧会をプロデュースしている。

師の二代前の住職が俊子さんの父である。俊子さんの話は『虹の岬』が出る前から聞いていた。作品が身近に感じられるのは、そんなことがあるからかもしれない。

「太宰治」への道

太田治子（作家）

おおた・はるこ
1947年（昭和22）神奈川生まれ。作家。明治学院大学文学部卒。父は太宰治。母は『斜陽』の主人公のモデルとなった太田静子。86年に母との思い出を綴った『心映えの記』で第1回坪田譲治文学賞を受賞。おもな著書に『絵の中の人生』『恋する手』『小さな神様』『石の花　林芙美子の真実』などがある。

――平成二〇年（二〇〇八）「かまくら春秋」四月〜五月号掲載

母に似た聖母画

伊藤　絵画の〝語り手〟としても知られる太田さんには名画からイメージした小説集もあります。絵に関心を持つようになった、そもそものきっかけからお聞かせください。

太田　母はとても絵が好きで『泰西《たいせい》名画集』を大切に持っていました。母が仕事で留守の間、テレビやマンガもない時代でしたので、私は一人でその画集を見るのが何より楽しみだったのです。母がもし教育のために「これはセザンヌの絵で、リンゴがとても上手に描かれているでしょう」と説明するような人だったら絵が嫌いになったかもしれません。

伊藤　幼い頃、日常の中に、自然に美術があったということでしょうか。

太田　家にはベネツィア派の画家が描いた聖母のポスターも飾られていました。物ごころつく前から見ていたので、西洋の絵だという意識もありませんでした。ただ、貧しい市井《しせい》のマリアが、茫然とした表情で、子どもをしっかりと抱きしめていて、幼心に私の母の雰囲気に似ているなと思っていました。

伊藤　お母様の太田静子さんは、太宰の晩年の傑作『斜陽』の主人公「かず子」のモデルで、小説自体もお母様の日記が元になっている。太田さんは二人のことを「明るい方へ」と題していま雑誌に連載中ですが、これまでは、正面から太宰について書いてこられなかったように思います。心境の変化があったのでしょうか。

太田　太宰のことについては、なるべく逃げていたかったんでしょうね。ただ、林芙美子さんの評伝『石の花』を書き上げたときに、はたと気づいたんです。彼女は誤解の多かった作家で、その真の姿に迫りたいという思いで三年間かけて取り組んだわけですが、「DNAがつながっていない作家でさえ、時間をかけてその世界に踏みこんだら真実がつかめてきたのに、父親である太宰に対して、私はその作業を怠ってきたのではないか」ということにです。

伊藤　それまで作家としての太宰にはどのような印象をお持ちでしたか。

太田　「太宰は『走れメロス』など中期の作品が素晴らしい」と評する方も多いのですが、私はそれよりも、太宰が後世に名を残したのは、あの劇的な死に方と、晩年の作品が人の心を打つからではという思いを密かに持ち続けてきました。

伊藤　欧米では晩年の作『斜陽』のファンが多い。ボクもポルトガルのリスボンの大学で行った授業で、『斜陽』を取り上げたことがありました。

太田　アメリカの劇作家テネシー・ウィリアムズも太宰の晩年の作品が大好きだと言っていました。フランスでドキュメンタリー番組を制作している若い女性からも、『斜陽』に一番ひかれていることを直接うかがいました。そんなこともあって、晩年の作品に向き合って、太宰の文学の真実に迫りたいと思うようになったんです。

伊藤　お母様への鎮魂の思いもあるのでしょうか。

太田　「『斜陽』のモデルは誰でもいいんだ」といった発言を耳にすると、やはり母のためにも、母がモデルであり、母の日記を元に太宰は作品を書いたことを伝えたいという願いも確かにありましたね。

伊藤　治子さんは、「作家・太宰」と「父親・太宰」の両面を見ていかなければならないですね。

太田　誰にでもいえることですが、太宰にも人間としての光と影があります。もし明るいだけの人だったら、ああいう死に方はしなかったでしょう。太宰の最期はいわば「言行一致」でした。あの文学を書いてなお七十、八十歳まで生き永らえていたら「太宰文学」に殉じることにはならなかったでしょう。問題も多かった人ですが、生きるのがとても辛かったと思うし、真実の中で死んでいったのだと考えるようになったのです。そんな思いもあって、延ばし延ばしにしてきたのですが、とうとう書き始めたのです。

伊藤　お母様は太宰に対して、どのような思いを抱いていたのでしょう。

太田　文章を使われたという気持ちはあったとしても、それを甘んじて受ける「愛」があったんでしょうね。あれこれ言いながらも、常に太宰への尊敬の念が感じられました。私からすると、信じられない、おめでたい人と思うぐらいでした。

伊藤　その尊敬の念は、どこから生まれていたのでしょう。

太田　母からは「太宰が芸術家ではなかったら、あなたを生むようなことにはならなかった。『斜陽』という作品のために、あなたは生まれたんだ」と聞かされて育ったことからも分かるのですが、太宰もそうですが、母も芸術至上主義者だったからだと思います。二人の出会いも、まず小説、芸術ありきでした。太宰と出会う前に、母は愛していない夫の子を産み、病気で死なせてしまいます。それは自分に愛がなかったせいだと罪の意識を感じ、その体験を作品にしたいと願っていました。そのとき、鎌倉で心中未遂をした際に、相手の女性だけ死なせてしまった罪の意識を告白した太宰の『虚構の彷徨』を読み、太宰に自分の書いたものも読んでもらいたいと思って、小品を送ったのです。それが二人が出会うきっかけとなりました。

伊藤　銀座のバーの女給、田部シメ子と心中を図った小動岬《こゆるぎみさき》での事件ですね。のちに『道化の華』として発表しています。

『斜陽』の子と言われて

太田　私は「『斜陽』の子」と呼ばれるのが嫌でした。純粋な男女の愛から生まれてきたのではないと言われているようで不愉快だったのです。でも、いまは「『斜陽』の子」だと思えるようになりましたね。

伊藤　『斜陽』という作品は、治子さんが生まれなければ、もっと暗い結末になったかもしれません。

太田　暗く重い部分もありますが、「生まれてくる子供と生きていきます」という主人公の決意に、ほのかな希望を見いだすことができます。母が身ごもったということで、作品に輝きが生まれ、太宰の私達への愛もここにこめられているのではないかといまでは思っています。「愛する人の子を生むのなら、たとえ籍が入っていなくてもいいじゃないか」という意味では、ある種の〝道徳革命〟を起こしたともいえるのではないでしょうか。『斜陽』が欧米の方々に支持されていることは先ほど話しましたが、殊にフランスには、四人に一人が婚外子という現実があり、そういう意味でも、フランスの女性は特に共感を覚えるようです。

伊藤　太宰は治子さんが生まれたとき、「この子は私のかわいい子で父をいつでも誇ってすこやかに育つことを念じている」と認知証を書きましたね。

太田　母が私を身ごもったことを伝えたとき太宰は「もう死ねなくなった」と言ったそうです。そういった話からも、太宰という一人の人間の真実を私なりに考えてみたいと思い、太宰と母の関係から考え始めたのです。

伊藤　太宰の入水自殺の真相については、ボク自身、謎だと思っています。ボクは自殺をよしとしない人間です。文学の師である里見弴先生も兄有島武郎を敬愛しながらも、あの心中を絶対に認めていませんでした。しかし、いま、治子さんのお話を聞いて、「ああいう死に方が、言行一致ということなんだな」とハッとしました。

太田　私は覚悟の自殺だったと思っています。

伊藤　お母様は、太宰の死後、食堂の賄いや寮母の仕事で生計を立て、治子さんを育てましたね。太宰の実家・津島家からの援助を一切受けることがなかった。

太田　母は医者の家系で、先祖は豊前（＊現在の大分県北西部）・中津藩の御殿医でしたが、権力に寄り添う生き方をよしとせず、縁もゆかりもない滋賀で開業医になりました。その血を受け継いだ母は、「女大学」を引きずった真面目で硬派な面がありながら、ある意味、映画「男はつらいよ」の主人公フーテンの寅さんにも通じる、自由な強さを持っていましたね。

無邪気を喜んだ太宰

伊藤　治子さんは、ある年齢になるまで太宰のふるさと津軽に足を踏み入れることをためらっていたそうですが、お母様は津軽をたずねたことは？

太田　母は立場上、津軽には行かずじまいでした。「あなたはいつか行けるといいわね」と話していました。母も津軽の地を踏んでみたいという気持ちはあったようで、津軽の写真集を何冊も買ったり、机の前に岩木山の写真を貼って眺めたり、憧れの地であったようです。太宰も母に「いつか津軽に連れて行きたい」と言っていたそうです。現実には不可能なこと、夢のようなことを口にする人だったんでしょうね。

伊藤 女性にそういう話をしているときは、真にそう思っていたんでしょう（笑）。太宰は青森から駆け落ちのようにして連れ出した芸者紅子、内縁の妻だった小山初代が、太宰の義弟と密通したことを知り激怒して二人で心中未遂をする。しかし、その翌年、美知子夫人と結婚。その後、治子さんのお母様と出会い、さらに山崎富栄を知り、その果てに富栄と入水自殺してしまいました。

太田 太宰も母も、美知子夫人は無口な非常に賢い方なので、子どもが生まれることになっても、あくまで『斜陽』という小説のための子どもなので、お怒りにならないだろうと思っていました。その点に関しては、二人とも、お坊ちゃん、お嬢ちゃん同士だったように思います。例えば、奥様に二人の関係を知られそうになっても、太宰は「僕の家に手紙を出すときは、太田静子ではなく、小田静夫で送ってください」なんて、子どもじみた作戦を立てています。名前の一字を変えても筆跡で分かるのに、二人で秘密を楽しむ感覚だったんでしょうが、芸術以外のことにおいては、二人とも子どものようなところが多々あり、その点も共通していると思います。

伊藤 山崎富栄についてはどう思っていたのでしょう。

太田 太宰が小説を執筆するために、秘書のように日常の身の回りの世話をする点で、大変しっかりした方だと母は山崎さんのことを話していました。山崎さんは母が病気になると、太宰に言われてきちんと送金をしてくださいました。ただ私が生まれた後、太宰が熱海まで来たときも、『斜陽』のモデルの女性だけには絶対会わせまいと、ぴたりと寄り添っていたそうです。

伊藤　どういう心境だったのでしょうかね。

太田　正妻は別格として、同じ愛人の立場にある女性には、山崎さんのように優秀で人の面倒をきちんと見られる方でも、思いを昂ぶらせてしまったのかもしれません。すでにお話ししたように、母には芸術至上主義といったような面があって、もともと嫉妬という感情が欠けているのではと思うぐらい小説を中心に太宰のことを考えていましたから、美知子夫人にも山崎さんにも焼きもちや嫉妬の感情はなかったのです。母はぼうっとした性格で、人の世話ができる人でもありませんでした。太宰にも「静子には世話を焼かれるより、ぼくのほうが世話を焼きたくなる」と言われるぐらいでしたから。ただ、母は何でも単刀直入に発言するタイプで、太宰が疎開先の小田原の下曽我に訪ねてきたとき、くねくねと曲がっていたサルスベリの木を指して、「あなたも、サルスベリみたいにひねくれた性格だから、もし男の子が生まれたら、その反対になるように、正樹という名前にするわ」なんて無邪気に話していたそうです。太宰もそんな風な母のことばを喜んでいたようですね。太宰には小さいときから厳しく叱ってくれる人が傍にいなかったようですね。

伊藤　実生活でも「だめよ」と言ってくれる女性を望んでいたのでしょうね。その意味でも、太宰は、お母様をとても愛していたと思います。作家の原風景に何かがないと、作品は生まれてこないものです。

父・太宰治から受け継いだもの

太田　太宰の小説には、好きになれない要素もありますが、その「嫌だな」という部分は自分でも分かっています。それは私自身の嫌な面と重なっているところがあるような気がするからです。自己中心的なところがあり、人に気を遣いすぎる点も太宰に似ていると思います。母にも「人に気を遣っているようで、逆に内心では人を馬鹿にしているところがある」とお説教されたことがあります。『津軽』のラストで、太宰は「自分は育ての親のたけに似ている」と悟る場面がありますね。

伊藤　圧巻ですよね。

太田　そこに至るまでに、太宰は知人に対して遠慮会釈なく書いています。一方、身内の人にはたいへん気を遣った筆の運び方をしていて、わざとらしさを感じるほどです。でも、私自身、生きる処世でもありますが、内心は面白くなくても、笑顔で人に調子を合わせたり、気が弱いところなどが似ているなと思います。幼い頃、母に「大きくなったら百万円あげるね」と調子のいいことを言って、なんて親孝行な子だと褒められたので、ほかの人にも同じ言葉をかけてしまいました。喜んでくれるのがうれしかったからなのですが、それを知った母は怒り心頭でした。

伊藤　「口がうまいところは父親似だ」とでも思ったのでしょうか。

太田　そうですね。「あなたの悪いところは太宰にそっくり」とよく叱られました。私が母を好きなのは、そういう口のうまさがないからです。だから、損をするところもあったのだと思います。

伊藤　静子さんの複雑な心境が、伝わってくるエピソードですね。

太宰と鎌倉

伊藤　太宰治の夫人、美知子さんの次女は、作家の津島佑子さんですが、お書きになっている文章や小説を読むと、太宰の死を相手の女性に引っ張られての「事故死」だとされているようですね。

太田　美知子夫人は、太宰の死について沈黙を通されましたが、そのお考えは、お母様の美知子さんのお心の悲しみの反映ではなかろうかと思います。私の母、静子は美知子夫人をとても賢い奥様、ご立派な方だと話していました。教育者の家系で、武士の血が入っていることを誇りにされて、どんなに悲しくても涙を流さない、毅然とした無口な方だったようです。

伊藤　『斜陽』に静子さんが深く影響しているのと同様、美知子夫人の作品への関わりについてはどう思われますか。

太田　太宰の中期の健康的な作品の代表作、『富嶽百景』『走れメロス』などは、美知子夫人との結婚で完成したと思います。口述筆記もされたようですね。美知子夫人は、太宰を森鷗外のような文豪に仕立てたいと望んでおられたのかもしれませんね。太宰もそれが可能であるかのように、美知子さんの前ではネコを被っていたんでしょう。でも、森鷗外は陸軍で三〇年間、無遅刻無欠席の優等生。

伊藤　太宰には、とてもできそうもない（笑）。

太田　一方で、鷗外は『舞姫』の中では、エリスを深く愛していたのに、現実は違って冷たい別れ方をしています。

伊藤　作品の中だけでなく、ドイツから日本へはるばる彼を追ってやってきた彼女を、鷗外は千々に心を乱しながらも、結局守ることなく、周囲が説得して帰国させてしまいましたよね。

太田　私は、そのような話はやりきれないと思うけれど、鷗外は、社会的にはきちんと生活していて、一方でロマンスを書ける怜悧さ、冷静さがあります。でも、太宰はそうではない。実生活からして、ぼろぼろこぼれ落ちるものがある人です。

伊藤　そこが、何とも人間的で魅力的だという意見もある。

太田　例えば、下村湖人原作の『次郎物語』の映画を観て、母が泣いていたら「君泣けば私も泣いた」で、太宰もその傍らで大泣きをする。そういう人に、武士は無理、軍人は無理、鷗外を望んでも無理でした。血が違っていたんだと思います。

伊藤　よくいえば、太宰はあまりにも人間的だった。

太田　でも、太宰はカメレオンですから、相手が望むように振る舞うことができる。家庭でも最初のうちは、お利口さんにしていた。太宰にとっても、そのときはそれが、幸せだったはずです。『道化の華』に書かれた事件の後、知性豊かな女性と結婚できてうれしかったんでしょう。でもお侍さんの真似はしきれず、時間がたつにつれて次々にぼろが出てしまった。

伊藤　太宰は、芥川賞の銓衡委員をしていた川端康成に「自分に賞を与えてほしい」と懇願の手紙を書いていますね。その文面に、太宰の性格が如実に出ていると思います。

太田　そうですね。太宰の情けなさ、臆面のなさが出ています。森鷗外とは根本的に違うんですね。

伊藤　ボクは、鎌倉在住の作家が太宰の話をしないのを不思議に思っていたのですが、年譜をあらためて見てなるほどと思い当たったことがあります。太宰は、第一回の芥川賞の銓衡を巡って先ほどの川端と、第三回の芥川賞では佐藤春夫とトラブルを引き起こした。自殺する直前には「新潮」で連載していた『如是我聞《にょぜがもん》』で志賀直哉に毒づいた。川端は鎌倉文士のシンボル的存在であり、佐藤は、葉山に住む、鎌倉文士の客分ともいえる堀口大學の盟友です。そして志賀は鎌倉の長老、里見弴先生の親友だった。この情況だけを捉えても、鎌倉に住む作家たちが太宰を快く思っていなかったのは、うなづける話です。ところで治子さんは、太宰の作品の中ではどれがお好きですか。

太田　『黄金風景』が好きです。昭和十四年（一九三九）に書かれた短編です。優しさが伝わってきます。

伊藤　大学の授業で『斜陽』を取り上げ、『道化の華』から太宰の人生、生き方まで含めて話をしますが、学生の反応はまちまちです。生き方に目を向けて、私生活の在り方を許せないという学生、作品に目を向け、作家として素晴らしいという学生と、半々ですね。

林芙美子の実像と虚像

伊藤　林芙美子の評伝『石の花』を執筆したことが結果的に太宰と真正面に向き合うきっかけになったことは、先ほどうかがいましたが、林芙美子については、どのような印象をお持ちですか。

太田　林さんは、真っ直ぐな方です。彼女はずっと誤解されてきました。私は、彼女の真実に迫ったと思います。林さんは、太宰に好意をお持ちくださいました。それで太宰の死後、生まれたての赤ん坊の私を養女に迎えようとしたのです。

伊藤　それは初耳です。

太田　母が断ったら「未婚の母が世の中を渡っていくのは大変なこと。母子二人とも面倒をみますから、東京に出てきなさい」と言われたそうです。

伊藤　女親分的な、侠気のある人だった――。

太田　はい。林さんのお葬式の際、林さんを慕っていたファンの女性たちがお焼香に長蛇の列を作ったのを見て、ある女流作家が嫉妬したといいます。正直な分、あけすけにものを言うところで損をする面もあったようですね。お葬式ではあろうことか、作家仲間の女性から林さんの悪口まで飛び出して、そのことについては、平林たい子さんが「悪口を言った本人をおとしめる行為だ」というようなことを書いていています。さらに葬儀委員長の川端康成さんも、その場で耳に届く悪口に嫌気がさしたのか、弔辞で「本人のいままでした悪いことはどうか許していただきたい」と言ってしまいました。このお葬式のときのことがあって、林さんは余計、意地悪な女性だったと誤解されてしまうことになりました。劇作家・菊田一夫さんの作品『放浪記』の中に、林さんが知人の原稿を編集者に渡さず意地悪をしたというシーンがあります。「あれはフィクションだ」と、菊田さんは書いていますけれども、世間はそうは思いません。作家の素顔を一番よく知っているのは編集者かもしれませんね。『文藝春秋』の編集者、故池島信平さんは「林さんは本当にいい人だった」と書いていますし、『芸術新潮』の編集長だった故山崎省三さんも、「林さんには芸術が分かる優しさがあった」と話されていました。

伊藤 世間はフィクションを信じてしまうものですからね。徳冨蘆花の『不如帰《ほととぎす》』でも、同様です。ヒロイン浪子《なみこ》の継母のモデルとされる、大山捨松は、明治維新後、最初の女子留学生としてアメリカに渡り、日本人として初めて看護学の勉強を修めた女性です。彼女にとっては結核の患者を隔離するのは当然のことだった。でもそれが小説になると、継子《ままこ》いじめのように描かれてしまい、世間からは冷たい目で見られるようになる。永井龍男さんも、林扶美子には好意を持っていましたね。朝日新聞に小説を連載中に、林さんが心臓麻痺で急死された。その後、永井さんに白羽の矢が立って、『風ふたたび』の連載が始まりました。今日の明日で書いてくれと言われ、普通だったら断るところでしたが、名編集者の扇谷正造さんの「お芙美さんの後だよ」という殺し文句で、引き受けたそうです。

作家と戦争

太田　林さんは、戦争との関わりでも割を食った作家といえます。戦中、林さんは従軍作家として、日中戦争では真っ先に漢口（*中国湖北省・武漢市の北部地区）に行きました。高揚した気持ちがあったからだと思うのですが、その後、出稼ぎにきている女性や満州の冬の凍える大地で大変な思いをしている少年兵を見てしまってからは、十二月八日も沈黙しています。一方、もっと猛々しい文章を書いた吉屋信子さんや、ほかの作家は戦後に特にお咎めを受けなかったのに、林さんは昭和二十五年に亡くなってしまったせいか、いまも戦争協力者の作家として名を挙げられるのは、納得がいかないとずっと思っていたのです。

伊藤　戦後になってからの作家の豹変については、もっと検証していく必要がありますね。

太田　太宰は、昭和十六年（一九四一）、太平洋戦争が始まった日を題にした『十二月八日』という短編を書いています。最後の場面で、灯火管制が始まって、夜道が怖いというところだけが取り上げられて、反戦文学の一つにされているのもおかしいと思います。この短編の冒頭では、開戦を知らせるラジオの音声が流れる場面で「それを、じっと聞いているうちに、私の人間は変ってしまった。強い光線を受けて、からだが透明になるような感じ。あるいは、聖霊の息吹きを受けて、つめたい花びらをいちまい胸の中に宿したような気持ち。」と書いています。この表現は、どういう思いから発した言葉なのかと疑問を感じますね。つまり、太宰にも当時の時流に興奮した、浅はかなところがあったように思います。『新郎』という短編の中ではっきりと、「思いきりやってもらおうじゃないか」と書いています。

伊藤　戦争を巡る作家の立場は、いまもって曖昧なままにされていることは確かにあります。しかし、中には生活のため、そして何でも見てやろうという精神もあって従軍した人もいました。それは致し方ないと思います。漫画家の横山隆一や、評論家の大宅壮一、作家の武田麟太郎などは、軍部の宣伝班に徴用文化人としてジャワに派遣されています。

太田　国内にいて、猛々しい文章を書き、軍部に寄り添っていた作家の方にも責任があると思いますね。武者小路実篤のようにお坊ちゃまで、素直に「知りませんでした、ごめんなさい」と謝った方もいましたが、何も触れようとしない作家の方が多いのです。サイパン玉砕に関しては、吉川英治さんは「国民すべてが詩人になろう」と評しました。伊藤整さんは「もっとやれ」とまで日記に書いているのに、戦後はそれに触れていません。太宰にしても、残念だったのは「図らずも書いてしまったことだ」とはっきり書けなかった弱さがあるところです。人間は誰しも恥ずかしい部分を隠しておきたいという思いがありますが、最後に太宰は文学に殉じて死にました。戦争中に筆が滑ってしまったという胸の痛みも、自分が死ぬことで帳尻を合わせたような気がします。その点、谷崎潤一郎や永井荷風、宇野千代さんの夫だった北原武夫さんも立派だったと思います。北原さんは戦中、日本がジャワを占領したとき、ジャカルタの酒場に行って、西洋音楽が聞こえ、きれいな女性が足を組んでいたのを見て、「どうしていいか分からなくなった。これ以上考えるとますます分からなくなるので、考えることは止めにした」と書いています。読む人が読めば、これは立派な反戦文学だと思うのですが、戦争協力者として、戦後に批判されたのもおかしいことです。

伊藤　戦争に対しての姿勢について、作家の永井路子さんは首尾一貫していてすごいなと思っています。永井さんは終戦を境にそれこそ豹変した政府、為政者を信用していない。だから文学賞以外の国からの褒章は一切受けないという姿勢を貫いています。

太田　軍部に寄り添った人、立場があやふやだった人が多かった一方で、きちんと時代を見つめていた作家の方々もいらっしゃいますし、戦後六〇年以上経過してしまいましたが、これからでも見直しが必要ではないでしょうか。

伊藤　時間というモノサシはとても大事です。戦後六〇年以上たったいま、見えてくるものがあると思います。

対談回想

今年（二〇〇九年）は太宰治生誕百年の年である。太宰没後五十年のときに太田治子さんと、太宰の一族の重鎮、横浜市立大学医学部長を務めた津島慶三さんと鼎談をやった。タイトルは「もう一つの桜桃忌」。東京三鷹の禅林寺での五〇回目になる桜桃忌が華々しく報道された数日後である。出自の遠慮がそうさせるのか、治子さんは「桜桃忌に席を連ねたことがない。まだ父太宰の故郷、津軽の地を踏んでいない」と言っていた。津軽に行かれたのは最近のことだ。

絵は人なり

小泉淳作（日本画家）

こいずみ・じゅんさく
1924年（大正13）神奈川生まれ。日本画家。東京芸術大学日本画科卒業。在学中は山本丘人に師事。2000年鎌倉・建長寺法堂天井画「雲龍図」、02年京都・建仁寺天井画「双龍図」を描く。現在、奈良・東大寺本坊の襖絵五十六面を制作中。著書に『アトリエからの眺め』『アトリエの窓から』『随想』。

人生の主目的、従目的

――平成二〇年（二〇〇八）「かまくら春秋」八月号掲載

伊藤　東大寺の本坊の襖絵《ふすまえ》の制作中とうかがっていました。現在描かれているのは、この桜づくしの襖ですか。大きいものですね。

小泉　このところずっと桜ばっかり描いているのですが、なかなか進まなくて参っています（笑）。

伊藤　花びらを一枚一枚、丁寧に描いておられますね。これは根気のいる作業でしょう。

小泉　全部で五十六面描かなくてはならないんです。平成十八年（二〇〇六）五月頃から仕事にかかり、賓客をもてなす「上段の間」に飾る十二面は仕上がりました。「鳳凰」「飛天」「散華」をテーマに描いたもので、昨年の十一月に、東京で公開したんですが、あと四十四面ですよ。

伊藤　襖絵は、平城遷都一三〇〇年にあたる平成二十二年（二〇一〇）に向けて、記念に制作されているのでしたね。

小泉　そうです。期限まで、あとわずかなんですよ。実は襖絵に取りかかる前に、東大寺を建立した聖武天皇と后の光明皇后の肖像画も頼まれましてね。「聖武天皇一二五〇年御遠忌」に奉納するためだったのですが、それを一年かけて仕上げたという事情もあって、時間に追われているような状況です。

伊藤　この桜の絵は、完成した十二面以外の残り四十四面のうちの襖なんですね。

小泉　ええ。桜とあと、もうひとつ大きいテーマがあって、蓮の花を四部屋分の襖すべてをつないで描いていきます。蓮の花の大きな部屋、桜の部屋、そして、先ほどの上段の間、これらすべてで五十六面。

伊藤　蓮の花も建長寺の仕事場で描かれるんですか。

小泉　いえ、それは大きすぎてこの仕事場にも入りきらないので、北海道の「六花亭《ろっかてい》」という製菓会社の協力で体育館を借りて描いています。去年、北海道に行って描いたのですが、三ヵ月かかってようやく下書きができたくらいでしてね。先のことを考えると呆然としてきますよ。

伊藤　工房のような体制で何人かの手で描くという方法は好まれない？

小泉　そういうことはできません。一部分でも自分で描かないと気が済まないから、手伝ってもらいようがないんです。

伊藤　なるほど。もう三〇年以上前になりますか、小泉さんのお宅をボクは訪ねたことがあります。

小泉　そうでしたか。

伊藤　その場に、当時の鎌倉市長の小島寅雄さんと東大寺の清水公照さんがいらした。

小泉　実はこの襖絵の仕事も、その頃からの約束に端を発しているんです。清水さんのお付きの上野道善さんはまだ若いお坊さんでした。「自分がいつか管長になったら襖絵をお願いしたい」と言われていましてね。僕も若かったし、「いいですよ」なんて気軽にお引き受けしたんです。その後、上野さんが東大寺の管長に就任して、正式に依頼されたら、こちらはもう八十過ぎ。大変です。

伊藤　お宅にうかがった頃は、絵よりも焼き物をされていたように記憶しているんですが。

小泉　長い間、絵だけでは食えませんでしたからね。焼き物で助かったんです。それと、あとデザインの仕事もしました。これは生活を支えるための仕事と割り切っていた。絵だけで生活できるようになったのは、五十歳過ぎた頃でしたよ。遅かったですね。

伊藤　こういう言い方は失礼かもしれませんが、世間的に言えば、遅咲きですよね。

小泉　絵についてはね、自分でも厳しく考えてきました。若い頃、物理学者の武谷三男先生とお近づきになる機会があり、ある席で先生がこうおっしゃったんです。「人生には、主目的と従目的を作れ」と。つまり、この世ではすべて自分を通すわけにはいかないから、従目的はいくらでも妥協しても、主目的では絶対に妥協するなというのです。この言葉には、ずいぶん助けられました。陶芸やデザインの仕事は、従目的。生活のためと思って、スポンサーの要求にも応えて妥協するのもよしとしました。性格からいって、つらいことも多かったですがね。でも、主目的の画業では、絶対に妥協はしない。「誰が何と言おうと、自分のしたいようにする。自分が描きたいものを描くのだ」と思ってやってきました。何ヵ月もかかって描いた絵でも、気に入らないと破ってしまったり。食えなかった頃の絵にあらためて出会って、「いまよりいい仕事をしている」と粛然とすることもあるんですよ。

客観視する大切さ

伊藤　小泉さんは、これまでに『アトリエからの眺め』『アトリエの窓から』という随筆集を出されていますね。今年の春にこの二冊の本をまとめた『随想』が刊行されて、あらためて小泉さんの文章を読みますと、いまさらながらですが、小泉さんの絵に対しての硬派というか硬骨というか、厳しい姿勢を感じました。例えば「絵を描いて苦労している自分を客観的に見ている自分」というお話が出ている。

小泉　何事も、自分を客観視できない人はだめですね。絵描きも、最近は「芸術的職業人」だらけ。絵を売ることばっかり考えていて、人間の根本的な部分ができていない人が多いのは残念です。

伊藤　絵の世界で「客観視する」とは、具体的にどういうことですか。

小泉　つまり、自分から離れた別の自分が、自分の作品を冷静に判断する、ということです。それができないといけない。画家の中川一政先生は「自分の中に批評家がいない人は駄目だね」とよくおっしゃっていました。

伊藤　ボクは彫刻家の高田博厚さんの稲村ガ崎にあるアトリエへよく遊びに行きました。高田さんは「外界を写す窓に映る自分の姿」というリルケの言葉を好んで用いられていましたね。

小泉　僕は若い頃はルオーが好きでね。自分の絵がだいたい出来上がってきたとき、ルオーの絵と並べてみる。で、「オレのほうが軽い」と思うと破いちゃう。我ながら厳しいことをしていたものです。そういう苦労は大好きでした。

伊藤　軽い、というのは。

小泉　「重さ」を量るんです。並べてみると、分かる。この感覚は言葉でうまく表現できないけれども。近頃は、軽い絵が多いね。僕は軽い絵は嫌いだから。

伊藤　先ほど、絵だけで生活できるようになったのは五十歳過ぎ、と言われてましたが、『随想』の奥付に掲載されている年譜を拝見すると、さっきも言いましたがそれよりもっと遅咲きですよね（笑）。

小泉　建長寺の法堂天井画「雲龍図」や、京都の建仁寺の天井画「双龍図」を描いたのが七十代ですからね。

伊藤　小泉さんの力量には定評がある一方で、ご本人にあまり自らを売り込むというところがなかった、という話を耳にします。平山郁夫さんの存在と比較される点はいかがですか。

小泉　平山と僕は東京藝大の同級生なのでね。だけど、彼の影にいた、とかそんなふうに思ったことはないですね。平山は偉くなって、世界的な画家になりました。でも、僕はそういう名誉や出世にまったく興味がないんですよ。

伊藤　『随想』を拝読していると、そういう小泉さんの考えを下支えしたのは、画家の中川一政、山本丘人、そして慶應幼稚舎時代の恩師・吉田小五郎という三人の師ではないかと思われます。このお三方の話が繰り返し出てきますね。

小泉　いろいろ教わりました。吉田先生は史学がご専門でしたが、古美術に造詣が深く、先生の眼識をくぐりぬけた優れた品を折々、贈ってくださいました。そうしたものに、ずいぶん勉強させてもらったものです。また中川先生にしても、山本先生にしても、画業の上では影響を受けたとはいえないけれど、芸術家としての人格に触れて大変プラスになりました。

画業は自己探求の道

伊藤　昭和五十八年（一九八三）の二月か三月だったと思いますが、その年の一月に亡くなった里見弴先生の追悼号を作っていて、そこに載せる中川一政さんのお話を取材しに、真鶴のお宅にうかがったことがありました。

小泉　ほう、中川さんは里見さんとも仲が良かったんですか。それは知りませんでした。武者小路実篤さんとのことは聞いたことがありましたが。中川先生は、たいした教養の持ち主でしたね。頭はいいし、それに文章もうまかった。あのような方は二度と現れないと思います。

伊藤　中川さんの「教わったものは身につかない。自分が苦労したものだけが身につくのだ」という言葉を著書に書かれていますね。

小泉　先生は、学校を出てないのが自慢でね。そういう考え方は通用しなくなったようですが。いまは、みんな学校、学校といって、学校に行けば絵描きになれると思ってる。でも本来は、学校を出たところから始まるんですよ。

伊藤　日本は肩書き世界ですからね。学校が世間へ出るパスポートだと思っているんでしょう。事実、そういう側面は否定できません。

小泉　そうなのかな。でも、絵描きは苦労な道ですよ。地道に努力しても報われるとはかぎらない。その覚悟がいまの人はあるのか、不思議で仕方ない。

伊藤　絵描きで成功するのは、ほんの一握りにも満たない程度でしょう。

小泉　絵の学校にまったく意味がないとは思いませんよ。僕も藝大に行って、そこで山本丘人先生に出会いましたしね。でも、絵描きはその第一歩から自分で考えて、自分で歩いていくものなんです。山本先生だって、教えてくれたことといったら、絵の具の溶き方とか、絵絹の張り方くらいで、あとは自分の描きたいように描けといわれた。絵に教えることはない、ということを教えてくれたのは山本先生です。

伊藤　一人で歩む、といわれても、やはり切磋琢磨する相手も必要ではないですか。

小泉　ライバルという意味なら、そういう相手を考えたことはないな。強いていえば、怖いのは古いものですね。いいものが多い。平安時代末期の藤原文化から鎌倉文化にかけての仏画を見ると、人間で描けるものじゃないと思うくらいです。超人的ですね。有名、無名は関係ないです。展覧会などで見ると、僕たちは自分を絵描きだっていえるのかなと思ってしまう。信仰の力が底にありますからね。彼らのような篤い信仰心がいまの人にはないでしょう。その違いは大きいですよ。いまは情報過多で複雑で、いろんなことが頭に入ってくる。でも昔の人はそういうことがない。ただただ、描くだけでね。そういう単純性がいいようですね。

伊藤　昔の仏画には信仰の力が働いているというお話ですが、「名作には人知の及ばない、〝天来の力〟が働いている」と表現された作家がいます。

小泉　僕はよく『ピノキオ』の話にたとえるのですが、おじいさんが木で作った人形が歩き出すでしょう。別の人格になって歩いている。いい絵というのは、それと同じで、作者を離れて勝手に歩き出すんですよ。その領域までたどり着ければいいですけれどね。

伊藤　つまり作者が意図したこととは、また別のものが生まれるということですか。

小泉　作品を見たときに、向こうから歩いてくるっていう感じですね。とはいっても描いたときには分からないものなんです。一〇年、二〇年たってあらためて見たときに初めて分かる。いいときもあるし、悪いときもありますけれどもね。

伊藤　中川一政さんは「絵は絵描きが描くのではなくて、人間が描くものだ。だから人間自体が進歩しないと絵はよくならない」とおっしゃったそうですが。

小泉　中川流の言い方ですね。確かに絵ほど、作品の中にその作者の人柄や、本質が表れるものはない。それは怖いくらいです。「絵は人なり」ですよ。常に自分を磨く努力を惜しまずに人生を歩み続ける「長距離ランナー」でないとね。

伊藤　それは何事にもいえるようですね。

小泉　山本先生も「芸術の世界では、人間の素質はおぎゃあと生まれたときから一流か二流か決まっている」といったようなことを言ってました。二流の人間がいくら頑張っても一流になれない。二流は二流でその中で頑張ればいい。だけど一番困るのは、自分が一流か二流か三流か、分からないことなんですね。だから絵を描くというのは、生涯をかけて自分の本質を探り、力量を試し続けることでもあるのです。厳しいものですよ。

伊藤　いままでに大勢の作家に会ってきました。作家の人格が作品をつくっているというケースが多かったけれども、中には、作品だけ読んで済ませておけばよかったと思うような人がいたのも確かな話でして、ひょっとすると、小説よりも絵のほうが人格が表れるのかもしれませんね。

小泉　絵、それと書には、その人が送ってきた生活、人生が如実に表れますね。文筆家はどうなのかな。それは僕には分からない。

伊藤　当面は東大寺の仕事に取り組まれる日々が続くのでしょうが、またそれとは別に、ご自分が描きたい世界もおありでしょう。

小泉　ええ。そのとおりなんです。でもそれがいま、できないのがつらくてね。文章を書くのも好きなんですがね。襖絵を描き終えるまでは、我慢の連続です。

伊藤　一刻も早く原稿用紙に向かえるときがくるといいですね。

小泉淳作さんが画で食べられるようになったのは五十歳を過ぎてからである。注目を浴びた鎌倉・建長寺と京都・建仁寺の龍の天井画を手がけたときは七十歳を過ぎていた。自分を貫き通し過ぎたからである。

小泉さんも「清貧」という言葉が似合う人だ。本人は触れたがらないが、小泉さんの父親は「井戸《いど》塀《べい》」代議士といわれた三申《さんしん》こと、小泉策太郎である。

日本と恋におちて

リシャール・コラス（シャネル日本法人 社長・作家）

リシャール・コラス
1953年フランス生まれ。シャネル日本法人社長、作家。パリ大学東洋語学部卒。在日フランス大使館勤務を経て、81年ジバンシィ日本法人代表。85年シャネルに移り、95年日本法人社長に就任。2006年母国フランスよりレジオン・ドヌール勲章受章。同年、自伝的小説『遙かなる航跡』上梓。08年旭日重光章受章。

シャネル社長・小説家として

――平成二十一年（二〇〇九）「かまくら春秋」六月号掲載

伊藤　コラスさんの小説『遙かなる航跡』を読ませていただきました。何といっても美少女・茜との愛の交歓に目がいきます。お隣に奥様がいらっしゃるのに無粋な質問ですが（笑）、この小説にはどの程度、作者であるコラスさんの真実が投影されているのでしょうか。

コラス　よく聞かれますが、真実は私しか知りません。登場人物は実在ですが、どこまで本当なのかを知るのは、作者のみですね。

伊藤　森鷗外が『舞姫』を書いたとき、小説であるにもかかわらず、読者は小説の主人公と鷗外自身の、フィクションとノンフィクションの境の見極めがつかない。当時の高名な文芸評論家の石橋忍月までもが「主人公に功名を捨てて、恋愛をとらせるべきだった」と鷗外をやっつけた。それだけ小説として、よくできていたとも言えるわけです。

コラス　実は現在も小説を書いていますが、主人公が、時に書き手の私から逃げることがあるんです。だからパリから編集者が「書いてる?」と電話してくると、「書いているどころじゃない、主人公が逃げ出した」と答えています。書きながらも主人公は作家の手を離れるという、不思議な体験をしています。不思議だけれど、面白い。小説を書く魅力が、そこにはある。

伊藤　それも小説の醍醐味ですね。

コラス　自分で「こう書くぞ」と決意してもそうはならず、主人公は小説の中で勝手に生きていくんです。それを編集者に話したら「それが成功の秘訣だ」と言っていました。だからある時点では、事実か虚構か、自分でも分からなくなってしまう。自分では、嘘を書いているつもりはないんです。事実ではないかもしれないが、嘘はない。このことを私は、小説を書いて初めて知りました。

伊藤　それは客観性ということでしょうね。私小説というのは、事実と虚構の境目があるようでない、ないようである、何か禅問答みたいですが（笑）。事実をそのまま書くならノンフィクションでいいわけです。その距離の取り方が、作家の腕の見せ所でしょう。小説は昔から書いているのですか。

コラス　学生の頃からフランス文学だけはいつも成績が良く、大学も文学部に進んで、ジャーナリズム関係を目指そうとしました。しかし日本を訪れたら、「これは運命だ」と思うほど、日本と恋におちてしまった（笑）。本当はフランス文学で学位をとろうとしましたが専攻を日本語に変え、外交官を目指して政治学科に入ったんです。

伊藤　一度は文学を捨てて、外交官の道に進もうとしたのですか。

コラス　なぜ外交官かというと、フランスの作家はポール・モラン、ポール・クローデルなど、外交官出身の人が多い。外交官になれば、作家活動も並行してできるのでは、と思ったんです。ところが日本に赴任して、そう甘くはないと分かりました。それで民間の企業に移ったんですが、今度は忙しくて書かなくなった。

伊藤　日本のジバンシィに数年、その後シャネルに移り、九五年から社長を務めていらっしゃいますが、よく執筆の時間がとれますね。

コラス　シャネルの社長は、もちろん毎日忙しいです（笑）。しかし実際に書いてみると、昔は忙しいことを言い訳にしていたんだと分かりました。まだ私に、小説を書くだけの力量がなかったのかもしれません。幸いいま、私の本はフランスで売れています。売れる本を書きたいわけではないのですが、多くの読者に伝えられたことはうれしいです。『遥かなる航跡』はフランス語で書き、日本語に翻訳してもらいましたが、間もなく出る次回作は日本語で書いています。日本語でどこまで表現できるか、挑戦しているんです。

伊藤　母国語でない日本語ですと、当然表現の壁にぶち当たることもあるかと思います。日本語は、どういう部分が難しいですか。

コラス　四〇年近く日本語を勉強していて、しかもなおこんなに難しい……ということが、まずショックですね。しかし、それでも挑戦したいんです。私の小説は、読者に「映像を見ているみたい」と言われるほど、ビジュアルを重視した世界です。それが作風ですから、それを日本語にうまく表現したい。とはいえ日本語の文法が、フランス語と正反対といっていいような構造なので、細かな表現が難しいですね。また、漢字の問題もあります。仏和辞典を引いて読めない漢字が出てくると、今度は漢和辞典を引く。そしてそれをさらに日仏辞典で確認する、という三段階のプロセスが必要になるんです。時に一つの言葉を知るのに膨大な時間がかかってしまう。これが大きな壁です（笑）。

伊藤　確かに作品には、映像のように視覚に訴えるシーンが繊細に表現されていますね。コラスさんが少年の頃から打ち込んでいた写真の表現が、随所に生きているのではないかと思います。

モロッコでの異文化体験

伊藤　外国人にとって日本の印象は、「富士山、芸者」といわれますが、コラスさんはいかがですか。

コラス　私の場合は、浮世絵の影響が色濃くあります。フランスの印象派も浮世絵から強い影響を受けたように、十九世紀のパリ万博でジャポニズムが非常に盛り上がり、一世を風靡しました。フランスは昔から日本文化との距離が近く、例えば小津安二郎の映画も、言葉が分からないフランス人が見て分かる。これほど遠くにいる民族でありながら、お互いに共通の価値観があるんです。

伊藤　コラスさんのアジアへの憧れは、パイロットであったお父様の影響もあったんでしょうか。

コラス　父が子どもの頃……一九三〇年頃でしょうか、毎週水曜の夜に、夜間飛行する飛行機を見ていたそうです。それこそ、サン＝テグジュペリの乗っていたプロペラ機が飛ぶのを見たそうです。それでパイロットになると決心し、紆余曲折を経てエールフランスのパイロットになりました。そして中国に最初に就航した民間航空機の機長となり、北京空港に降り立ったとき、英雄のような歓迎を受けたそうです。そんなこともあって、私はアジアに親しみがありました。

伊藤　お父様は冒険家的なところもあると書かれています。作品の中で主人公も、少年でありながらブラジルに撮影旅行をしようと考えた。ああいうところは、お父様のＤＮＡのせいかもしれませんね。

コラス　私が恵まれていたと思うのは、父の転勤で幼少期をモロッコで過ごしたことです。子どもの頃から異文化を経験することがどんなに大事か、実際に体験できた。父は休みになると砂漠に連れて行き、母はモロッコ料理を作ってくれた。十代の後半、『悲しき熱帯』で知られるレヴィ・ストロースを愛読し、文化人類学方面にものすごく興味がありました。だから父の友人が南米を探検するとき、私も一緒に行きたいと志願したんです。

伊藤　私も、聲明と朗読を通して世界に日本文化を伝える活動をしていますが、異文化交流は、想像するほど難しくはない。まず実際に人間同士が触れ合うステップから始めると、うまくいく気がします。

コラス　十数年前、友人がパリからシルクロードを歩いて日本に来たんです。二年かけて、アフガニスタンやイラン、パキスタンを通って。「怖いのは野犬で、人は怖くない」と言っていました。もちろん運も良かったんでしょうが、自分が心を開けば相手も分かる、言葉が通じなくても分かり合えるものがある、ということでしょう。

伊藤　明治初期に来日したフランスの海軍士官ピエール・ロチは、『秋の日本』という小説の中で、日本は西洋文化の真似ばかりして文化が浅いということを書いていますが。

コラス　ピエール・ロチはイスラム教にも造詣が深く国際的な人でしたが、日本を誤解していた面があります。元NHKの磯村尚徳さんは、私の本を読んで「ロチの誤解をといてくれた」とおっしゃいました。私は日本の文化を、深く、長いものだと思います。ただ理解しにくい面もあり、積極的に理解しようとしないと、その深さは分からない。近々、あらためてお茶や香道、剣道を始めるつもりです。ただ日本人自身が日本の文化を底の浅いものと見て、その深さに気がついていないような気がします。

伊藤　ロチと同時代のドイツ人ベルツの日記に、彼が鎌倉に足を運んだとき「鎌倉大仏をスクラップにしたらいい」と言った日本人の言葉を紹介して嘆いています。特に明治維新のはじめは外国の文化を吸収するのに一生懸命で、日本固有の文化や伝統を軽んじる傾向があったのも事実でしょうね。

コラス　私の日本語の先生は、フランス文学者の森有正さんですが、先生の祖父である政治家の森有礼氏は、明治の頃、日本語を廃止しようと言ったそうです。フランスは国境が陸続きだから、歴史上、戦いが絶えなかった。だから国としてのアイデンティティを作ろうと懸命になり、母語であるフランス語を大事にしました。それに対し日本は島国で、国としての存亡の危機があまりなかった、という面もあるでしょうね。

伊藤　志賀直哉は戦後、これからは日本はフランス語でいこうと提案して、周囲をびっくりさせたこともありました。

コラス　それなら私は楽でした（笑）。

世界遺産としての鎌倉

伊藤　外務省広報文化交流部長の門司健次郎さんと先日対談した時に、最近の若者は海外へ出たがらないと憂いていました。

コラス　外国へ行きたがらないというより、夢を持たなくなったことを心配しています。例えば最近、若い女性が戦国時代の武将に魅かれるのは、それをきっかけに歴史を学ぼうとするから、いいと思うんです。文化はそういうところから、再発生する可能性があります。私は長年、日本にいますが、飽きることはありません。日本で仕事をし、日本人の妻がいても、分からない。毎日面白い壁にぶつかっています。旅とは人と出会うためのもの、人と触れ合わないと、旅の意味はないでしょう。

伊藤　コラスさんにとって、日本は永遠に恋愛という旅の対象なのかもしれませんね。ところで鎌倉にお住まいになられて、この土地の魅力って何でしょう。

コラス　鎌倉は豊かな自然があり、かつて日本の首都であっただけに、いろいろな意味で文化の深い街ですね。文学的なレベルも高く、一平方キロ当りの知的人口密度は日本一ではないでしょうか（笑）。それだけに、住民が自分たちの「宝物」に鈍感になるのが心配です。例えば、相続税が払えないから、敷地を分割するなんてことは残念ですね。

伊藤　フランスにも相当数の世界遺産がありますが、歴史に対する認識の違いはありますか。

コラス　フランスでは、歴史あるものを「壊す」のには理由が必要ですが、日本はそれとは逆に、「残す」のに理由が必要です。私の育ったプロヴァンスの村は、自分の好きなように家を建てられないんです。十六世紀風に見えるよう、高い瓦屋根にした小さな窓の家しか作れない。それでも人気があるから、土地は高い。規則があるからこそ、環境は守られるんです。鎌倉も世界遺産を目指すなら、郊外に大きな駐車場を作り、街の中心部への車の乗り入れを制限するのはいかがでしょう。世界遺産のモン・サン＝ミシェルは、厳しい規則があるからこそ、昔のままの姿で残っています。以前、小泉純一郎元総理に「日本を醜い国にしないでくれ」と訴えたことがあります。日本の文化を、博物館のガラスケースに入っているものではなく、生きているものとして紹介していきたいですね。

伊藤　ぜひ、日本とフランスの何か新しい国際交流のお仕事を一緒にできればと思います。

対談回想

ある日、突然、一人の女が目の前に現れた。三十五年前のめくるめく愛の交歓がよみがえる。女は自分の子を宿していた。しかし、その子は十五歳のとき、いじめにあって自殺していた。

小説は創作である。つくり話である。だから虚構の中の実像について作者に聞くことはまずしない。コラスさんの『遙かなる航跡』はボクのそのタブーを破らせた。

Ⅱ　エッセイ

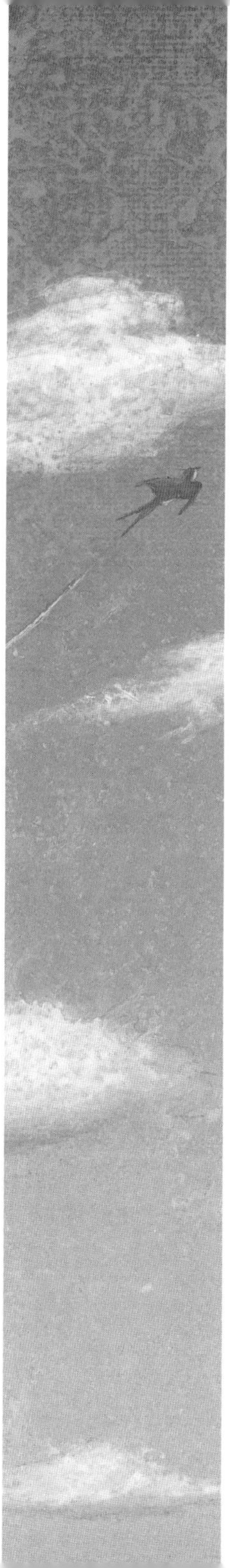

月刊「かまくら春秋」はいわゆる鎌倉文士の手厚い庇護の下に誕生した。なかでも里見弴先生をはじめ小林秀雄さん、永井龍男さんはボクにとって恩ある作家であり、生き方を教えられた人々である。里見先生にお目に掛からなければ、この雑誌は存在しなかった。もちろん、今のボクもない。それは対談をお読み下さればお分かりいただけると思う。繰り返し、里見先生の話、小林・永井両大家が登場している。数え切れないほど鎌倉文士の席にご一緒させていただいた。

「きっといつか君の役に立つと思うよ」と、里見先生のご配慮でその多くはテープに収めてある。いつもこのお三方の位置関係は微妙で興味深いものがあった。

過去に書いたエッセイの中で三人が交錯し、比較的素顔が表れていると思われるものを対談に代えて収めた。

当世浮世蕎麦

神奈川県葉山には、町の天然記念物に指定されている見事な枝垂《しだ》れ桜がある。いつの頃からか、田中冨町長の案内で毎年のように、鎌倉の作家達は花見に出かけた。そして、その後には必ず酒席がしつらえてあった。

しかし、後年は花見よりはむしろ、酒宴の方に重きがかかっていた。長老の里見弴先生などは、「もう花見は止《よ》したよ。何度見ても桜は桜にかわりようがないもの」と迷言を吐き、花見はそっちのけで酒席に先回りして、「花より団子」をモットーとしていた。その日も細身の枝にはまだ花の姿はまばらで、ハナから団子が主眼の花見であった。

酒宴は年毎に席を改めた。或る年は海辺のレストランであったり、また或る年は、山際の酒亭だったりした。

その年は、葉山御用邸の前の「一色」という蕎麦屋が舞台だった。里見弴、小林秀雄、堀口大學の三人の大御所が正面に顔をそろえて膝を崩していた。

鎌倉から、車でわずか小一時間の距離でも、市境を越えての遠出は、外に出かける機会の少ない物書きには楽しみなことであった。それに、いわゆる鎌倉文士もその頃にはそれぞれがかなりの高齢にあって、既に鬼籍へ、お先に失礼とばかり入ってしまった作家も多かった。だから、名分はどうあろうとも、寄り合いはお互いの健康を確かめあい、心の憂さをまぎらわす恰好の機会でもあった。

この種の席での滑り出しは長幼の序がおのずと定められていて、まずは年長の里見が口を切り、その話に一同の耳が傾けられる。途中で半畳《はんじょう》をいれようものなら、とたんに里見が不機嫌になるのを、だれもが知っているからである。

現に今まで、話の合いの手をいれるタイミングが狂ったばっかりに、

「もう話は止《よ》したよ」

と突き放され、泣き出した不運な女性の編集者がいた。

やっとお目通りが叶ったのに、どう血迷ったのか、いかに里見の作品を読んでいるかといわんばかりに、滔々《とうとう》とまくしたて、

「そんなに良く知っているのなら、何も僕に聞くこたぁないじゃないか」

とそっぽを向かれ、自信を喪失した白樺派の研究者もあった。

そういう類の出来事で不興を買った人間はかなりいたのだ。

この日も、

「どうも最近は寡欲《かよく》になっちまって、着物をつくろうと思ってもだヨ、あと何日着られるかと考えると、つい、やめちまう」

といった、独特の小気味良い語り口は、しばらくの間つつがなく主役の座にあった。

しかし、酒がまわりだすと、小林の台詞《せりふ》が速射砲のように次から次へと飛びだしてきて、主役の交

代となる。しかも、その口調は小林が執筆の常宿としている湯河原の「加満田」の親父に、

「まるで車夫のような口をきく」

と、慨嘆せしめたお墨付きのベランメエ調である。

これには若干の説明がいる。あるとき、小林はその旅館で舟橋聖一と同宿した。早いピッチで原稿を書き上げる舟橋に比べて、小林の筆は一向に進まない。そこへ、威勢の良さではその筋にも知られていたこの宿の親父が無鉄砲にも、

「あんたは文士、文士というけど、原稿がちっとも書けないでどこが文士なの」

とやった。その時の、怒り狂った小林の発した啖呵《たんか》が、まるで「車夫同然」だといわれたと、小林自身がやや自慢気に話したことがあった。

初めの頃は、堀口に向かって、

「今度、コクトーをあなたの訳で読んで感銘した。僕は昔、ランボーに凝っていたから、コクトーの資質がはかれなかった」

とホメあげ、

「もう五十年早くそういっていただければ、私の生活も楽になりましたのに」

と堀口にやんわり切り返されても、穏やかな微笑でこたえていた。

そのうちに、小林は気炎をあげはじめた。

「大學さんの詩は今日においては鈍いけど、詩《うた》がある。それに比べて最近の詩人はまるで心理学者だ。

自分の心をさらけだすだけで詩がない」

「与謝野晶子も素晴らしい。歌の中に詩がある。彼女の『源氏物語』はピカ一だ」

小林の独演を目で追いながら、蕎麦屋の粗末な壁に背をもたせかけて里見は、一人手酌で盃を口に運んでいたが、遂にたまりかねたか、

「ほう、この蕎麦屋は天井もあるのかい」

と、誰に向かうでもなく、独り言にもとれる恰好で口を入れた。

雲行きは、この辺りから怪しくなってきた。

「蕎麦屋に天井があるのは江戸時代からの常識ヨ」

小林の妖刀が光を放つ時に至ったのである。

「常識ヨ」といわれて、里見は一瞬ムッとした表情になって、手にした盃を卓上に置いた。だがそこは九十余歳の貫禄、つとめて鷹揚《おうよう》に言葉を継いだ。

「この店は蕎麦饅頭もうまいんだ。酒にだって悪かぁないよ」

今度も里見は小林の視線をはずして、末座にジイッと息を潜めているわれわれ一団に向かって話しかけた。

「何いってんだい。そんなこと当たり前だよ。永井荷風が、はしご酒の最後は汁粉を肴《さかな》にしたってぇ話をしらないのかい」

座のだれもが、この修羅場は、顔を伏せて受け太刀しないことが奥義《おうぎ》であることを熟知していた。もちろん、ボクも。

しかし、里見のお伴で末席に連なっている郎党としては、返り討ちに遭うのに怯《おび》えながらも、たまりかねて口を切ってしまった。

「小林先生、さっきから何がうまいの、まずいのとおっしゃいますが、たしか先生は入れ歯のはず。そんな歯で物の味なんて本当にわかるんですか」

ボクはグイと菊正宗の盃を飲みほすと、大先生に向かいあった。心臓は早鐘のように激しく動悸を打っていた。

意外な反撃に小林は一瞬たじろいだかのようにも見えたが、もちろん物事はそう簡単に問屋がおろす訳がなかった。

「へえ、面白いことをいうじゃねぇか。入れ歯で味がわかるかっていわれれば、その通りよ、だけどおまえよく聞けよ。人間には、イマジネーションってぇものがあってな、オレの頭には昔たたきこんだ、本物の味のイマジネーションがあらぁな」

大きい目玉をギロッとむいて、小林は、ボクを見据えた。

そこへ運よく店の主人があいさつに出て来て、赤い花の咲いた蕎麦をうって、これから供したいと告げた。

「なんだと、赤い花の蕎麦だと」

鋒先《ほこさき》は意外な方向へ進もうとしていた。

末座の人々はお互いの目をのぞき込みながら、この日の不運を一身に背負ってしまいそうな、見るからに人のよさそうな店の主人の運命を思いやった。

その時である。今まで事の一部始終を黙って見ていた堀口大學が、おもむろに小林の方に顔を向けた。

「わけしり顔をさしてもらいますが、その事なら僕に、ちょっといわせてくださいよ」

肩を揺するように身を乗り出して、大學は言葉をついだ。

「ペルシャの詩人オマル・ハイヤームの詩の中に、旅にあって宿の窓を開けると、一面赤い蕎麦の花が咲いていたという一節があるんですよ」

それがシルクロードを通り、日本へ伝わる間に改良されて白くなったのではないか、というのが大學の解説であった。決して雄弁ではないが、少年のようにはにかみの表情を浮かべながらトツトツと話す大學の語り口には、十分な説得力があった。

「何だ俺に物を教えようとでもいうのか」といわんばかりに気色ばんだ表情を露《あらわ》にしていた小林も、すっかり大學のペースに巻き込まれて、妖刀をきらめかせる気力は失せてしまったようだった。

日本の碩学《せきがく》は、一言も発することなく、憮然とした表情で、しばらくは大學の話に聞き入っていたが、

「ところで、その宿の屋号は何ていうのだい」

と、いたずらっぽい笑みを浮かべてたずねた。

「いや、そこまでは……。失礼しました」

頭に手をやった大學の仕種《しぐさ》に、座は笑いにつつまれた。


葉山から鎌倉への帰りの車は、もうすっかり春の光を落としてしまった相模湾に沿って走っていた。

「今日は愉快な一日だったねえ」

向かいから来るヘッドライトの中に里見の横顔が綻《ほころ》んだ。

「本当に先生、そう思いますか」

「本当だとも、いい酒だったじゃないか」

「そうですかねぇ。小林先生はちょっとひどいと思われませんか」

あの修羅場を想い浮かべながらボクは非難めいた口調でいった。

「そんなこたぁないさ、小林君はちゃーんとわかってるのさ」

何をわかっているのでしょう、と言いかけた言葉を遮《さえぎ》るように、里見は話をつづけた。

「志賀（直哉）の通夜の席だったよ。小林君は部屋の隅に坐ったきり『こっちへおいでよ』と幾ら声を掛けても動こうとしないんだよ。その時の小林君の台詞がいいじゃないか。『自分は志賀先生の不肖の弟子です。ですからこれ以上先生の近くへは寄れません』ってさ」

昭和の初め、小林は奈良に住まう志賀を足繁く訪れ、様々な世話になっていた。だが或る時、電車の中で、小林のあまりの我儘《わがまま》さに、さしもの志賀も怒って、

「この蛙のギュー太」

と一喝したそうである。

「志賀は、小林にとって裸の自分をぶっつけられる数少ない人間だったんだよ」

と、里見は更に言葉を添えた。

ボクはその言葉の意味を懸命に確かめていた。

窓の外の相模の海には月の通い路が連なって揺れていた。その波の動きを眺めるともなく見入っていた視野に、漁をする、人とも見分けのつかない黒い影があった。

——『凪のかたみ』より

繭玉と癇癪玉

永井龍男さんは里見弴の追悼号の中に次のような一文を寄せている。

「一口に申せば、晩年の故人は下総の国なにがしの里に隠遁した一代の剣聖塚原卜伝を偲ばせ、われら後輩は居心地のよいいろり端に集り、居心地のよいまま事を起こしては、大鍋の蓋で手もなく鎮圧されたのである」（『素顔の里見弴』）

里見と鎌倉文士の関係がよく「見える」文章である。

「里見さんのご都合が良かったら、夕方伺いたいと連絡して頂けませんか。もしお暇だったら、あなたも一緒して下さい」の電話、昼過ぎ永井龍男先生からアリ。と昭和五十六年十二月二十九日の日記は書き出している。

執筆のお願いや鎌倉文士の寄合で年に幾度かお目にかかる機会があったが、まだその頃は永井から直接電話をもらうのは珍しいことだった。

というのも、昭和四十年代中頃、左前になった東京の出版社で無聊《ぶりょう》を託《かこ》っていたボクは、里見の「キミは土地っ子なんだから、ここで仕事をしたらいいじゃないか。僕も少しは力になれると思うよ」の一言で退社を決めた。以来、生業は里見の庇護のもとにあったといってもよく、永井流に言えばボクは「里見さんのうちの人」である。

約束の時間に雪ノ下のお宅に車を廻すと、すでに永井は滑川《なめりかわ》際にあるお宅へ降りていく狭い路地の出口に立っていた。両手に何やら大仰に荷物を抱え、足元には酒とおぼしき包みが置いてあった。

「軽いから結構、中身は見てからのお愉しみということにしましょうか」

荷物を持ちましょうという申し出を永井はやんわりと拒んで、足元の包みだけをボクに託した。師走の鎌倉はさすがに人も車の気配も少なく、ものの十分もしないうちに車は扇ヶ谷の谷戸にある里見邸についた。

冬の日が落ちるまでまだ少しの猶予はあった。

「ところで今日は何の用ですか」

と言いながら、里見は庭に面した廊下の応接セットに永井とボクを案内した。

「もしお邪魔になるようでしたら、持って帰りますよ」

いたずらっぽい笑みを浮かべると、永井は手にした荷物を小さなテーブルにそっと置いて大事そうに包みを開け始めた。

「これは珍しい、久しぶりだよ。可愛いじゃないか」

里見は小さく声を上げた。永井の手元から現れたのは小枝にたわわにつけられた繭玉だった。

里見の指示で廊下の柱に飾られた繭玉は、目を愉しませた。その下で、他愛のない話題を選びながら銘々、手酌で盃を運んだ。二人の間に飛び交う江戸前の小気味よい会話は耳に心地よかった。里見も永井も自ら量を定めたおきまりの銚子をまたたく間に干した。

悔しそうに空の徳利を振りながら、里見は、

「おとついねェ、伊藤クンがとんだ災難だったんだよ。小林がねェ」

ボクの方へ視線を向けながら脈絡のない台詞を並べた。〝小林〟という名を耳にすると、永井はビクッと身体を動かし次に口をへの字に曲げた。そして里見の次の言葉を待った。

数日前のことである。「松葉蟹が届いたから来ないか」と里見から電話があった。

「ただし小林（秀雄）も一緒だよ」

とつけ加えた。この種の席で、小林の絡み酒の最後の矛先はこのところボクに向けられていたからだ。その夜も、延々とくだを巻く小林へ、

「お先に失礼」

一言残して里見はさっさと寝間へ立った。あとは一手にボクが集中砲火を浴びたのだった。それはボクの〝ご無理ごもっとも〟と言えない性格が火に油を注いだということもある。

「実はですねェ」

里見の話が切れるのを見計らって、永井は身を乗り出した。

「こないだ、あたしも小林にやられたんですよ。『最近読み直したんだけど、おまえの小説はつまんねェな。みんな同じじゃねェか』こう言うんですよ」

そこで一息つくと、次の文句を一気に述べたてた。

「いいですよ、小林が読んでつまらないって言うんなら私もご意見は承りましょう、という気分にな

るんですが、その後がシャクにさわるじゃありませんか。読み直したと言いかけておいて、『俺は読んでないよ。そう人が言ってた』と言いやがるんですよ。それだけでもひどいもんですよ。でね、そのあと小林は横を向いてこう言ったんです。『女房がそう言ってたよ』これが小林の殺し文句なんですねェ」

永井は意見を求めるように里見の顔を下から見上げた。癇癪《かんしゃく》を懸命に抑えながら話すその横顔を見ながら、ボクは今日の永井の電話の意図を理解した。

「そうだねェ、普通で言えば小林クンがひどいということだろうが、キミとの間は特別だからねェ」

今度のこと（文化勲章受章）で、僕もそうだけどキミが安心しちゃ困ると小林は言いたいんじゃないかね、と里見は真顔でそう答えた。

「そうですかねェ」

うつむき加減の口許は悔しさを押し殺しているようにも見えた。

「どうだろう今夜は、キミのお祝いとしてすこし羽目をはずすとするか。じゃ河岸を変えるとしますかね」

ポンと膝の上を手で叩くと、里見先生はゆっくり腰を上げ、茶の間にしつらえた席へ向かった。庭の陽はすっかり落ちて、廊下のガラス戸には藺玉に重なって里見に続く永井の姿が映った。

——『末座の幸福』より

八月のたびに

八月がくるたびに、敗戦と二重写しになって想い出すのは島木健作の死である。今はもうその作品を目にすることも難しいから、島木健作といってもその名を知る読者はそう多くはないだろう。僕も小林秀雄さんの一言がなければ読まず仕舞いで終わったかもしれない。

その日の小林邸訪問は、里見弴先生の全集完結のお祝いの会の打ち合わせだった。冷めかけたお茶を啜ると、ボクはソファーから腰を上げた。

「島木を読んだかい」

突然、小林はそう言った。ボクは再び腰を下ろした。

「いいえ、一冊も読んだことありません」

ただ、前に勤務していた出版社で島木の『生活と探求』を出したので、名前と作品名を辛うじて知っています、と正直に答えた。

「しょうがねェな」と小林は苦笑した。君も鎌倉で仕事をしているのだから、少しは頭にしまっておけ、得意の説教口調で言うと、島木のことを話しはじめた。こんなことは今まで、一遍もなかった。

数日前、ボクは小林にひどく絡まれた。もしかしたらその罪滅ぼしのつもりか、などと想像をめぐらしている内に話に引き込まれていた。

小林がかつて亀ヶ谷の谷戸に住んでいた当時、道を隔てた真向かいに島木も住んでいた。島木の『扇谷日記』を読むと、両者が一方ならぬ好意を持ってこの谷戸の中を行き来しているのが窺える。


小林は、文学よりイデオロギーが先行する考え方に反対の立場をとってきた。島木は左翼の仲間から反動的だと批判されながらも、まともな小説を書いた。小林が島木の作品を文芸時評でそう取り上げたのが、二人の関係の始まりである。

しかしその時分、島木は東京世田谷に住んでいたからまだ付き合いはなかった。島木は昭和十二年頃、鎌倉の雪ノ下に居を移し、二年後に亀ヶ谷の小林の向かいに引っ越した。

小林と島木が親しくなったきっかけは焼物だった。

「彼のそれまでの生活はよく知らないが、おそらく私の考えでは小さい時から非常に苦労して、すぐ左翼運動に入って、それ一筋にやってきたから生活の上で愉しみは味わったことは無いのではないか。初めて道楽を瀬戸物で知ったのではないかと思う。そういう次第で彼は瀬戸物の愉しさにのめり込んで行った」(「島木君の事」)

島木は本が売れ、印税もはいり余裕が出来てくると小林に骨董屋の紹介を頼んだ。小林が紹介したのは壺中居《こちゅうきょ》だ。壺中居の主人は島木の人柄にほれて、親しくなった。小林と島木は道具屋の案内で吉原まで足を延ばした。引手茶屋で芸者をあげてドンチャン騒ぎ。島木は酒も飲めないのにニコニコ笑って、おとなしく付き合った。

君の事」）

に美味しいものを食いたがり、食べものの話ばかりしていた。彼の舌は非常に鋭敏であった」（「島木成とも伊豆の温泉を廻ったこともある。のん気な旅行だった。だが酒も女も知らない島木は、しきりに行った。まったく文学とは無関係に、瀬戸物を見たり、古道具や古時計をあさったりした。川端康「勿論彼にとっては、初めての経験だったに違いない。それからもよく旅行もした。京都・奈良他方々

このような俗っぽい島木の姿は、島木の作品だけを読んでいる人にはまったく想像もできないだろう。その「顔」は、そんな一面もあの人にはあった、というより、それは、つらい宿業のような仕事の合間の大きな慰めだったと思う、と小林は熱っぽく島木を語った。

数日後、聞いた話を整理した原稿を手に小林を訪ね、雑誌に載せたいと言った。

「置いてけ」

小林は一言そう言った。大きなスピーカーの前のテーブルにボクは原稿を置いた。

数日後、小林から電話があった。

「こんなものにしかならねェよ」

渡された原稿には、ボクが書いた文字と同じくらいの分量の朱が入っていた。

「折角こんなに朱を入れて下さったのですから、これは是非書き原稿とさせていただけませんか」

ボクの編集者魂が頭をもたげた。

「駄目だ、それは駄目だ」

小林は同じ台詞を二度繰り返して、釘を刺した。原稿の書き出し部分に小林秀雄と署名し、文末に

「談」と書いた。翌月、「島木君の事」と題のついた小林の談話原稿が、ボクの雑誌に載った。

昭和二十年の夏、北海道に帰るといって、島木は自分の膨大な書物を片づけ始めた。一冊一冊自分で梱包していたが、この過労で倒れ、鎌倉若宮大路沿いの養生院（現清川病院）に入院した。入院して間もなく終戦の報を聞いた島木は、その僅か二日後に命脈が尽きるとも知らず、「これからやりなおしだ」と仕事への情熱を語ったという。

臨終は昭和二十年八月十七日だった。戦中で、病院の院長は応召、代理の女医も看護婦もいず、鎌倉の作家仲間に看取られて島木は逝った。彼の母親が臨終の島木の胸をさすっていた。小林はそこまで話をすると言葉を止めた。

『高見順日記』による島木の臨終場面はもの悲しい。

「お母さんが杖にすがり、家の人にたすけられてやって来た。腰が曲りかけた小さなお母さんだった。島木君の顔の近くに顔をやって『わかるかい、わかるかい』といった。私はそっと病室を出た。小林秀雄が来た。（略）病室をのぞくとお母さんがしきりと島木君の胸をさすっていた」

臨終は九時四十二分だった。夜の内に島木の遺体を自宅へ運ぶことになった。担架に蒲団ごとのせ小林らがこれを助けた。川端康成がちょうちんを手にして足元を照らした。鎌倉の深い谷戸の闇の中を、川端の灯りを頼りに黙々と歩く鎌倉文士の姿は、あまりにも淋しい。

二日後の八月十九日、島木の葬儀が行われた。僧侶の姿はなかった。

「葬儀屋が来た。リアカーに薪が積んである。その上に棺を載せ、ひっぱって行くのである。名越の焼き場まで、棺は炎天にさらされて行くのである。（略）ラングーンで見た、死体を大八車に載せて炎天の下を引張って行くインド人の葬式を思い出した。その『野蛮』にあきれたことを思いおこした」（『高見順日記』）

そして、その「野蛮」は今や私たちの姿であった、と高見は続ける。

路上の暑い影を踏みながら、島木と島木を焼く薪をも載せたリアカーが行く野辺送りの様子は、まさに高見の日記に語られる「野蛮」そのもので、悲しい。

どれほど戦争を憎み、平和を望んでいたかは島木の作品に痛いほど語られ、ボクの八月が過ぎていく。

——『末座の幸福』より

里見弴（さとみ・とん）　一八八八年（明治二十一）〜一九八三年（昭和五十八）

小説家。有島武郎、生馬の弟。志賀直哉の影響で、明治四十三年「白樺」の創刊に参加。大正五年短編集『善心悪心』で世に出る。大正十三年以降、没年まで鎌倉に住み、鎌倉文士の中心的存在となる。代表作に『多情仏心』『安城家の兄弟』『極楽とんぼ』など。昭和三十四年文化勲章受章。

小林秀雄（こばやし・ひでお）　一九〇二年（明治三十五）〜一九八三年（昭和五十八）評論家。ランボーに傾倒、富永太郎、中原中也らと交わる。『様々なる意匠』は近代批評の先駆けとなる。文学、音楽、美術、歴史にわたる文明批評で「評論の神様」と評された。昭和六年以降、没年まで鎌倉に住む。代表作に『無常といふ事』『モオツアルト』『本居宣長』など。昭和四十二年文化勲章受章。

永井龍男（ながい・たつお）　一九〇四年（明治三十七）〜一九九〇年（平成二）小説家。大正九年『活版屋の話』で菊池寛に認められる。文藝春秋社に入社。「文藝春秋」編集長を務め、芥川・直木賞の「育ての親」に。作家としては人情の機微を描く短編小説で知られた。昭和九年以降、没年まで鎌倉に住む。代表作に『一個』『青梅雨』など。昭和五十六年文化勲章受章。

おわりに

昔の話である。竹山道雄さんに『ビルマの竪琴』の執筆の経緯を聞いたことがある。

「食べていかなくては、というインフレーションがインスピレーションになったわけです」

滅多に笑顔を見せない竹山さんが、このときは声をあげて笑った。

冒頭に収録した小島政二郎さんに対談をお願いしたのは、後半とはいえボクは、まだ二十代である。創刊当初「かまくら春秋」は、今や短歌界の重鎮である佐佐木幸綱さんや女優林美智子さんをインタビュアーとしてお願いしていた。長谷の大仏、高徳院の大黒様、佐藤美智子さんにも労をわずらわしたこともある。

編集者は本来、黒子である。それが竹山流に言えば「春秋」のあまりのインフレーションから、編集長であるボクを起用すれば経費がかからないというインスピレーションが編集部にひらめいたのだ。

とは言っても、佐佐木さんは前に勤めた出版社の先輩であり、林さんは亡くなった友人の作家前田隆之介の奥さんで、佐藤さんは「春秋」の応援団長のような人であるから、ギャラは無きに等しかったのだが――。

今考えると申し訳ない動機で始まった対談だったのだが、年を重ねるうちに三百人近い方々にお話をうかがった。当初はお相手が祖父・祖母、親世代だったのが、最近はボクより年下の対談者も少なくない。あらためて年月を経たことを感じる。そして何よりもこの雑誌を四〇年にも渡って支えてくれた多くの皆さんに深い感謝と御礼を申し上げなくてはならない。

本当に有難うございました。

登場する多くの方は彼岸にいかれてしまった。だが、その声が今でも耳によみがえって来る時がある。『風のかなたへ』という題名はそんな思いからつけた。

この一冊に、素敵な装画を描いてくださった瓜南直子さんにも御礼を言います。

平成二十一年六月

伊藤玄二郎

伊藤玄二郎（いとう・げんじろう）

かまくら春秋社代表、関東学院大学教授、早稲田大学客員教授。日本の言葉と文化を軸に、さまざまな国際文化交流活動をおこなっている。また、医療、福祉分野での仕事も手がける。著書に『風のかたみ』『末座の幸福』『子どもに伝えたい日本の名作』『言葉は踊る』など。編書に『道元を語る』『シーボルト植物図譜』など。

対談集
風のかなたへ

著　者　伊藤玄二郎

発行者　田中愛子

発行所　かまくら春秋社
鎌倉市小町二―一四―七
電話〇四六七（二五）二八六四

印刷所　ケイアール

平成二十一年七月十四日　発行

ISBN978-4-7740-0442-6